中國新聞史研究輯刊

四 編

主編 方 漢 奇

副主編 王潤澤、程曼麗

第 7 冊

丁未《河南》雜誌一百一十年祭（下）

韓 愛 平 編著

花木蘭文化事業有限公司

國家圖書館出版品預行編目資料

丁未《河南》雜誌一百一十年祭（下）／韓愛平 編著 ─ 初版
─ 新北市：花木蘭文化事業有限公司，2019〔民 108〕
目 2+194 面；19×26 公分
（中國新聞史研究輯刊 四編；第 7 冊）
ISBN 978-986-485-816-3（精裝）
1. 期刊 2. 讀物研究
890.9208   108011511

ISBN-978-986-485-816-3

9 789864 858163

中國新聞史研究輯刊
四 編 第 七 冊   ISBN：978-986-485-816-3

丁未《河南》雜誌一百一十年祭（下）

編　者　韓愛平
主　編　方漢奇
副 主 編　王潤澤、程曼麗
總 編 輯　杜潔祥
副總編輯　楊嘉樂
編　輯　許郁翎、王筑、張雅淋　美術編輯　陳逸婷
出　版　花木蘭文化事業有限公司
發 行 人　高小娟
聯絡地址　235 新北市中和區中安街七二號十三樓
　　　　　電話：02-2923-1455／傳眞：02-2923-1452
網　址　http://www.huamulan.tw 信箱 hml810518@gmail.com
印　刷　普羅文化出版廣告事業
初　版　2019 年 9 月
全書字數　302583 字
定　價　四編 13 冊（精裝）新台幣 26,000 元

丁未《河南》雜誌一百一十年祭（下）

韓愛平　編著

目次

下 冊

哀弦篇

獨　應

There's not a string attuned to mirth,
But has its chord in melancholy. Hood.

一

　　華土物色之黯淡也久矣！民德離散枚，質悴神虧，舊澤弗存，新聲絕朕。處今日之世，雖步康莊之途，以臨觀市集，士女熙熙，盈吾左右。顧目攀擾攘，而蕭條之感，乃不覺嬰心而來，令人森然。如過落日廢墟，或無神之寒廟者，其淒清也如是。蓋所謂死寂者是也。蕭條唯何，無覺悟；是曷無覺悟，無悲哀故。人唯不知自悲，而後苓落所底，將更令他人悲之。蓋哀絃斷響而人心永寂，有如此也。或曰今者世界迭嬗，萬象改色矣。新氣流衍，舉世向榮，還被東極而國人之興起者眾；或超軼凡軌，大言文明，將蛻爲哲民，以與一世蘄乎治。又或壹意政治工商之事，思以是爲興國不二之謨，言雖不同，而其遠引成事，高矚未來，以定國是，則莫不有大希存焉。國人於此，迎曙光之熹微，宜如何歌舞，是將樂此佳日矣。而獨語之憂悲，使諷輓歌以臨嘉會，不亦顛乎。夫眾志欣欣，方向宴安。而以一人之言亂之，令其不歡，逆世迕俗，則良過矣。然吾惡夫舉悲哀以買寂漠，又變節爲歡娛之聲。叔季之世，猶有好音，事既不倫，抑又何其非人情也。夫物色所動情思爲牽，綠野繁華，芳感菲之興；孤墳秋艸，動蕭槭之思。第世鮮有賞北邙以怡情，入靈山而痛哭者，何者？中心之哀樂，恒與外物之盛衰爲因，而不能少假也。故耶路撒冷隳矣，耶利爲之哀歌，逸響流於後世，及今已二千四百載。人有遊猶太故區者，過什翁川畔，馮弔古蹟，猶徘徊不忍去，不膜拜聖地之莊嚴，

而爲以色列子孫弔也。即今見之詩歌，亦往往留哀響，豈非蕭條之感，異世
有同情哉。若夫中落之民，身世既凌矣。倉皇四顧，寂漠當前，則此時也，
將何以爲歡乎。英人華爾特 O.Wilde 入獄而著《淵書》De Profundis 有曰：我
儕終年止一節候，即悲哀之季是已。日月二曜，似與吾絕。縱外間天色金紫，
而微光穿窗下臨吾室，則色極黯澹。在幽室中，終日唯有莫色，如人心中，
亦唯有莫色也。誠哉是言。今人將臨此莫色而吟曙光之詩與？欲繼絕國者，
道在遏樂而絕希，悲哀之聲作，於以寄其絕望之情，而未來之望，亦造因於
是末世有哀音焉。正所以征人心之未寂，國雖慘懍，而未至於蕭條者也。若
抑意爲歡，適滋之蔽，妄人不可。與言事敗溝流水，烏咽有聲，彼歌舞於蕭
條之中，樂其佳日者，曷不假清冷之音，一湔雪其內熱與。

　　夫人世悲哀而已，宇宙悠遠矣。芸芸萬彙，竝生其中，生滅相尋，夐不
知其何氏也。凡彼有情，循流周轉，莫不如是。而人類智靈，其變亦極，平
和不可遇也，歡樂不可幾也。傾聽人間，僅有戰鬥呼咢之聲，來破此寂，何
樂乎哉。茫茫環宇，渺渺古今，倘使大地長存，則世亦唯此動靜二因，永相
撐距，相消長，牽聯俶擾，以成是悲之世而已。是故達者避世，畸士憎人，
雖行有顯微，亦情之激楚也。顧言者或謂凡物皆美，哀樂在人，出於自然之
調劑，皆足以移人情。則悲世之言爲偏而無謂矣。人情不能有哀而無樂，固
也。顧以二者儔比，其差恒不能相當，何以言之。悲哀者人生之眞誼，萬物
莫能憂之。《淵書》曰：笑樂之既，或生惡感，第悲哀之後，則惟是悲哀已耳。
蓋苦痛爲物，異於歡娛，不著觚面者也。古人亦云，樂極悲來。樂既去矣，
而悲則永住無間。由是觀之，二者原不可以比列，蓋在人事，恒樂少而悲多，
樂暫而悲久也。是故天下心聲，多作愁歎之節，而激刺人情，感應尤疾。古
人聞題駃而傷春，過川流而歎逝，天物無心，而人感焉。悲從中來，不可斷
絕。豈曰無因，正人情之所不能自己爾。詩有曰：秋風蕭蕭愁煞人，出亦愁，
入亦愁。座中何人，誰不懷憂，令我白頭。故地多飇風，樹木何修修。離家
日趨遠，衣帶日趨緩，心思不能言，腸中車輪轉。夫何憂思之深耶，古之人
蓋知之矣。悲哀者天地之心。宇宙何意，人生何悶，唯知哀音者始能見之耳。
故曠攬景物，瞻宮闕金碧者，不如過白楊丘壟；而狂歌曼舞之樂，又不如聽
野哭之淒清也。況今日者國中沈寂時，入凋苓，雖有芳華，已非其候。熙熙
者將何所爲，固惟有坐守蕭條，憂傷以終老而已矣！

　　中國文章，自昔本少歡虞之音。試讀古代歌辭豔耀深華，極其美矣。而

隱隱有哀色。靈均孤憤，發爲離騷，終至放迹彭咸，懷沙逝世。而後世詩人，亦多怨歎人生，不能自己。因寄情物外，遠懷高舉，託神仙遊戲之詞，聊以寫其抑鬱。或則汲汲顧影，行樂及時。對酒當歌，不覺沉醉。怨歌行曰：人間樂未央，忽然歸東嶽。當須盤中情，遊心恣所欲。人生亦僅矣，使得醉夢終生，流連荒亡，以待槁死，則可也。吾東方之人情，懷慘憺厭棄人世，斷絕百希。冥冥焉如蕭秋夜闃，微星隱曜，孤月失色，唯杳然長往而已。讀波斯中世之詩，亦往往感此。蓋人方視爲浩浩，而不知正戚戚之尤者也。洎夫近世，國人浸昧，此誼民向實利而馳心玄旨者寡，靈明汨喪，氣節消亡，心聲寂矣。吾傾耳九州，欲一聆先世之遺聲，乃鮮有得。而瀛海萬里之外，猶有哀音。遙逴相和，雖其爲聲各以民，殊然莫不蒼涼哀怨，絕望之中，有激揚發越之音在焉。蓋東西甌脫間民其氣稟兼二方之粹，故感懷陳蹟，哀樂過人。而瞻望方來，復別懷大願也，世久不聞哀悲矣。吾今乃將收其大概，少爲編志，以告國人。譬涉彼野田，以採香草，縱不能用，欽其芳澤，拾襲藏之，亦人情夫。尼采之察羅斯多有言：吾於諸載冊中，惟愛人血所書。書以血，若會知血者神也，則吾今此撰集是篇之意也。

二

一國之有文章，其猶兩間之眾籟與。皆所以發揚幽隱，鼓蕩生機者也。載使萬彙屏聲，默然入寂，則天地亦幾乎息矣。夫地籟之發，出於自然。泠風則小和，飄風則大和，萬風濟則眾竅爲虛。物本無心，而音響殊焉。若在有情，繁變斯極，萬族並處，心境犁然。重以外緣來乘，人事益賾，而心聲隨以遷流。國民文章之不同，蓋以有重因復果，綜錯其中，而爲之大畛者也。治文史者，梳理一國之藝文，將推見本始，得其窾奧，則於國民情形，必致意焉。良以人生之與文章，有密駬之誼，而國民之特色殊采，亦即由此得見。使或不爾，昧然披他人之書，則情思中隔，旨趣多晦，不能相喻者多矣。依法國學者戴因氏言，則國民文章之遷變，凡三事爲之始機，此占畢之士，欲讀異書者，所不可忽也。今爲申之於次，三事維何。

一曰種性。種性者，人群造國之首基，萬事之所由起。而在文章亦著，以思想感情之異，則藝文著作，自趨於不同。凡百種人，莫不各具其特質，不可相紊。隱微之中，有巨限焉。假舉希伯來文章，與希臘相方，則差別絕遠。希伯來人所撰，皆東方思想，有嚴肅渾樸之氣，故其屬文同途而異歸。

凡讀詞美絡思 Homeros 史詩者，當見阿靈普諸神威武赫戲之象，特視舊約之耶和瓦，則尊嚴尤尚矣。若羅馬者，文化受自希臘。考二者神話梗概少所爽別。而羅馬之淵深莊重，則又自成調也。第此咸屬異邦，觀者易喻其故。今即徵之一國文章，而種性之畛畦故在。如英國三島，愛爾蘭之文與英倫迥別。首自牧歌漁唱，兒女謳吟，以至詩文篇什，莫不可見焉。夫二國之合舊矣，調和既久，無盜主之勢以相凌逼，則界域宜可泯矣。顧以種性非一，參差而愛土人士，近亦不樂羈縻，亢懷離析，使文章而獨立矣。則決絕以去，亦胡弗可。何者種性未移，莫能強合。其去者蓋出人情，而非人力所可詞禁者也。

二曰境地。人或稱 Genius Loci，第從戴氏，則所函者頗廣，實兼際會而言。夫風土之異人固甚矣。如愛斯蘭僻處極北，其地冱寒，人鮮逸思，故抒情之詩寡。而南方意太利受朝陽之光，其民則暢爽有春氣，故欲求神思幽悶如德國 Faust 之詩，不可得也。他若宗教政治，亦為之因。凡基督教國，文情塗轍。既絕異於天方印度諸邦，即支流曼衍，亦多差別。如俄國正教被於人心，則與清靜教宗異途。而天主舊教，其影響於大秦種人者。又別有在，更言政治情況為力復弘。如封建之國，情勢異趨，嫥武功者荒文事不講；而逸豫之國，藝術興焉。古之希臘、羅馬，皆可為例。又若國有大故，興亡之迹，留遺尚在人心。寄之文章，往往見哀怨。世之人讀之，憂者為之增欷，悅者為之徹樂，甚矣哀之動人深也。俄國文章，浸長天下，然哀慘之音故在。以語撒遜之民，輒疾首不能卒聽者，何也？俄雖不亡，而苛政未去，其所以致此者，蓋非無故也。

三曰時序。劉彥和有言曰：時運交移，質文代變，古今情理，如可言乎？蓋文章之起，根於人心。故與當世思想，所關甚大。英人修黎曰：凡並世文人，外觀雖別，第隱微之中，必有一相肖者在。且樞中所動，影響同及於人。下自塗雅之子，以至藝苑才，人莫不被其流，莫能自脫。德人於此，謂之時代精神 Zeitgeist，徵之文史，昭然能見。人可知文藝復興時之何以美富，亦可知暗黑時代之胡以凋零矣。所謂質文隨時，崇替在選，即在吾國，亦豈非然。幽厲昏而板蕩怒，平王微而黍離哀，故知歌謠文理，與世推移。風動於上，而波震於下者也。及春秋後，五蠹六虱，嚴於秦令，唯齊楚兩國，頗有文學。鄒子以談天飛譽，騶奭以雕龍馳響，屈平聯藻於日月，宋玉交彩於風雲。觀其豔說，則籠罩雅頌，故知煒燁之奇意，出於從橫之詭俗。舍人之言，豈不然哉。此文章之變，所以亦隨時序而異者也。

　　由此三者，錯綜參伍，而成一代之文章。於是筆區雲譎，文苑波詭，民之心聲，窮其變矣。論者乃謂國民文章，其界極隘，唯同三事者，始得索解之。而於他國爲不可喻，則帝治異書者爲妄，不知言有殊絕，而情無異同。即在異物，彼鴻雁之哀鳴，猿狄之悲蕭，哀樂之感，且通於人，而況人類乎。英人班軻德嘗論文章之不朽與其溥博之事，謂文章所言，大氐屬於人情，如愛憎悔懼，嫉妒希冀，皆人所同，而人亦因是能共喻。文章者舒寫此情，求其賞會，不朽與溥博之德，即在是焉。則如波斯阿摩哈揚 Omar kháyyam、希臘亞克朗 Anacreon、羅馬訶羅多斯 Horatius、英國赫力克 RHerrick 諸人之詩，足爲明證。蓋莫不悲人生之倏忽，念死亡之將至，乃放志逸樂，藉去牢愁，雖以邦國殊異，古今不同，顧莫能阻其流風，不及後世。則以是數士所言，同一人情，而吾人自能以意相會者也。梭孚克勒思 Sophocles 之作《亞迭普斯》CEdipus，狹斯丕爾之作《黎亞王》King Lear，胥寫親子之愛，使世間此情不滅，則二曲亦且永存，爲人世所契喻而歡賞也。吾敢援據是說，介異邦新聲，賓諸吾土，讀者尙或會之。茲所言者，首波蘭、次烏克剌因，駢以斯拉夫小國，次猶太終焉。若亞州列國，亦有至文。徒以言文隔絕，艱於採錄，故從蓋闕。嗟夫！東方之衰微甚矣。昔日釋迦摩訶末之故土，今幾爲寂漠之鄉，而華國亦零落。今後之人，懷先代文明之盛，將惝怳不可復見。即欲一聞衰世哀音，亦無由得，寂者無論矣。縱有聲聞，則亦阻隔不得相知也。豈不重可悲與。

三

　　波蘭失國情況，未聞中國，而名已久不利於人口。熱中之士，熹言政治，危言儡人，則輒引印度波蘭爲詬病。夫印度自昔與中國相通，其親有若肺腑。且佛教之被吾民，誼在不可諼。波蘭則素不聞知，無所愛憎。今獨何怨於二國，而鄙夷之若此？不知印度、波蘭固亡矣，特較震旦則萬萬有勝。舉世滔滔，迷於物質，而印度吠擅多哲學猶存，足維民德。近發奮期自立，國人當亦駭知之矣。今第言波蘭。波蘭者，自昔稱任俠之國，義聲昭聞天下。在瑣比斯奇時，爲奧人驅突厥出維也納之外。又當中世，全歐紛擾，逐猶太遺黎，波蘭獨爲之庇障。仗義勇爲，爲他邦所不及，後世以是多之。第中更亂離，上下分崩，逐有一千七百七十二年之事。及九十三年，普魯士軍假逮捕搜查可賓黨人爲名侵波蘭，是爲第二次分割。於是波人奮發，起謀抵拒。珂丘斯

珂 T.Koscusko 為之渠，凡戰三晝夜，盡復華娑跋（或譯華騷）、維爾那諸城。未幾，俄人蘇跋洛夫引兵至，珂丘斯珂負傷被捕，全軍殲焉。九十五年，遂行第三次分割，而波蘭亡矣。然波蘭之民，則猶在也。武勇忠信，摯愛自繇，富於感情而短於思慮，凡事苟屬故國，則急起從之，他非所顧矣。故那頗侖能得波人之心，為力戰者，惟以秉白鷹之國徽。而思比赫連之役，則亦以德人斯坦末茲，特允士卒歌維比支奇所作波蘭未亡 Jeszcze Polska 之曲，為平時所禁者也。至一千八百三十年，光復之軍起，顧為三凶所制，志不得申。六十三年大舉覆敗，波蘭遂益暗淡，第民心懷舊，貞固不移。亡國雖百餘年，中興之期，猶且莫可待也。丹麥勃蘭兌思作《波蘭記錄》，有言曰：「波蘭興廢之機，在今日為一大事，是不啻即定民心暴力，孰長世界也。使波蘭而當亡，則天下自繇之種滅，而獨立諸邦，亦將盡廢矣。使其不然，則自繇之勢盛，強暴當去，而波蘭亦得自立。百餘年來，波蘭為三雄所分宰，如砧石然。受其錘擊而未碎，今之所決非，追擊當止，則世界聞名當銷也？」又曰：「吾人徵諸史蹟，而知波蘭一國，猶象徵也。所以標示人生奧義，人類之自繇，邦國之獨立也。故觀波蘭之前路，即可以決文明之將來，使其終於滅亡，則必在現世歐州強暴之力為政天下時矣。」勃氏之稱波蘭也，如此。抑吾又聞之，德人摩爾忒凱（或譯毛奇）有言，吾人之愛波蘭，非如愛英德諸邦，唯愛自繇則然爾。使不為自繇，故哀其禍患，景其壯烈，則於波蘭亦何愛矣。故世有鄙薄波蘭者，其唯臣僕自居，或傾心強暴之士乎？若中國人者，將焉處一也。

波人性情卓越，自古見之文章。及衰亡以後，雖豪氣未竭，而哀音繼之。讀波蘭國歌，悲涼激越，正如其國人焉。歌凡有二，一為維比支奇 Wibicki，當一千七百九十七年時所作。以首句波蘭未亡 Jeszcze Polska nie zginela 得名，一名什曼札波羅夫 Zdyman Pozarow 之詩。一千八百四十六年，伽理契亞亂後，鄔亞斯奇 Ujejski（1283～1897）作以誌哀者也。梅忒涅息懼波蘭之復興，因以反問使之自殘。伽理契亞農人受其中傷之言，起敵貴族，死者凡二千人焉。鄔亞斯奇之歌，蓋所以寄末世之悲哀，見波人之自戕，賊國將終亡而不可救也。而維比支奇則言將來之希望，一為籲天之歌，愛國之深，憂憤併發，其言曰：「吾將乘蒼煙碧血，上訴於帝矣。」其一則為進軍之曲，曰毋懼為，波蘭猶存，軍趣前矣。二者言雖不同，而咸足見波蘭特性。瞻望方來，哀樂相半，天懷發中，不能自己者也。

至十九世紀，波蘭有新藝文起，主之者為勃洛靖斯奇 K.Brodzinski（1791

～1835），其後有密克威支 A.Mickiewicz（1798～1855）、斯洛伐支奇 J.Slowacki（1809～1849）、克剌莘斯奇 Z.Krasinski（1812～1859）諸士，皆文中之雄也。勃洛靖斯奇嘗爲華娑跋大學教師，講波蘭文史。著維斯拉夫 Wieslaw 一詩，影響甚廣。氏嘗自譬村寺之撞鐘人，職在黎明而起，喚醒國民文章者也。其所爲詩，多詠自然，美其故國。曰：「是吾先人之地，亦少時釣遊之鄉也。比及白首以親黃土，松柏青青，長吾墓上焉。」及千八百三十一年變作，氏奔走國事，至於沒世。密克威支、斯洛伐之支奇二人，詩尤激楚，論者稱以復仇詩人。今將更述之（事蹟參考本報第三期《摩羅詩力說》之八）。克剌莘斯奇系出貴族，後居伏亞伏兌爲議員。爲人豈弟而惡亂，著《伊烈迭翁》Isydion 之曲以諷國人。謂人生多禍患，唯易怨爲愛，禍患乃去也，然其言遠於人情。勃蘭兌思議之曰，克剌莘斯奇言復仇之非，而不知愛亦不可恃。彼羔羊雖柔寧，脫豺狼之利齒哉。故克剌莘斯奇之詩，雖足與二士並駕，第其立意獨遠，不足見波人性情，故今亦弗載焉。

　　三詩人既歿，波蘭詩漸衰息，而小說代興焉。小說之職，在記陳蹟、陳今事，教人力行之道，與詩之所事不同。著者有克剌綏夫斯奇 J.Kraszewski（1812～1886），所著文章及學術之書，都凡四百五十卷。其他散佚文論，集之又可百五十卷。其小說多言波蘭古今事，令讀者瞿然動懷舊之念，而民不忘本。次有斯凡多訶夫斯奇 A.Swientochowski（1847～），著小品四種，各函誼旨，以人名名篇。曰 Chawa Rubin，Damian Capenko，Karl Krug，胥爲無告者哀，又 Clemens Boruta，則俄人之史也。復次有顯克威支 H.Sienkiewiez（1845～），亦以小品名世。最佳者有《炭畫》Szice-weglem《天使》Yamgol 諸篇。顧世徒賞其《何往》Quovadis 一書（記羅馬宜錄王事故景，教國人喜諷誦之，特在吾人終有間也），然氏之爲重，初不在此。讀其《鐙塔守者》一篇，文情哀怨，斯眞波蘭之文章耳。復次有女士阿什思珂 E.Orzeszko（1847～）、洛什威支 M.Rodziewicz，皆長於文。貝魯斯 B.Prus 亦波蘭文士，本名曰格羅伐支奇 A.Glowacki，爲人果敢而明允，其流風所被者極遠，將大有造於故國者也。外此尚有他士，不遑備舉，今止取其詩重論述之。

四

　　波蘭詩歌，有甚異人者一事。即詩中事物，無不國事相關。故舉他國所詠與之相較，其差當自見。如言愛者詩人之常，盡天下無二致。第在波人之

心，有特異者，凡詩歌之所吟詠，多勇猛卓厲之士。時或狂暴不情，而蔑有耽溺晏安者。及言愛戀，亦純潔高尚，不及於亂。蓋有感懷而無希欲，雖屬豔辭，實猶怨歌也。故哀怨之心勝，則詩人亦緩其小而急其大。於是士女之愛，移易爲家國之憂。如密克威支《死人祭》Dziady 中主人，以幽囚之時，爲故我死亡。新生再造之日，乃棄舊日佳名戈斯達夫，而更勇號曰康刺德。二者相易，其意深矣——康刺德見裴倫所作《海賊》The Corsair 詩中，戈斯達夫者多情之士，克魯特納 A.de Krudenes 所爲小說 Valéie,ou lettres de Gwstave de Linar a Eruest de G.之主人也。死戈斯達夫而生一康刺德，正波人之所願也。是詩中婦人，亦無凡相，非見之陣中馬上，叱吒萬夫，則如天仙化人，渺不可近。至若英人威支偉斯 W.Wordsworth 所云：

> A creature not too bright nor good
>
> For human noture's daily food;
>
> For transient sorrows,simple wiles,
>
> Traise,blame,love,kisses,tears and smiles.

得中之女子，宜嗔宜喜，笑啼悉可人意者，乃求之波蘭此士詩中，杳乎其不可得也。其言母子之愛，則有密克威支《告波蘭人母》詩，足盡其蘊。意曰，若有孺子，胡不時放諸幽窟，教之臥葦茅之上，呼陰濕之氣，與蛇蟲共居，俾善制其怒，深慮而寡言，效伏虺之行也。昔基督兒時以十字架爲戲，今吾亦教孺子，當弄之縲紲，誨以挽罪人之車，俾不至當斧鑕而失色，見縊架而短氣也。彼既不得如十字軍士，卓大旗於耶路撒冷，亦不得如三色麾下之走卒，耕自由之田而沃以己血，傷於間諜，下之吏曹，地下囚室，彼之戰場也。坐上士師，彼之大敵也。畢世以後，唯有縊架廢木爲墳。前華表，或女子淚痕，國人夜話，永爲死者作記念耳。夫亂離之世，民生阽危，朝不保夕，離家人父子間，有不得相顧者矣。彼以苦難磨煉其身心而先爲之地，雖曰人情之變，顧亦人情之至也。讀密克威支詩，言雖詭隨，而其意則大可悲已。

波蘭當時文章，雖受裴倫感化，顧所詠人物性情，迥不相合。如法人穆綏 A. De Musset 文中所言少年，大都踟躕勞逸二者之間，猶疑不決，第念良時已過，雖有才能，莫得自顯。則發揚奮起之絕望，反而入於頹喪，以醇酒婦人，遣其一生而已。若在波蘭，乃無勞逸之衝突，而所患者，常在欲圖大事。第巨鯁當前，爲己力所弗勝。斯足念耳，若更取裴倫所作，與相衡校，

當見其間人物，心意暴烈，大抵相同。又皆以人生爲憂苦之樞，輒爲怨恨弗勝。第或輕其國人，如裴倫詩中哈洛爾特 Childe Harold 或羅羅 Lara 者，則又無有也。即或有人離叛其國，至相戰鬥，特亦止一時之情，終復改悔。或則出於詐僞，將得當以報焉。如密克威支所詠烈泰威爾 Litowar、華連洛德 Wallenrod 是也。蓋波蘭詩人，傾其熱情著之篇什者，非以咎責國人也。唯以相警，使知希存絕國，百事可爲，特必忠於其故而已。曰：吾將上達蒼穹，代擊盾之聲，以起吾民也。斯乃波蘭詩歌之本旨。詩人者，國之先知。以豫言詔民，而民聽之，兩間之系屬，蓋有甚異於他國者也。

波蘭詩人之所言，莫非民心之所蘊。是故民以詩人爲導師，詩人亦視民如一體。群己之間，不存阻閡。性解者，即愛國者也。其所爲詩，即所以達民情，振民氣，用盡其先覺之任而已。《死人祭》中康刺德歌詞曰：「吾愛非止一物，如蟲之於華，非一家亦非一代也，吾所愛者乃在全國。吾遠攬既往，以及將來，悉人懷抱，如吾歡也。吾欲光復故國，使天下復景其美，顧力不逮。吾感情思想，炳若炬火，發爲言詞而已。吾具諸神力，如爾明神。吾力盛時，見浮雲飛鳥之過，第一立念，雲鳥便往矣。特在人間，猶未知我。雖然吾將仗吾感情爲之導者。（中略）吾魂已在故國，國魂在吾身矣，吾與故國一矣！吾視故國衰亡，如子之喪父；見國人之憔悴，如母之念子也！」觀於此言，則二者系屬之情，可以見矣。

波蘭詩歌，大旨如上所述。邦國消歇，身世飄零，侂物寄懷，哀音發於自然。慕浮華者，庶之以樸野，顧吾竊有取者，良以弔亡傷逝，人情所同，讀其詩亦重哀其遇。詩云：「比我芳華髮，鶗鴂鳴已哀。」此所以深爲亡國詩人弔也。

五

烏克剌因 Ukrain 亦名小俄羅斯 Malo-Russi，其民即哥薩克 Kazak（語出韃靼誼本曰盜），昔分二支，一當伊凡四世時已合於俄，一則至一千六百五十二年始合。逮六十七年，有羅任 Stenka Razin 者率眾叛，未幾平，顧民哀之。《有伏爾伽之崖》Utesna Volgye 一詩，流於人口。縱之者有摩什波 Mazeppa、普伽契夫 Y.Pugachev 皆敗。爾後哥薩克雖定，第國民之精神猶在。雖俄政府禁用小俄羅斯方言著書，顧終不能盡遏。今此所舉，以其國著作者止，綏夫兼珂 T.Shevchenko（1814～1861）一人。此他則有摩勒珂威支 E.Markovich、

格黎波夫 L.Glibov 諸氏，不備錄。　摩爾契夫斯奇 A.Malczewski（1793～
1826）、札來斯奇 B.Zaleski（1802～1889）、戈息靖斯奇 S.Goszczinski（1803
～1876）等，皆在波蘭，而戈鄂理 N.Gogol（1809～1852）則以俄文撰作者也。

綏夫兼珂，生契亞夫小村，父農奴也。八歲喪母，後母遇之虐。十一歲
父亦死，出就村塾，塾師酗酒，日撲之。遂逃出為村人牧豕，未幾奴主召之
返，使為家僮。旋復遣之至聖彼得堡習繪，希鬻畫獲厚利。詩人如珂夫斯奇
V.Zhukovski 見而異之，貨其肖像得二千五百盧布，為之脫籍。綏夫兼珂始得
自繇，遂入大學肄業。至一千八百四十年，出詩一卷曰《歌人》Khabzar，爾
後著作不絕。四十七年，以《高加索》一詩獲罪，笞而遣之阿侖堡，為戍卒，
備極摧折。至五十七年，以菲陀爾訖爾斯多伯爵之援，僅得返，卒於聖彼得
堡，以遺命歸葬迦諾夫。其所作詩，皆烏克剌因方言。敘古昔光榮，及今日
凌夷之狀，史詩《戰士》Haimadak 一篇尤佳。斯拉夫族文章中，唯密克威支
之佗兌斯氏 Pan Tadeuz 可與競爽云。詩敘一千七百七十年哥薩克戴岡佗 Gonta
為魁，起拒波蘭事。俄政府懼其勢不可遏，乃偽為援兵，誘哥薩克人。執而
歸之波蘭，見殺者凡八千人。縊架無所得木，輒薰窒之，極慘澹之景焉。此
他小詩抒寫人生，亦多哀怨。如《溺者》一詩，述有母妬其女，鴆之不死，
因誘偕俗，捽女髮投川中溺焉。今母女鬼魂，猶遊行川畔，人常見之云。此
蓋諷俄人之殘，無所恕於國人也（詩中母為俄人）。又有《太拉思之夜》一章，
敘歌人集村中少年，為語古英雄太拉思 Taras Triasglo 故事，聽者泣下。顧未
幾而歌舞繼作，歌人乃叱曰，趣返臥火爐之上，是地溫且安也。吾則將往邃
廬，弄波蘭俄國之人為笑，盍偕行乎？吾意若猶能往，特氣節盡矣。蓋刺其
民自棄且馴怯也。綏夫兼珂詩美尚，難於迻譯，今述其一於此，僅能傳意而
已。曰是有大道三岐，烏克剌因兄弟三人，分手而去。家有老母，伯別其妻，
仲別其妹，季別其歡。母至田間，植三樹桂，妻植白楊；妹至谷中，植三樹
楓，歡植忍冬。桂樹不榮，白楊凋落，楓樹亦枯，忍冬憔悴，而兄弟不返。
老母啼泣，妻子罵於空房，妹亦涕泣。出門尋兄，女郎已臥黃土壟中，而兄
弟遠遊，不復歸來。三徑蕭條，荊榛長矣。

摩勒契夫斯奇，其父波蘭人也，初從那頗侖北征。逮事平，漫遊各國，
遇裴倫於意太利，或傳裴倫、摩什波詩旨，蓋氏所告云。一千八百二十一年
歸波蘭，越四年，《瑪利亞》Marja 詩出。無識之者，書亦不售。氏鬱鬱不得
志，未幾卒。卒後殆有人賞其詩，遂見重於世。詩敘少年華克羅夫 Waclaw 悅

瑪利亞，逆父意納之。父怒，偽作和解，遣其子從征韃靼，而使梱面者溺女於濠。文情皆極淒豔，顧獨不及女臨死時狀，蓋詩人至是，亦哀惻不忍寫矣。又述少年懷家之思雖摯，而缺入門見屍事，筆所伏能者，唯留俟讀者之想像而已。札來斯奇為詩，則純詠故國物色。美其大野巨川，流連不已，凡鳥聲人語，鄉曲民謠，在詩人耳中，皆成逸響，而不禁其遐思焉。特名著則為《聖眷》一詩，中述行人赴耶路撒冷，途中景色，彷彿動人，實乃自寫其故鄉，烏克剌因爾。三十一年變後，亡居巴黎，至於沒世。戈息靖斯奇本契亞夫村人，波蘭大舉時，氏與其事，及敗亦走巴黎，後歸波蘭。所著有《伽諾夫之城》一詩，記十八世紀中哥薩克亂事，所圖兵燹之景，無不栩栩如生。筆力盛厚，人莫能及。三士而外，烏克剌因詩人之在波蘭者，尚有波杜羅 Padura、格羅波夫斯奇 Grabowski 等，第文史家率屬之波蘭。故此亦僅舉著者三人，以見大略而已。

戈鄂理，瑣羅靖支村人也。其父喜藝文，嘗撰曲數種。戈鄂理受其教，少好弄翰，最早者有悲曲一，曰《殺人者》Razboiniki，又一詩曰《二魚》Dve Rgbki，傷其弟之逝也。至一千八百三十年，以俄文著《田園之夜》Vechera na Khutorye 一書，《凡分迪康迦》Dikanka、《密爾戈洛》Mirgorod（皆地名）二卷，並為小品，述克剌因民情故事，為普式庚如珂夫斯奇所賞。爾後戈鄂理名遂盛傳，所作小說有《太拉思蒲波》Taras Bulba 一卷，記哥薩克古英雄蒲爾波事，又《死靈魂》Mertvia Dushi 二卷、《喜曲巡按使》Revisor 一卷，皆有名。特屬俄國文史，當別論之。俄之近世文家凱羅連珂 V.Korolenko（1853～），亦其一也。今著諸烏克剌因之末，唯以表其所自出云爾。

波蘭、烏克剌因而外，斯拉夫小國文章，尚有可言者。茲舉四國，一波西米亞 Bohemia，國人自稱曰契赫 Czech，文史浩瀚，難於擷取。言其近者，有珂羅爾 I.Kollar（1793～1852）著《斯拉跋之女》Slawy Deera，有名於世。近世詩人最著者有扶勒赫黎奇 J.Vrchlicky（1853～），有詩集曰《南方一年》Rokv Jihu。有納盧陀 J.Neruda（1839～），亦小說名家也。二勃勒伽利亞 Blgaria。昔有羅珂夫奇 G.Rakovski（1818～68），以愛國詩人名。有波德夫 C.Botev（1847～76），作弔《迪密忒爾氏》Haji Dimitr 詩。迪密忒爾者，蓋詩人之友，主謀光復者也。若跋俶夫 I.Vazov（1850～），其名尤盛，有小說曰《軛下》Pod Igoto，記一千八百七十五年大舉時事，歐西遍傳譯焉，歌詠亦富。今茲尚在，為雜誌啟明 Dennitsa 主者，三塞爾比亞 Srbija。近世文人有斯侖摩支 S.Srematz、

羅札勒威支 L.Lazarevich、納戈思 Nyeguah 等。納戈思者，蒙德納格羅 Montenegro 人，著小說曰《山之華環》Gorsky Viyenatz，記其國人古昔保國力戰之事。四克洛諦亞 Croatia，其文雖同塞爾比亞，顧亦有獨立之文章。傳奇作者兒默忒爾 Lemeler，人以比之普式庚。他若盧勃洛迭契 Lublotity、密罷迭諾威支 Milotinovich 諸士。胥當世文人，惜以伏處偏陬，致多隱佚。古今此所言，亦如上而止。

<h2 style="text-align:center">六</h2>

　　希伯來人，宗教之國民也。舊約三十六篇，實其思想文章之所寄。蓋莫不壯嚴玄眇，古氣動人。然文情豔美，如所羅門雅歌者，世亦僅矣。逮以色列式微，為巴比倫人所克。耶路撒冷既下，城闕毀敗，子女玉帛，虜於國仇。耶利米以國中先知，作豫言書警告其民，而終弗能救。唯有哀歌六章，抒其悲感而已。其首之一曰：昔日繁庶之邦，今胡獨處此蕭條也？又胡孤寂如嫠婦耶？是昔民間長者，國中后妃也，而今乃朝貢於人耶。再曰：終夜哀啼，淚痕在頰。昔日歡子，孰與相親。雖有友朋，反相凌藉，成仇敵矣。三曰：猶太遭遇艱難，多受勞苦。遷徙異國，不得安息，追者方得之於隘路矣。四曰：什翁路徑荒涼，赴祭無人。諸門蕭條，祭司嗟歎。少女悲哀，什翁傷苦矣。五曰：仇敵強大，亦復樂康。帝罰什翁，使其子孫皆為虜矣。六曰：什翁女郎光華盡去矣。故土侯伯如鹿，不得草地，疲不能行以避獵者矣。七曰：耶路撒冷當患難時，憶昔日光榮之狀。今也，民皆為俘，無人能救。敵皆喜笑，嘲耶路撒冷之衰亡也。雖然希伯來人泥於教宗，以禍患之來為由天命，神不可逆則，唯籲天自艾而已。《耶利米書》第二十五章，代述神言曰：吾將盡去其歡樂之聲，新郎新婦，皆絕愉音。且無磨聲燭光，見於下土，將使全國荒涼空虛，受制於巴比倫者七十年。是即豫言耶路撒冷之亡者也。逮言既踐，波斯果興，而耶路撒冷亦漸復故。如《歷代紀略》卷末所載，比耶穌七十年頃，再毀於羅馬，於是猶太分散，流離異域，而耶路撒冷亦永為蕭索之鄉矣。裴倫作《希伯來》樂府 Hebrew melodies，有句云：狐狸有窟，鷦鴣有巢，民有鄉土，以色列人獨餘邱墓。即為之詠也，嗚呼！文明古國，舊澤宜不遽斬，一旦苓落，乃不可振。希臘中衰，遺民流為海賊，非復多羅戰士子孫。而以色列後人，流亡各國，亦以嗜利受世詬病。然裴倫不以海賊薄希臘，吾儕又安可笑猶太者？雖澤不相及，亦思古之情宜然也。猶太離散至早，迄

今幾二千年。其間不乏藝文之士，特多在中世，歸屬宗教。今止舉其最著者，新希伯來詩 Piyut，凡分二宗，一曰迦理爾派，以人著；一曰西班牙派，以地著也。迦理爾派作始於約瑟 Jose´ hen jose´，而迦理爾 Kalir 為其最。同時有名揚那 Jannai 者，亦以詩名，特多散佚，唯七章尚存。迦理爾生九世紀時，其事蹟不詳，或言巴爾斯丁人也。其名出拉丁語餅字 Calyrum，猶太習俗，兒童入學則與以蜜餌。迦理爾蓋其別字，誼曰餅兒也。所為凡詩二百餘篇，作皆希伯來文。以古字儉少，乃由名物自製動詞益之。其詩多詠歎故國，如《頌歌》中有云：神聽吾言，拯此下民。復昔日蒲陶之園，庤客而去之。扶什翁廢門，復吾民故土也。又有詩詠耶利米者，事本出密特拉思 Midrash（希伯來古書也，誼曰學究）。言族長鬼魂，見子孫流亡，哭泣墓中，憂思不得寧處。迦理爾詩述耶利米摩赫貝拉穴上而歎，即族長葬處也。曰：於時古德佇立墓前，哀憤而言。嗟我先人，猶能安寢耶？子孫俘馘，國土荒蕪，古昔光榮，於今苓落矣。眾皆哀歎，傷子女之無存，將呼籲於天，以求慰藉。昔日天帝恩寵，今亦安在耶？於是先德一一自墓起禱，終而帝意為轉，許拯下民，出於苦厄，而詩亦至是止矣。

　　西班牙派起於哈思陀 Chasdai Jbn shaprut（915～970），繼之者有所羅門 Solomon Ibn Gebirol（1021～1058）、摩西 Moses Ibn Ezra（1070～1038？）、約赫陀哈勒維 Jehuda Halevi（1085～1140）諸人，皆居西班牙者。中以約赫陀為最著。其詩初言愛情，既乃改治哲學，終而懷其故鄉，惆悵無已。嘗自言曰：吾身在西，而心則東也。隨決計首途趣耶路撒冷。知友聞之，咸來勸沮，卒不聽。乃至埃及以達大麻色。少住，作什翁之詩，為猶太文章中名著。詩有曰：維昔天帝神光永臨汝（此指耶路撒冷）上，汝更無須日月星辰以為光曜，而吾魂魄亦永於是皈依也。耶路撒冷古為神人帝王之居，胡至今日而殿陛之上，獨容奴子耶？又曰：孰能為吾先導，以訪靈跡者乎？是昔天使照臨古德之地也，又孰能假吾羽翼以返故鄉者乎？俾吾得息勌足於廢墟也。未幾至聖地，詩人則見故國矣。顧歌吟未絕，而亞剌伯騎士陡出，以矛刺之斃，古來傳說如是云。爾後猶太尚多文人，第不復以希伯來語屬文，故不見之猶太文史。如德之赫納 H.Heine，英之迪思來列 BDisraeli，俄之諾特孫 S.Nadson、莆路克 S.Frug、敏斯奇 N.Minski，皆其偉者，今雖散在各國，而上溯淵源，其為以色列苗裔則一也，故記之。

　　如上所述，列國文人，行事不同，而文情如一。莫不有哀聲逸響，迸發

其間。故其國雖亦有暗淡之色,而尚無灰死之象焉,若在吾國則何有矣。臑臑平原,先世所宅,不猶列德跋 Litva 之土耶?浩浩黃河,其來自天,不猶彼伏爾伽母河耶?古德遺跡,與先王陵寢之地,至足懷念者,不猶耶路撒冷耶?而念之者誰乎?生民憔悴,流亡死傷者,寧不劇於兵燹與,而念之者又誰乎?昔固有之,今無是矣!哀鴻之詩,嗣響既絕,民聲之不可聞者。久下而求諸一人,亦唯有歡娛之聲而。已夫!樂固可也,顧覽北邙以怡情者,豈世亦有之與?蓋自人昧悲哀之誼,心日醉於浮華,因不惜棄絕故園,皈依異域,而高談政治為干祿之謀者,猶其次也。今於此篇,少集他國文華,進之吾士,豈曰有補,特希知海外猶有哀弦,不如華土之寂漠耳。夫一人向隅,滿坐為之不樂。況在今茲,薤露雖傷,而奏諸蒿里,不得謂之失時也。尼采曰:唯有墳墓處,始有復活。吾亦以是為小希焉爾。(終)

此文載第九期,作者周作人

「介異邦新聲」，醒國人耳目
——評《哀弦篇》

李彩鳳　韓文

　　《哀弦篇》寫於 1908 年，是最能反映作者周作人這一時期思想的作品之一，文章約一萬一千餘字，由六部分組成，介紹了東、南歐以及希伯來文學，主旨爲「衰世哀音」。周氏兄弟爲《河南》雜誌撰稿數篇，其中魯迅的《摩羅詩力說》和周作人的《哀弦篇》都著眼於「掊物質而張靈命」，文章引述西方各家各派的說法，《摩羅詩力說》注重「求新聲於異邦」，而周作人的《哀弦篇》則「介異邦新聲」，一個激越昂揚，一個則是沉鬱幽思。雖然兄弟二人在引用方面有相似之處，但是兩篇作品以不同的基調展現各自的思想。

　　文章的第一句這樣講道：「華土物色之黯淡也久矣。」中國的現狀令人堪憂，到處都是蕭條之境，淒清之情，而世界迭嬗，萬象更新，舉世向榮，與身處東方的中國形成了強烈的對比，不由得讓人哀傷起來。作者引用古人的觀點作以例證：「古人亦云，樂極悲來，樂既去矣，而悲則永住無間。」、「古人聞題駃而傷春，過川流而歎逝，天物無心，而人感焉，悲從中來，不可斷絕。豈曰無因，正人情之所不能自己爾。詩有曰，秋風蕭蕭愁煞人，出亦愁，入亦愁。」古今對比，再將話題引回到當今中國的情狀，又一次強調「況今日者國中沈寂，時如凋苓，雖有芳華，已非其候。熙熙者將何所爲，故惟有坐守蕭條，憂傷以終老而已矣」。在第一部分的結尾處，作者點明了撰寫《哀弦篇》的目的：「吾今乃將收其大概，少爲編志，以告國人。譬涉彼野田，以採香草，縱不能用，欽其芳澤，拾襲藏之，亦人情夫。」周作人期望通過介紹歐州各派的文學，使得國人增進對其他文化的瞭解，縱使借用不到我們身

上，也可以受到一絲絲的薰染。

文章第二部分，周作人討論了三種影響文章寫作的因素，「凡三事爲之始機，此占畢之士，欲讀異書者，所不可忽也」，這也是閱讀其他國家書籍的人不能忽視的三點。第一即是種性，這是「萬事之所由起」，不同的文章就有不同的特質，這是因爲寫作文章的人的種性有所不同。於是周作人就舉例來說，希伯來文章和希臘文章有所異，一個是東方思想，有嚴肅渾樸之氣，另一個則淵深莊重，文化的差異造成了這兩種文章的不同特質。異邦之間出現不同很容易被理解，但在一個國家中也會由於「種性」而出現差別，隨後，周作人在一國之中也找到了例子以佐證其觀點。「今即徵之一國文章，而種性之畛畦故在。如英國三島，愛爾蘭之文與英倫迴別。首自牧歌漁唱，兒女謳吟，以至詩文篇什，莫不可見焉。」可見種性對於文章的影響。第二即是境地。比如說，宗教、政治原因也會導致差異，「凡基督教國，文情塗轍，既絕異於天方印度諸邦，即支流曼衍，亦多差別。」第三即爲時序。「時運交移，質文代變」，當世的思想影響著當世的文章，「此文章之變，所以亦隨時序而異者也」。至此，周作人總結道：「由此三者，錯綜參伍，而成一代之文章，於是筆區雲譎，文苑波詭，民之心聲，窮其變矣。」

周作人從波蘭說起，「自昔稱任俠之國，義聲昭聞天下」，波蘭人仗義勇爲，性情卓越，從其古時的文章就可以見得。而當波蘭衰亡之後，雖然豪氣未竭，但是哀音繼之。文章中提到了波蘭的國歌、波蘭詩歌、波蘭詩人、波蘭小說……從這些文章中可以看到，「邦國消歇，身世飄零，侘傺寄懷，哀音發於自然」，國家的情狀、社會及人民的現實情況，都是作者們創作文章的背景，也是創作的來源。譬如「華國亦荼落，今後之人，懷先代文明之盛，將悵悒不可復見，即欲一聞衰世哀音，亦無由得，寂者無論矣。縱有聲聞，則亦阻隔不得相知也，豈不重可悲與」，中國社會蕭條零落，自然影響著作者的創作以及文章的基調，衰世造就了哀音，哀音的出現也爲合理。

之後，文章介紹了幾位作者，綏夫兼珂 T.Shevchenko（181～4861）、摩爾契夫斯奇 A.Malczewski（1793～1826）、札來斯奇 B.Zaleski（1802～1889）、戈息靖斯奇 S.Goszczinski（1803～1876）等，皆在波蘭，戈鄂理 N.Gogol（1809～1852）則以俄文撰寫也。另外，又提到了波蘭詩人密克威支 AdamMickiewicz、斯洛伐支奇 JuliuszSlowacki、克剌莘斯奇 ZygmuntKrasiński 等人。列舉這些人以及他們的作品，周作人認爲「列國文人，行事不同，而文情如一，莫不有哀

聲逸響，迸發其間，故其國雖亦有黯淡之色，而尚無灰色之象焉，若在吾國則何有矣」。雖然所處的國家不同，所經歷的事不同，但是文章卻都或多或少地透露出哀聲。周作人將悲哀意識與人們對於身處的社會以及生存的狀態相聯繫，同時，又挽悼了「哀音」的歷史，「中國文章，自昔本少歡虞之音。試讀古代歌辭，豔耀深華，極其美矣，而隱隱有哀色。靈均孤憤，發爲《離騷》，終至放迹彭咸，懷沙逝世。而後世詩人，亦多怨歎人生，不能自己。」以此告知世人，哀音自古就有，與種性、境地、時序不無關係。

> 作者爲河南大學民生學院講師、
> 河南大學新聞與傳播學院 2015 屆碩士研究生

預備立憲者之矛盾

明　民

　　比者已還，國人鑒於內訌外患之殷，民氣摧夷，國權淪喪，皇皇焉。大索其故，乃痛心疾首於政治之弗良。遂群起大呼，相率而談改革。然與民更始，其業維艱，況以數千年之故國，擁數萬里之方輿，改革之功，誠匪可呈於昕夕。且篤舊之夫，惡聞新政，或掩耳而疾走，或抵死以力爭，是以改革數年，漫無端緒。愛國深思之士，始豁然於國民之利害與政府不可相容。激烈者流，遂爾大倡革命，以為惡劣之政府一日弗除，則強固之國家終難實現。顧此非常之閎業，非所以語於偷生萎葸之民。於是向者救國之徒，乃攘臂而趨於立憲，內外騷然，向風而靡。蓋由此方面以為進行之儀的，既無喪元溝壑之虞，復獲致身廊廟之機，語其平和，誠哉其為和平也。惟是下民程度，驟爾難躋；預備之階，不可陵躐。天王聖明，遂有預備立憲之論。凡食毛踐土之倫，應如何激發天良，以達聖意。乃不意自事實觀之薄海臣民，於大哉王言，乃聽之藐藐。而天子乃有戲言，綸綍亦如反汗。竊觀於此，未嘗不歎息於二百餘年之厚澤深仁之將斬也。吾為此語，非敢誹謗宮廷，乃觀於預備立憲時代歷史之所陳，誠紛謬不知紀極。識者向以希望政府立憲，等諸與虎謀皮。人咸以為過當，蓋社會心理之趨勢，雖有大力者莫可挽回。惟臚陳實蹟以為證明，則迷惘者當自廢然而返。噫嘻！九法既斁，四維不張，舉世滔滔，竺守功利。下者趨於富勢，上者樂道調和，不知愈調和而愈失其眞。究厥指歸，遂為矛盾。蓋薰蕕不能同器，墨素不可兼施，今欲返之何其慎耶！故殿試學生，則與停止科舉矛盾矣；封禁報館，則與廣採輿論矛盾矣；賣礦借債，則與保護商民矛盾矣；任人緝捕，則與收復主權矛盾矣。繆錯紛紜，不可究詰。他若用人行政，益復離奇。其章章在人耳目者，如張之洞也，袁

世凱也，岑春煊也，鐵良也，丁振鐸也，張曾敫也，以及鳳山、梁鼎芬、段芝貴、樊增祥之徒。受遷補調褒貶無常，同一人也，不宜於南方者，乃置於北省；不宜於地方者，乃致之中央。乃至前則倚為腹心，後則斥其驕蹇；昨方褫職，今旋開復。其有殄民誤國之流，海內共憤。彼乃出其敷衍之手段，以杜天下之口。或僅予薄懲以觀後效，或暫置閒散以待方來。時雨時暘，自埋自揖，鑒於季世，云胡不哀！此胥前此之所無，而預備立憲時代之特色也。綜而言之，可名曰矛盾時代。惟其矛盾，故植黨援，私黨互鬨，故不統一；惟其矛盾，故生正負，正負相消，故無進步。以不統一無進步之國，時值閉關，猶虞崩析，矧當四國交陵之世哉。嗚呼！甲午以來日蹙百里，痛深創鉅，地削兵燔，雖在三尺之童，猶思振厲自存，以求一當。彼政府苟稍有人心者，亦何至泄泄猶昨耶！誠以彼與吾民利害相反，故布新除舊，匪出初衷。今預備立憲，亦不過怵於手槍炸彈之威稜，聊藉其美名，以為收拾民心、消弭黨人之具。乃卞躁者，昧厥由來，欲以苟且之心率天下而為要求開國會之舉，實貽亂之尤耳！不知皮之不存，毛將安傅？上以預備為要求，下以要求為應試，問預備不足，當以何國為無上之先型；要求不成，當取何物為最終之利器？苟一反詰，立見詞窮。披葉搴支，良可哀也！夫吾國民如不欲立最良之憲法，開完全之國會，則亦已耳。苟欲立之開之也，則當徑行直往，以速解決根本上之問題。不然徒作此忼俔乞憐之態、倡支吾無俚之詞，微特無榮，適滋玷耳。夫各國憲法國會之產出，無不經浴血數次而來。今乃欲以語言文字之功，而坐擁立憲國民之號，此在上下和同，種人無間，尤為不可必得之數，況吾國之今茲哉。今請述國會之變遷，與各國獲得者艱辛之歷史，以證今茲立憲者，於理論及事實上之矛盾焉。

夫立憲者，革命之產物也。在歐洲封建時代，君主專權，奴視民眾。至十九世紀，人文漸有進步，民權於以大張。削奪君權，公諸眾庶，而國會實其機關。夷考國會之由來，不得不遠溯於日耳曼古代。由是上徵，則為希臘羅馬。蓋希臘羅馬為歐洲文化之淵泉，自十五世紀，其制度文物，已漸被於西歐，其遺範於今者，殆非鮮淺。中如雅典民主政治，及羅馬市民之組織，殆開國會制度之先聲。然二國式微，此制亦同歸灰燼。今日歐洲諸國，則日耳曼人之子孫。自羅馬解紐以還，分疆立國，遂成今日之國家。而國會規模，遂亦與彼建立之國家，同時進化。考其沿革，遷變凡三：即上古日耳曼人之國會制度、與中世紀封建時代之階級代表制度、及近世國民代表制度是也。

蓋日耳曼之先人，由亞細亞之西迤東侵進，漂泊於歐羅巴大陸，因而立國。斯時希臘、羅馬之制度，既已湮滅無遺，日耳曼文明乃代之而發達。故其古代制度，遂為歐洲政治史之起源。蓋日耳曼古代之民，分有種種部落，各部團結獨立，建設共和，干戈相尋，莫能統一。乃各以全體人民組織國會，雖間奉戴一主，然亦不過國會選舉之一員，而於政治上之實權，甚形微弱。國家重權，總於國會，與羅馬太古之時殆無異也。日耳曼之初，本無君主，繼因戰事繁多，臨時不得不置一人以為之渠率。迨干戈底定，各部平和，而此渠率者，仍得官以終身，不曾解職。積之又久，位擬君主。由茲推溯，可知歐人建國，原祖共和。一國主權，在於國體，此歷史上無可致疑之事實也。然歷時既永，因戰爭頻數，王權漸亦增加。其國會之制，凡男子已及丁年，具有武力者，胥能與議。蓋斯時舉國皆兵，獨立男兒，在能執干戈以衛社稷。出則從事疆場，入則圖議政事，故國會即軍隊，政權即兵權也。召集會員，若臨大敵，每屆春秋，兵士戎馬，大會於邱陵或森林之內。至若臨時召集，則以烽火信矢為徵，議事之方，決於眾論。至王及將率所提出之議案，贊同者則足蹈手舞，反對者則擲劍鳴鐃，無所庸其辯論。要之，議員即從戎之戰士，國會即權力之中心。有捨身之勇，然後有參政之榮。勇猛莊嚴，敢死而無所於悔，此其武力所以可嘉，而不至被侵於羅馬也。然自第三世紀以後，夫蘭克乃崛起於其間，蠶食四方，威震遠邇，其權乃歸於君主而不在人民。蓋當時社會進步，生齒日繁。欲集合人民全體，於勢有所不能。故國會制度漸衰，無復振興之象。至九世紀，色列斯大帝時，一般人民已不與議員之列。其得與議者，不過僧侶即有力之民，然亦只餘形式而已。此古代日耳曼國會之概略也。

自夫蘭克分裂以來，撒遜侯一世亨雷君臨全德。然斯時中央主權浸以不振，列國諸侯，互爭雄長，是為中世封建時代。此時代之國會制度，其內容與古代不同，不過豪右諸侯之集合而已。蓋是時中央主權，威難逮下。君主乃畫土分疆，封其近信，一有徵發，則各應其領土之大小以給軍資。此與吾國封建之制，微有同符者也。然以經濟發達，人口益蕃，土地遂為資材之母。故於社會上經濟最優，則於政治上之權力亦重，於是封建之制漸分。諸侯得貸土於臣下，地主亦得貸與於農民，而權力服從之關係，乃因之而起，社會階級滋益多矣。社會組織如此，則國會制度，亦不能不隨以變遷。於是政治參與權與土地所有權膠為一物，諸侯豪右，各君其土，各私其權，下至齊民，

其權蔑矣。中世情形，殆具於此。法自與德分離以遠，國會制度，久就湮滅。至斐立維時代，為欲抗衡羅馬法王，知結託人民之不可以已。乃由大學及都府選舉委員，以組織國會，維持之久，垂三百年。至路易十四時，君權隆重，國會之制又復煙消。人民自由，大為腋削，國政腐敗，達於極端，遂釀成革命之機。專制之君，卒就駢戮。歐洲諸邦之政治組織，乃為之一變，此近世國會制度所由來也。夫近世國會，乃所以代表國民，既不同夫古代日耳曼，有人民全體參政之權，亦大異乎中世社會階級之貴族集合。不過選舉少數人民使之代表意見，亦國家組織發達使之不得不然也。當此變遷最劇之時，而孟德斯鳩三權鼎立之論亦出，故國會遂為國家立法之機關焉。要之，**各國之能開國會，罔不自鐵血中來，而法蘭西為尤甚**。自路易十四，倡朕即國家之語，君權之盛，殆無比倫。而盧梭、孟德斯鳩之徒，鑒於法民之憔悴，乃起而倡民約自由之說，積苦之民，於是譁然而作。聯合大群，剗除民賊，而導線一燃，全歐震動。自一千七百九十一年以來，憲法改革，凡十二次。廢王殺君者數，革命流血凡三，而後始購得數十條寥寥之憲法。今吾國人，乃欲向此專制之獨夫要求立憲，此與歷史上事實之矛盾一也。雖然法蘭西革命之歷史，為吾國平和之人所駭也，其所夢寐以求之者，殆莫如英吉利矣。然論英國國會之由來，當亦憶及千六百四十九年，查爾斯就戮刑臺之歷史，且當聯想及克林威爾其人也，不特此也。彼約翰王之見逼顯理第三之敗績，與夫賊母士之被逐也，其果以何種原因也，不特此也。巴格斯博士曰：「或以英之憲法，非自革命而發生，以余觀之，則大不然。蓋自諾爾曼諸王統一以來，英國組織上實起有三大革命。第一革命起於一千二百十五年，是為由君主組織，降為貴族組織之時期。蓋王之署名於大憲章也，係受強迫而然也；第二革命起於一千四百八十五年，是為英國主權自貴族移於人民之時期；第三革命，起於一千八百三十二年，蓋王之解散議會也，亦被脅迫而然也。英之國會，其經過之歷史如此。」今之希望立憲者，乃欲以口舌文詞之力，坐待欽定憲法之恩頒，其與歷史上事實之矛盾二也。

且憲法之為物，不過為限制獨裁政府之強權，增進多數人民之自由而已。非別有甚深微妙之義蘊也。政府而果欲立憲也，則請稍戢其蹂躪國民權利之手腕，稍斂其掠奪國民財產之行為，斯亦已耳。弛張之紐，存乎自身，非由外鑠。何事乎兢兢以以預備為，此其與理論上之矛盾一也。且所謂預備者，為政府預備之歟？抑國民預備之歟？抑政府與國民交相預備之歟？如謂政府

預備，則所辯已如上陳。如謂預備在乎國民，則天生蒸民，即畀以自由之權利，此爲有生所同具，非有輕重差別於其間。得之則生，不得則死，亦非如什物之可以授受饋贈於人人也？無如數千年來，寢被朘削於獨夫民賊，沿成積習，視爲當然，而復恐天誘其衷。群起而謀反抗，則著之法令，範以典章，斥爲大逆不道耳。目心思束縛之既久，則亦率忘其本來。今以吾人固有之德，返諸吾人應有之躬，則亦何所容其預備耶。此其於理論上之矛盾二也。如謂政府與國民交相預備乎，則其言尤爲悖戾，何者？有盜於此，強攘室主之資財，繼悔而返之，乃復豔夫資財之美也。又吝而弗返，乃告主人曰：「若其亟預備受納之，吾亦亟預備返若也。」聞此言者，罔不騰笑。今之預備立憲，何以異此！然而舉國上下，今固皇皇焉預備之矣。此其與理論上之矛盾三也。今姑容其預備，夫以預備時代，較諸預備時代以前，國民之自由權利，當有加矣。乃按其事實，則大不然。

蓋自由權之最不可侵犯者，莫如身體。蓋身體者，生命所附麗，無身體即無生命。此至淺之義，雖孺婦無難立喻者。故各國憲法，無不兢兢於此。乃自預備立憲時代觀之，告密之風，遍於海內。今日捕甲，明日逮乙，關河險阻，道路驚心。匪日面目可疑，即日行蹤詭異。以致宵小無賴之徒，得廁等偵探，混淆黑白，或索詐財賂，或傾陷私仇，致善良之民，械繫於囚獄。周內於嚴刑相駢率而慘死者，不可勝數。噫嘻！人類顛連至於此極，乃復渙汗大號，竊憲政之名以欺天下。此凡稍有心肝者，未嘗不痛恨噓唏，拔劍而思起者也！他若封閉京報館，則侵犯出版自由矣；嚴訂報律，則侵犯言論自由矣；限制非部定會字不能用，則侵犯集會自由矣；韓半池之案，則侵犯家宅自由矣；封禁徐錫麟之父之商店，則侵犯產業自由矣；大通學堂之役，則侵犯一切之自由矣！謬出分歧，不遑毛舉，此其矛盾之尤者也。且立憲者，政治上之問題，亦即今日存亡之問題也。既名之曰預備，則於國民政治上之思想宜急力啓淪之。即於關乎存亡之問題，宜力使研究之，此自然之勢也。各國國會之起源，實依於日耳曼古代法之二大原則而起，而其所包含之權限，可約爲三：即法律協贊權、財政監督權與行政監督權是也。質而言之，即立法、行法諸端，國民胥宜參與，而關於舉措大經，尤必俟人民之承諾。近如蘇杭甬問題、西江問題等，皆政治上之大綱，存亡之大計。雖處若何專制政體之下，吾民亦有研究處置之權，況當預備立憲之時期，建議質問之權，寧能放棄！不意全國輿論，政府視若仇讎。電致督臣，冀欲解散集會，逮捕人

民。函電禁止之，無效；乃欲以上諭迫脅之，無效；乃欲用兵力強制之。愈出愈奇，雲翻雨覆，此其矛盾，匪夷所思，吾且憚於枚數矣。總而論之，**國民普通之自由，彼不能於預備立憲時代保護之，乃反於預備立憲時代剝奪之；國民政治上之權利，彼不能於預備立憲時代促進之，反於預備立憲時代限制之**。非喪心病狂，奚爲行動不倫，一至此極！國民深思其故，當瑩然於**彼此厲害積不相容**。嗚呼！人每狃於目前之近功，而忘將來之實禍。今惟列其矛盾之實迹，以告國民，冀共斬去希望政府之性根，而從事於獨立非常之偉業，則祖國前途或有幾希之望也。如其迷惘弗顧，誤執方針，則吾尚何言哉！

此文載第三期，作者周忠良

清醒者的勸誡
——評述《預備立憲者之矛盾》

韓　文

明民，原名周仲良，貴州省黎平縣人，早年在日本留學時加入同盟會，曾任孫中山總統秘書、北伐軍第十路軍黨代表、印鑄局長、中國佛教會副會長、總統府第五局局長等職。1949 年告老還鄉，1951 年貴州省法院以特務罪判處死刑。

《預備立憲者之矛盾》是明民發表於《河南》第三期（1908 年 2 月刊）的第一篇論著，全文約五千字。文章分條羅列了內憂外患之際，預備立憲實施過程中日益顯現的種種矛盾，揭露預備立憲的反動性和改革的欺騙性。

文章開篇闡述，中國封建社會的長期性、疆土的遼闊和民眾的思想覺悟普遍較低，造成社會變革舉步維艱。通過列舉與預備立憲政策相悖的現象，如禁報館與廣探輿論的矛盾、賣礦借債與保護商民的矛盾、任人緝捕與收復主權的矛盾等，指出「預備立憲之時代特色」，使這一時期成為「矛盾時代」。來自多方面的矛盾使預備立憲的新舉措與預期效果相抵消，使得改革停滯不前。因此，作者直截了當地指出，預備立憲只是統治者「徒作此伈伣乞憐之態，倡支吾無俚之詞」的假象，將國家變革寄希望於清政府的預備立憲，相當於為虎謀皮。

作者提出，在西方各國，憲法和國會的產生都要經過數次浴血奮戰才能得來。而在我國這種高度集權的封建國家，種族間存在極大的不平等，「欲以語言文字之功，而坐擁立憲國民之號」與存在歷史、現實方面的矛盾。

關於我國預備立憲與歷史事實的矛盾，作者闡述了兩層觀點。首先，作

者梳理了西方國會制度的變遷，列舉出上古時期日耳曼文明全體人民組織國會、中世紀封建時期政治參與權與土地所有權交織、近世歐洲國會代表人民。作者特別闡述法國的民主制度受到民主、自由學說的指導，底層民眾聯合起來，通過暴力革命取得勝利。而我國當時的政治環境下，有識之士向專制的封建君主提出立憲等同於天方夜譚。第二，對於我國追求和平的人來說，他們夢寐以求的方式是傚仿英國。作者指出，實際上，英國國會經歷了以 1215 年的訂立憲法、1485 年主權移於人民、1832 年議會解散爲開端的三次革命，並不是以「口舌文詞之力，坐待欽定憲法之恩頒」。

關於我國預備立憲理論上的矛盾，作者提出三點。首先，作者認爲憲法的存在是爲了限制獨裁政府強權，增進人民自由。而清政府實行的預備立憲，蹂躪國民、掠奪財產的強權並未受到限制。第二，自由的權利本是與生俱來的，人與人之間沒有輕重差別。在專制的封建國家，人民處於強權的壓迫下，一旦產生自由意識，便會被法令處罰爲大逆不道。第三，立憲之所以要經歷漫長的預備期，是因爲政府並不願意把權利歸還於人民。

作者認爲，預備立憲時期的國民權利較之前應當有所增加，但事實上並非如此。自預備立憲開始，出版、言論、集會、家宅自由、產業自由等權利遭到嚴重破壞。統治者「竊憲政之名，以欺天下」，原本屬於政治問題的立憲運動，發展成爲存亡問題。各國國會的建立源於日耳曼古代法衍生出的三大原則：法律協贊權、財政監督權、行政監督權。國計民生的大事應與人民商議，人民擁有「研究處置職權」。在當時預備立憲的時期，不但禁止人民建議、質問，反而阻撓人民集會，甚至利用軍隊鎮壓。預備立憲時期，政府對自由和權利不但不促進，反而削弱甚至剝奪，這也是一大矛盾。

作者通過對清政府預備立憲與西方立憲史實的對比，說明在權利高度集中的封建制國家，實行溫和的政治改革是行不通的，只有進行暴力革命才能使人民獲得自由。通過對立憲的目的和作用的分析，揭示憲法是民權和自由的維護者，同時呈現預備立憲後人民權利遭到更加嚴重踐踏的事實，從而揭露統治者竊取憲政之名、維護封建專制統治的反動目的。作者呼籲民眾摒棄對封建統治者的僥倖心理，不被眼前的表面成效所迷惑，而引發將來的禍患。

作爲一名資產階級知識分子，作者對清末預備立憲的認識是理性而透徹的。文章通篇沒有激烈的言辭，僅僅通過聯繫歷史的闡述與舉例分析，證明預備立憲的欺騙性與反動性。文章字裏行間飽含愛國情懷，在內憂外患的大

背景下，對激發民主意識，喚起民眾覺醒，改變社會風氣起到一定的作用。
文章圍繞《河南》雜誌「牖啓民智，闡揚公理」的宗旨，宣傳了民主思想，
為酣夢中的中國人敲響了警鐘。

作者為河南大學新聞與傳播學院 2015 屆碩士研究生

中國變法之回顧

明　民

　　乃者，邦士大夫！鑒於國家之喪亂，冀扶衰起弊，使四千年炎黃遺冑，不下儕於波蘭、猶太之林，乃奔走呼號，期與海內共謀改革。延遞今茲，亦既無間於人人之口耳矣。然愛智之倫，默觀深念，苟稍役心力以研求其已陳之蹟，而推索其將來，殆無不惄焉。閔歎者，語曰：「前事不忘，後事之師。」蓋社會情狀，綜詭萬端，然迨其萌芽，幾無一不密關於政治治國。聞者倘爲之排比連次，探信例於龐賾之中，則社會政治之樞肻可持，是以燭之無隱。故執今之表顯者，以上溯其本始，則將來結果之良窳，亦可比而知也。夫中國之談變法，垂數十年矣。曠日彌久，寸效不呈。之越北轅，相差絕遠。若細繹其蛻化遷流之迹，似可區爲三段而言。即自咸同以來，迄於甲午，爲變法第一時期；甲午以後，爲第二時期；甲辰乙巳，下逮今茲，爲第三時期。質而言之，則一期所變，僅及器物，再變則及教育，三變始及政治。若張皇其皮，相似有再接再厲之觀，而按索其精神，實有日遠日非之槪。竊嘗深求其故，而得二大原因：即一爲咎在政府者，一爲咎在國民者。今不辭繁碎，用將研究所得，貢於下方。俾愛國者流，共瑩然於振國厲民之鵠，而兢兢於來軫，是則區區之微意也。

　　所謂咎在政府者何？則以其對於國民懷極端之猜忌也。惟其猜忌，故護專制而嫉自由，而變法遂歸於無效。蓋吾國曩處閉關之世，歸然立於東亞。孕育豐閎，秉有特殊之文采。且前臨灝瀚之海洋，背負阻修之大陸，舟車重滯，四國不通。其有環我而居，亦靡不浴吾之文化。斯時既無國際對待之情狀，吾民即無由發生國家主義之思潮。故誤認國家爲天下，甚於羅馬之民。斯誠時地風習，流衍使然，無足深怪者。故論吾國國民之特質，乃耽和平而

惡競爭，非國家的而乃世界的也。以此原因，故於邦國之廢興，亦漠焉不加忻慮。此非特對於同國之人然也。雖至異族之君，入主中夏，若彼歐美之民，所引爲深戚重疚，刻不能去諸懷者。吾民則恬然安之而不怪，斯寧非歷史上之異例耶？雖然，吾國固屢爲覆亡之國，吾民亦屢爲屈辱之民，然四千年文化所遺如禮法風謠，斷不至旦即於零夷而沉淪於左衽。雖以宇內至極頑蒙之族，及其與吾濡染，亦終必同化於吾人。即上菇以穎智之君，部勒其族眾，冀固保其膻風，俾勿染吾華俗。然積漸薰陶，其獷武之風，終必日趨於摧落，猶之投樽酒於洪池，雖欲其不合化同流，亦胡可得！此鑒於歷史前事之同然，而迄今尤爲章明昭著者也。本朝奄有中夏既已二百餘年，其猜忌吾民之心，無所不至。入關之始，即分遺八旗猛士，駐守四方，以防制吾人之反側。其有草澤遺民，抱亡國之戚，或蜷屈於老屋荒江，發奮著書，冀稍舒其禾黍故宮之感。然風聲未樹，刑鉞已加。甚者發冢戮屍、株親赤族。乾隆一代，大獄迭興，海內皇皇，手足無措！又復陰銷士氣、陽厲儒林，使天下咸震懾於專制之淫威，無復敢印首申眉，向宮廷而正視者。雖積至今茲，而威權不會稍殺。數載以來，報館之被封與以文章而見戮辱者，亦曷可勝道！名爲革新，實則反是，其猜忌之心固二百餘年如一日。吾人苟稍治當代掌故，而尋考其由然，猶不禁胸有餘哀、而股有餘栗也。嗚呼！時局至今，吾人豈忍過爲意氣之言，以挑起同胞間之惡感哉？無如欲論列當今之得失，不得不推勘其利弊之原。而歷史所陳，實亦無術爲之覆沒。雖有僉人，欲逞一己之私衷，巧爲辯護，而事實具在，昭若秋陽！其景曜不至爲高天孤雲之所匿也，亦自然之數耳。且政府之猜忌吾人也，以一種族征服一種族之大例推之，彼亦出於事勢之不容己，何則以吾國眾民廣土、文化復高，而以之處於被征服之地位？彼則岸然臨於吾上，而自處於征服者之地位？冠履倒置，實爲兀臲難安！今英人之於印度、日本之於高麗，程度相違，強弱亦異。然彼三韓身毒之民，猶且怵志劌心、日謀恢復國權之方策。矧吾國今之主權者，其與吾衣裳冠帶之倫，賢不肖相差絕遠！其對於吾人之政策，顧肯稍流於放任耶。惟是天演公例，優者生存。今萃滿漢二族，而校其智力德材，了然如黑白之可判。顧乃上下易位，成敗相反若斯，然後知近人謂爲軼出天演之、恒軌之，言之非虛語也。昔雍正之季，曾有上諭，禁滿人學習八股，謂是不過籠絡漢人之具。又某親王曰，我國練兵，不過爲防家賊計耳。而剛毅之徒，復倡爲漢強滿亡、滿肥漢疲之口訣。政策相傳，由來已遠。以此可知，

　　吾所謂政府之猜忌吾人，二百餘年如一日者，決非周內鍛鍊之詞也。以此原因，故政府之於吾民，不欲其智而欲其愚，不欲其明而欲其暗，不欲其強而欲其弱，不欲其剛而欲其柔。然後彼可高臥九重，偃然肆於吾民之上，而坐收指揮奠定之功。脫使吾國能長此終古絕客閉關，亦未始不可永享升平，維持專制有道之基於不替。無如天時反覆、海水揚波而奇局大開，彼碧眼黃髮之儔，乃得挾其鐵砲輪船，越七萬里波濤而涖止。歐風猛扇，海禁亦開，朝野臣民，乃驚愕不知所措。始猶欲挾其足己自封之智，以凌彼朝華方作之民，至儕之於夷狄，泊乎一再創刈。而一部分較為明通之士，始稍為世勢所推移，乃降志下心，略與研求所謂洋務者而變法之機，遂權輿於此矣。然略事皮毛得之太淺，以為歐人之強盛，僅存於利炮堅船。今欲戰勝強鄰，不可不師其長技。故當時考求時務之士，均以此事為要圖。於是於咸豐十年，遂有令曾國藩等購辦外洋船炮之旨，然朝廷此舉本非欲固邊防，實欲以防內亂。試一披恭親王當時之奏牘，其原因即可了然矣。原奏略謂：「粵亂蔓延七八省，滋擾十數年。推原其故，由於道光間沿海不靖。其時遣散之潮勇，從逆之漢奸，窺見國家兵力不足，遂勾結煽惑，乘間抵隙，一發而不可驟制（中略）。臣等期於拔本塞源，是以上年曾奏請飭下曾國藩等購買外洋船炮（中略）。巴夏禮自長江來，謂船炮不甚堅利，恐難滅賊（中略）。自不如用火輪船剿辦，更為得力云云。」由此觀之，其嚴防家賊之心，昭然可見！當時奏章具在，至可推勘也。嗣後以船炮之原出於機械，用力少而成功多，與其購自重洋，不若自行製造，經費既省，新舊亦殊。於是於同治三年，乃有遣容純甫出洋採辦各種汽機之舉。而斯時上海製造局等已浸浸開設，而福建船政局亦於同治五年建立矣。當次之時，朝士大夫，胥棲心於唐虞三代之故，高語昔望先王，鄙夷洋務為不屑。道士、子方耽溺於科名帖括，大夢沉沉，蟄伏鄉井，不識有所謂地球各國者。其尚焉者，亦不過僅悉英法花旗諸國之名，又復為金石詞章所汨，或不肯役心於當代得失之故。至迂腐之儒，老死不出里閈耳口，心思膠固不周於事，遽見新奇之器必加以『洋』字之冠詞：如洋火、洋報、洋油、洋布之屬，尤不可以更僕數。甚則諱「洋」字而不談，斥「洋」器而不用。以為奇技淫巧，害俗傷民，聖人之徒，所宜痛絕。其有談言新異，衣服離奇，則群起大嘩，必目之為名教之罪人。而詈之申申，俾不見容於里鄰。故當時之士，於中外世勢遷流之迹，有眞知灼見者，不過數人。然上既迫於專制君主之淫威，下復為舉國士林所嘩笑，亦僅識藏身自固，決不敢直

情遄起以與社會之羅網相衝。故沈文肅於既成之滬松鐵路，復以鉅資購回而折之，至將其鐵軌百材沉之於海，曰：勿使後人謂中國鐵道之興，權輿於沈某。怪哉此言！殆可將當時明悉時局諸公之心合盤托出也。至若郭氏筠仙，號為雅通時變，其議論識見，似卓絕乎庸流。然以是大不容於湘人，囂張之徒至欲殺之以為快。以此之故，是以當時所變，僅及於器械之微抑，以法令綦嚴，立朝束帶之徒，概皆蒙老子以儒術之皮，以愼言寡過為歸，不敢多有所建白。如曾文正者，即其中藏身最固之一人也。以彼當時廓定東南，邦如再造，非不察國家之積弊，非不知時局之艱難，非不探學術之源流，非不悉民生之憔悴，乃束身自好，不發一言，彼生平謂罪惡鄉愿，不知適自蹈之，殊可大為悼歎者也。

夫是時反對洋務最力者，莫倭仁若。當丁卯三月，設同文館於京師，擬招集士子學習算術方言，廷臣疏諫紛紜，折皆留中不發。御史張盛藻並請毋庸召集正途，旋遭諭駁大學士倭仁因抗疏力爭。略謂：「立國之道，尚禮義，不尚權謀；根本之圖，在人心，不在技藝。今求之一藝之末，而又奉夷人為師。無論夷人詭譎，未必傳其精巧，即使教者誠教，學者誠學，所成就者，不過術數之士。古今來未聞有恃術數而能起衰弱者也。且夷人吾仇也，今復舉聰明雋秀，國家所培養而儲以有用者，變而從夷，正氣為之不伸，邪氣因而彌熾。數年以後，不盡驅中國之眾，咸歸於夷不止。今令正途學習，未必能精。而讀書人已為所染，恐適墮其術中云云。」夫倭氏固當時之理學名臣，雅負時望，且於政治界中佔極高之位置，褒然為儒臣之領袖，登高一嘯，竺舊之士，四應於朝，革新萌芽，卒為所沮。嗚呼！千尋之坊，潰於一蟻！陵夷至今，國是不定。溯厥本原，文端固不能辭其咎也。

以此諸因，嘗故當日謀國之臣，目光所照、心力所營，僅及於質學之一部，命其名曰格致。雖間立一二學校，亦僅從事於文字語言，未有肆及哲理、律法之故者，輒曰形上者道、形下者器。道者吾所固有，器可取法泰西。道為體而器為用，器為末而道為根。此等口禪幾乎千人一律，此在風氣初開，夫亦何怪！特恨當事諸公，並此所主張者，亦不能貫徹其目的，虛糜歲月，牝擲黃金，迄今數十餘年，而不睹絲毫之效益，良可恫也。

今夫物質科學者，為十九世紀世界文明進步之源泉，歐米諸洲興國立民之根極。俄以此而拓疆萬里，英以此而殖富五洲，德以此而勃建新邦，法以此而恢復祖國。豐功卓效，既昭著於民生，雖日率大地群庶，禱祝謳歌，尤

恐不能竟其偉績。吾乃於當日政府諸公之講求格致機器也，而極端不表同情
焉。抑獨何哉？誠以其專講形式上之美觀，而不求其精神於實際也。嗚呼！
江南之橘，遷地弗良。葉公之龍，非心眞好。有同一器物，同一學術，外人
執之馴可致於富強，中國傚之適足促其貧弱。何則？誠以**彼爲發於建立家國
之腋誠，我則籍以敷衍人民之耳目**，宗趣不同而根本之道異也！不然，何以
自同光之間，所謂製造局、船政局、格致書院、水師學堂者已相繼而立，至
今未聞中國有一工程師、博物家、海軍人材等出乎其際耶。夫以中國人民之
聰智，豈眞學不如人？毋亦政府辦法不良，不於根本之端加之意！惟略求形
式以飾觀瞻。故各局廠設立以來，未能發明一炮，未能新製一船。推厥病根，
厥有多故，然實以官辦爲之總因。夫廠歸官辦，則一切程序，多屬虛文，工
料資金，均有成例。即有自出思理，發見新機，而所需試驗器械經濟必多。
且彼所謂監督總辦者，毫無學術。只圖自己之身家，不顧國家之苦樂。即有
發明新器，彼亦無利可圖，故亦不爲之提倡。夫國家既無鼓舞人才之法，學
者復無堅忍之功，乃欲收效果於前途，是無異求魚而緣木也。且吾國豈眞無
一物質學者哉？特有之而政府不能用耳。如米國某大工廠，尚聘有吾國人爲
總工程師者；今春英國某雜誌所載有，吾國廣東某君，曾發明空中飛艇者。
以吾所聞，尚不止此。特政府至今，並不欲識其名，即知其人亦不能盡其用
耳。此可爲之太息痛恨者也。嗚呼！吾人試一思之，其故果安在哉！其故果
安在哉！（未完）

　　當同光之交，考求洋務之說，喧囂於上下。竺舊之徒，動援用夏蠻夷之
說，與夫歷代陳言以相難。當局之不肖者，乃反利用此等囂張無識之氣，以
爲反對立論之基，屢阻其間，摧其萌蘗。故雖有二三明達，能略窺中外得失
之源，然有所更張，輒不能如其意所欲出，而收指臂相通之效。是以講求變
法數十餘年，所發興者，僅二十餘事。然綜其綱要，不出二途：一曰屬於富
之事，如開礦、築路、紡織、電報是也；一曰屬於強之事，如購造船械、繕
營砲臺是也。斯固當日執政諸公，所揭櫫於天下者，意謂歐美富強之術，罔
不由茲。及就其結果觀之，匪特富強無由，而國計民生，反什伯蹙於曩昔。
蓋根本之道既違，其極也則謬以千里。子輿氏曰：不揣其本，而齊其末，中
國變法之謂也。今試取其創辦洋務之大端論之，則其得失之幾可鏡矣。

　　歷考歐美各國經濟發達之故，靡不由於藏富於民。蓋國者民之積，未有
民豐而國匱者，此不易之公例也。而吾國言利之計臣，乃適與之相反。山澤

自然之利、紡織舟車之用，胥欲罔之於朝廷，筦之以官吏，惟恐天然餘澤，稍及於吾民。究之，一利未形，百業叢出。即如中國礦產，富甲東西，五金之藏，不可以僂指數，乃棄貨於地，仰屋嗟貧。若商民欲開，則官吏作梗，託辭阻拒，需索包苴。或謂事多窒礙，難予准行；或謂風水攸關，輿情難洽。因循推宕，事用不成。此皆見之當時文告者也。又或欲壑已盈，准予開採。然稅捐積重，輸運多艱，吏役如狼，勒索時至；折閱不貲，中途封閉。如此之事，當時蓋不一而足也！推其本意，必欲盡天下之礦胥歸官辦而後已，而不知其力之不足以舉此也。故至光緒二十二年，崧蕃興辦礦務疏，猶云：當此需款孔亟，尤宜收天地之利，以裨國用。而裕度支，奴才身受厚恩，天良具在，敢不竭力圖維。冀紓宸廑，當飭藩臬會同善後局司道，妥議詳辦。現擬遴派熟悉礦務之員，分赴各屬查明何處可辦，再設法籌備官本，認眞開採。緣雲南地處邊瘠，實鮮大商，若不先發，官本商民徒誤事機云云。三復此疏，能無駭笑。夫謂雲南邊瘠之地，實鮮大商。寧不思雲南之官，其子孫衣食之供、揮霍孝敬之貲，曷莫非自此邊瘠之雲南出者、又曷一非取諸此邊瘠雲南之商民耶？一則曰官本，再則曰官本，而不知實在之官本，固罔不來自田間。即等而上之，而此作威作福玉食萬方之辟，其所以能作威作福之故，又曷莫非資籍此邊瘠雲南之商之民，或等於此邊瘠雲南諸省之商之民，有以供奉其揮霍耶。嗚呼！積非成是，視爲固然。盜憎主人，莫可究詰。是則吾民所宜恫心怵志者耳！而當時論者，復多以官督商辦爲言，謂全恃官力，則巨費難籌。兼集商貲，則眾擎易舉。商招股以興工，官稽查以徵稅。據此以言，則當時所謂官辦、官督之情形，均不難於言外見之。故數十年來，毫無成效。而所謂某局所公司，亦不過爲二三巨公位置。私人之地，開平之礦，雖略有端緒，然開平所納之稅，較之西煤多至半額，爲業驅爵，是果何心？是誠百思而不得其解者也！尤可異者，當日汽船舟車，均禁百姓不得興造。而上海織布局開辦之初，亦嚴禁防效，只准獨行，是果根據何種理由乎？夫各國政府之對於商民營業，原有保護其專賣之權，然此乃對於商人自己有所發明獨創者而言，非屬漫無理由之舉？夫創始者其功多，專利則人思競，此實鼓勵工商之良法也。未聞因人有法而復禁仿傚，更未聞仿傚人者，更有權能禁人之仿己也。且民生所需，布帛菽粟，日難一缺。度諸公興辦機器、紡織之初衷，亦必曰取復利權、杜塞漏巵而已。仿製者日眾，則利權之收復也必日多，而洋紗之輸入者，亦必日減，斯固自然之數也。今乃昧於根本之計，而爲無

壚之效顰，不識其自身之不肖，誤學邯鄲，行失故步。是無異欲入而閉之門、臨大敵者之自縛其眾士之手足，而冀以一身爲萬矢的也。瞀亂昏愚，莫茲爲甚！故積至今日，而紡織之利，尚未發展；洋紗入口，日倍於前，寧不可爲之痛悼也哉！善夫，郭氏筠仙之言曰：「泰西富強之業，資之民商，國家用其全力護持之，與人民相交維繫，並力一心，以利爲程，所以爲富強者。民商厚積其勢，以拱衛國家。中國官民之氣，隔閡太甚。言富強者，視以爲國家之本計，與百姓無涉。要之，國家大計，必先立其本。其見爲富強之效者，末也。本者何？綱紀、法度、人心、風俗是也。無其本而言富強，祗益其侵耗而已。賢者於此，固當慎之。又曰：天地自然之利，百姓皆能經營，不必官爲督率。若徑由官開採，則將強奪民業，煩擾百端，百姓豈能順從！而在官者之煩費，又不知紀極，爲利無幾，而所損耗必愈多。（中略）然則西洋汲汲以求便民，中國適與相反。所以仿行西法，以求富強者，不知果何義也？竊思富強者，秦漢以來，治平之盛軌，常數百年不一見。其源由政教修明，風俗純厚，百姓家給人足，樂於趨公，以成國家磐固之基，而後富強可言也。施行本末，具有次第。初不待取法西洋，而端本足民，則西洋與中國同也。國於天地，必有與立，亦豈有百姓困窮而國家自求富強之理？今言富強者，一視爲國家本計，與百姓無與。抑不知西洋之富，專在民不在國家也。」夫當時樞府諸公，顛倒紛紜，一無實際，不知輕重之務、本末之辨。其議論識見，能及郭氏者，殆如鳳毛麟角也。而郭氏亦以所見獨深，不肯狥虛驕狨倡之論，以爲同異。故一時膚薄之徒，多傅會深文，以攻持其短。且朝廷用人，本無成見，惟視左右親近。及其尤頑固昏憒者之議論，以爲轉移，雖有嘉謀，將安用之？不然，中國自變法以來，數十餘年，計臣謀士，獻策紛紜，其良法美意，亦多頤憚於指數矣。何無一焉能見諸事實者，而所謂親王大臣之意旨，乃朝方入告，而夕竟行耶，此其故殆可深長思矣。

　　至若當時辦路之事，尤有難言者。夫吾國鐵路之創始，以上海江灣線爲權輿。然盈廷頑固之徒，胥視爲不祥之物，必欲使萬里華夏奧區，一線不築而後快。故於光緒二年，沈葆楨遂不惜重款，購其全線而毀之。至光緒三年，開平煤礦，以運煤艱苦之故，稟修關內外唐胥線二十里。雖經政府允准，然尚視鐵路爲不足輕重之物，在可無可有之間。迨總理衙門設立以後，李文忠以圖鞏固海防、調運靈通之故，欲多修鐵道，以爲兵事之機關。遂於光緒十二年，奏請將鐵路歸總理衙門管理，其奏准者，有關內外龍洲大冶三線，凡

二千餘中里。三線今已告成，然非外國自辦，即為華洋合辦，否則借款承辦者，於利國便民均無與也。

蓋吾國自中東戰事以還，政府之酬俄羅斯迫日還遼，故遂舉滿洲全路隨喀希尼秘約拱贈俄。外國自辦之鐵路，遂以是為濫觴。於是彼碧眼黃髯者，窺我政府昏昏者之易與也，遂群起而要求之。要求不遂，乃恃而直攫之。肉食諸翁，卻之不能，爭之不得，於是汝取汝求，不得已而為和盤托出之舉。而龍洲鐵路、滇越鐵路、赤安鐵路，乃贈於法矣；青濟鐵路，遂贈於德矣。自是以後，外國自辦鐵路之勢，於以大張。俄既獲得特權，於是經營東清鐵路，不遺餘力。路線告成，而西伯利亞之幹線，遂得連絡以直達旅大之不凍海口，而與太平洋水路，一氣相連。於是彼得大帝之遺謀，遂南下而不能抑遏。法自佔據越南以後，日謀危吾南服。至光緒二十一年，駐京法使，索辦廣西龍洲至越南河內鐵道。總理衙門，始雖以中國自辦答之，然終以鉅款難籌，遂以軍事界極有關係之路，畀諸虎狼之手。嗣後獲有滇越，勢力益堅。德人亦乘膠州教案之風波，強租商埠，青濟鐵路，遂落其手。彼明為商業之發達，暗圖經濟之拓張，直入長驅，豐蓄未已。夫中國既蒙披支傷心之禍，外人復懷得隴望蜀之思，路線所經，勢力隨之而去。我權坐喪，彼勢日張。此外國自辦鐵銀路之危機，實有令人深思長恨者矣。

至華洋合辦之路，其主權胥操於洋人之手，華人不能過問。化華為洋，等於外國自辦，前事照然，無庸旁證。至借款承辦，愈為無策之尤。考借債辦路之議，實創自劉銘傳。十六年，李文忠欲修關東鐵路，亦向奧商倫道阿借銀三千萬兩，後以奧商欲索特權，其議遂寢。不意光緒二十二年，鐵路總公司成立以後，彼督辦大臣盛宣懷者，乃大倡洋債可借之說，且實行之。於光緒二十四年，遂向比國借一百十二兆五十萬弗朗，建築京漢鐵路，種種利權，胥被攘於外人之手。此路直貫索河南，眷我中洲平原臘臘，我千我百，帶以黃河，今俱不得不隨此路線穿之以去。此誠吾人所目擊心傷、而當亦舉國同胞所浩然長喟者也！且此路之管理權，亦屬諸外人之手，旅客行人，動遭侮蔑。而同時胡燏棻復為修關內外鐵路，借款於英，喪失主權，不可殫說。夫「今日路歸何國，即他日地屬何人」，彼盛宣懷者，何自言而自蹈之也。

夫吾國自光緒二十年以後，各國覘知我國外強中乾之隱，乃群起而生覬覦之心。要求辦路者，企踵而至。惽惽諸公，不察其用意之所在，漫然應之。國體之喪失不顧也，主權之漸滅不顧也，利源之削剝不顧也。席其虛驕自大

之氣，以爲人莫予毒。不知各國包藏禍心，匪朝伊夕，誘之以巨大之資財，求之以國家之武力，上下一心，以亡我爲程。故於訂立借款合同之時，皆寓席捲土地之意，致我河山失色，國土沉淪，此皆吾人之隱痛，而近日無可如何者也！夫以經濟政策亡人家國者，吾奚恫焉！特恨以我神洲之民爲可欺、二萬萬方里之地爲不足輕重，此其肉乃眞不可食也！

　　夫當日袞袞諸公，其所持富國之術，不越以上數端。本茲政策以行之，則生民之憔悴流離，立談可待，何以故？則以袞袞諸公其心目中，僅知有朝廷不知有國家，僅見有官吏不見有人民。故以此原因，故一舉一措之間，無往而不自相牴觸。處處虛誣，事事矛盾，洎乎今茲，迷惘尤甚。蓋今日執政之人材，猶半爲前此講求洋務時代之人材也；今日所行之政策，猶是前此講求洋務時代之政策也。更張愈多，隔絕愈甚。故四海困窮之日，正九重醉舞之時。而上多黶肥衣錦之徒，即下益凍瘦饑驅之慘。孔子曰：「不患寡而患不均。」歷代衰亡之原，罔不由於不均而起。此弊至今，殆尤甚而不可挽矣。樂專於上，不及於下；困屬於下，不及於上，是以國家病矣，而朝廷未聞感，若何之痛也！民生瘠矣，而官吏猶不失爲肥也。上下相懸，勢同星壤！橫覽九州，豎觀三古，天可雨粟，馬可生角，未聞有政府淫嬉於上、兆民顛連於下，而可據以久安長治者！矧外環以蛇豕之憑陵，內益以種族政治不平之惡感也哉。變法以來，其取於民者，名目益眾。竭澤而漁，莫之或恤；凋弊之象，有岌岌不可終日之勢。然猶岸然澲污大號於天下曰，非是則不足以致富強也！蚩蚩之民，敢云謫怨？雖有強項，其如防內亂之軍威壯盛，何恫哉！嚴氏之言曰：「自秦以降，爲政雖有寬苛之異，而大抵皆以奴虜待吾民。雖有原省，原省此奴虜而已矣；雖有燠休，燠休此奴虜而已矣。夫上既以奴虜待民，則民亦以奴虜自待。夫奴虜之於主人，特形劫勢禁，無可如何已耳。非心悅誠服，有愛於其國與主，而共保持之也。故使形勢可恃，國法尙行，則鞠躬劈面，胡帝胡天。揚其上於至高，抑其己於至卑，皆勉爲之。一旦形勢既去，法所不行，則獨知有利而已矣。共起而挺之，又其所也，復何怪乎？」嗚呼！明乎此言，其亦可洞見吾國今茲政府與人民之故矣。夫政府變法以來，其所持以爲富國之方，以及其行之之功績，俱如上述。若更進而觀其強國之謀，則尤有令人悼歎者。

　　當英法聯軍之新破北京也，時太平天國之勢方熾。江南江北欽差大臣曾國藩，及江蘇巡撫薛煥，俱建議利用外國將官，以收剿賊之效。於是朝廷依

議，命曾國藩，任聘請洋弁訓練新軍之事。時值美國將官名華爾者，以罪去國，潛匿上海。而上海道揚坊，知華爾有沉毅才，遂薦之於布政使吳煦。煦乃請於美領事，赦其舊罪，使募歐美願爲兵者數十人，益以中國應募者數百，使訓練之以防衛蘇滬。其度屢與敵戰，常能以少擊眾，所向披靡。故官軍、敵軍，均號之爲常勝將軍。嗣後慈谿之役，華爾中彈貫胸卒。美人白齊文代之將，然白氏狡而好謀，時通款於李秀成，謀據松江爲內應，並在上海掠貲鉅萬以去。於是英國將官戈登，遂代白氏而領常勝軍矣。太平天國之役，戈登之力居多，李文忠見常勝軍之可用也，殆注意策練新軍。然今承其遺策，數十餘年於此矣，靡耗天下之脂膏，以供助餉練兵之用，至今不特不能收其用，且日益孱窳不振，爲強鄰譏笑。今之所成，僅足以供妨制家賊之用。若夫決勝疆場，震懾四國，則固河清難候也。

　　至海軍之設，亦爲政府所注意。籌辦鐵甲，始於光緒元年，發端亦光緒二年，派福建船政生出洋學習。六年，復設水師學堂於天津；十四年，北洋海軍已成立。就表面觀之，經營亦不可謂不力。然不意中日戰開，一蹶塗地，致數千里海線，無復旗影輪聲。自是以來，中國內部之潰敗乃愈昭，而政府誤國之罪，乃益不可掩。以致國權日蹙，強敵生心，推厥罪原，政府雖有百喙，安能辭咎！是役之眞相，德名將漢納根論之盡詳。其謂中國取敗之道，有二總因：一曰無統帥。各省督撫，自保封疆，分而不合，此其一也；一曰無名將。各師提鎭，未諳韜略，愚而無謀，此其二也。有此二端，斷難一戰。而原其流弊所極，遂不得不咎其做法之涼，壓制重重，牽掣百出。既鮮兔置之心腹，又慚祈父之爪牙。且身居顯要之大員，率皆暗於度勢、昧於審時；詢以軍情，茫然不知所對；割地喪師，爲天下笑。爲戰之先，故已料其創敗矣。昔者中法和議既成之後，中國乃憬然有賊去關門之慮、爲亡羊補牢之圖。於是創設海軍衙門，議論宏偉，綱舉目張。日本聞而大震，乃大開議院集議對付之法，議長之言曰：「中國向來武備不振，今法越戰役方畢，乃蹶然發奮，設立海軍。竊謂其未必能報法，特恐有事於東海，則日本首被其鋒，是不可以不亟圖所以禦之者也。」於是群議蜂起，有謂宜聯中國爲援者，有謂援不足恃者，有謂宜大振海軍以先發制人者，有謂宜於各險要海口堅築砲臺以固守禦者。正紛議間，元老副島種臣乃排眾而談曰：諸君且勿嘩，其各緘默靜聽老朽之一言：「諸君所論，非不忠於國，切於事有益於武備，然必謂中國海軍之可慮，則實不足以知中國也。蓋中國之積習，往往有可行之法，而絕無

行法之人；有絕妙之言，而斷無踐言之事。今因中法之役，水軍灰燼，故自視懷慚，於是奏設海軍衙門。張皇其詞脫胎西法，訂立章程，無微不至，如是而中國海軍之能事畢矣。彼止貪有其虛名，豈能征之實效，又何曾有與我爭雄東海之志哉？」噫嘻！三復斯言，能無憤歎！然不幸中日戰開，彼言遂中。至今吾國辦事諸公，尚不能脫其言之範圍也，此則吾人所爲撫膺扼腕者也！夫中國辦事之大弊，在於有名無實，或有始無終。他不具論，即以派遣學生出洋一節證之，可以推概其餘也。觀總署衙門昔遵旨議覆福建船政摺中有云：

> （前路）查船政本有前後兩學堂：前學堂習法文、學製造，後學堂習英文、學駕駛。學成擇其尤爲聰穎者，派令出洋。在中國既學有根柢，再令遊學各大學堂及各國炮臺兵輪，以資練習，廣見聞，此必非在廠一師教授之所能及。前據船政大臣，會同南北洋湊請設立肆業局，委派監督，帶同出洋，已歷三屆，所謂置之莊嶽之間也。日本現在執政大臣，多與我第一屆之出洋生同堂肆業，豈中國學生資質盡出人下哉？蓋用之則奮發有爲，人人有自獻自靖之思；不用則日就頹落，人人有自暴自棄之境。聞船政學生，學成回華，皆散處無事，飢寒所迫，甘爲人役。上焉者或被外國聘往辦事，其次亦多在各國領事署及各洋行充當翻譯。我才棄爲彼用，我用轉需彼才，揆諸養才用才之初心，似相刺謬。若以此而並廢出洋之舉，是因咽廢食，從此更難儲上品之才矣。應如該督所請，延至教習數人，在廠督課，其尤爲異等者，仍照成案，絡繹出洋。俾後出更新之法，不至絕無聞見。至學成回華之學生，如所造尚淺，仍令再行出洋。其業有心得者，應令分別有差無差，諮報臣衙門聽候調取考驗，諮送各督撫酌量位置，以昭激勸。（下略）

夫僅就此章奏而論，非不切實可聽，而無如其與事實乃大相逕庭也。此可舉一而概百者也。當中國始遣百二十人詣美肆習工藝時，原議將來源源遣往，學成以備簡用，方擬擴充規模，兼收眾善。不意監督吳某，以爲學生漸染洋習，堅清撤回，永行停止。事阻於獨斷，功敗垂於成，所謂千尋之坊潰於蟻穴，以致我國學術物質，至今不振，眞食肉寢皮，不足以蔽其辜也。夫以如此之政府，當如此之艱危，而欲倚之以跂富強，奠國家於磐石之固，是何異航斷港絕流而靳歸滄海耶。雖蚩蚩下民，可豢以朝三暮四之術，其如環

而伺者，其覘國之力，能洞見垣一方。何耶？果也？虛形無質，僕不崇朝，其結果卒階甲午之禍。外侮薦臻，國亡無日；愛智之倫，蜷伏草野。熟睹而深思之，知陸沉之危岌岌也。於是挾策陳書，倡言變法救亡之道，不終朝而靡天下，勢所流行，速於置郵。其結果遂召戊戌之變，而惜乎奇功之不成也。此可爲之長太息者也。緣此反動所生，遂有庚子之役。以天潢之尊，作暴民之舉，其影響所及，俾吾國家喪亂、人民愁苦，日倍於前。以私人之野心，浸至使我四億同胞，受其荼毒，其惡浮於禽獸遠矣！自是以後，國事益牾齟不可道。然物極必反，而人民之動機勃勃，亦遂於是役胎焉，於是言普及教育、振興實業、派遣遊學者，浸以紛紛矣。壬癸之間，民氣益以蘇活，人人有披髮伊川之懼，於是反覆推求國家衰孱之故。乃益豁然於政府之罪之不可容也，乃思傾覆而以人民代之。然奔走呼號，數年於此，乃無毫釐效益之可見。究其功績，亦無多逾於政府者，是亦有名無實之過也。此則罪在人民者也。今已由變教育而入於變政治時期。其前途結果之如何，雖未可知，然語曰：「不知來，視諸往。」此吾每一念及而不禁膚栗心寒者也！雖然，吾朝夕祈吾言之不中耳。（已完）

此文載五、八期，作者周仲良

制度不變，變法不會成功
——評《中國變法之回顧》

王 爽

　　《中國變法之回顧》一文分爲兩部分，分別刊載於《河南》第五期和第八期上，將近一萬字的內容回顧了晚清時期中國變法的歷程，在當時的社會背景下，剖析中國變法失敗的原因。作者周仲良先生，早年在日本留學時加入同盟會，曾任孫中山總統的秘書，使用明民作爲筆名在《河南》上發表了《中國變法之回顧》和《預備立憲者之矛盾》〔註 1〕兩篇文章。

　　晚清變法，曠日持久，作者將變法大致分爲三個階段，三個階段的起始時間分別是 1861 年、1894 年和 1904 年。第一時期的變法僅僅涉及器物之變，第二時期爲教育變法，第三時期將變法延伸至政治界。周仲良先生認爲中國變法之所以沒有達到預期的效果，原因有二，一是錯在政府，二是錯在國民。「所謂咎在政府者，何則以其對於國民，懷極端之猜忌也。惟其猜忌，故護專制而嫉自由，而變法遂歸於無效。」過去雖屹立於東亞，但是固步自封，自以爲是天朝上國，迷夢於自己的地大物博，蒙昧了雙眼，雖然在列強入侵之後，有所醒悟，但一直是治標不治本地變法。持續了三十五年的洋務運動標榜著「師夷長技以自強」，到頭來還是地主階級自救運動，所培養的清軍水師也在甲午戰爭中覆沒，「總歸虛牝擲黃金」，讓人唏噓不已。雖然，講到此處，當時中國的狀況讓人心痛，但是，作者筆鋒一轉，「吾國固屢爲覆亡之國，吾民亦屢爲屈辱之民，然四千年文化所遺如禮法風謠，斷不至日即於零夷」。這樣說來，四千年的文化積澱是不會被「覆亡之國」和「屈辱之民」所打敗

<hr>

〔註 1〕《預備立憲之矛盾》，《河南》第三期。

的。但是現實是殘酷的，近代的中國淪落爲半殖民地半封建社會，簽訂不平等條約，割地賠款，還要佯裝和這些帝國主義國家親近、友好，卻不敢說一個「不」字！何其恥辱！不禁有所疑問，到底是什麼原因使得中國落魄至此？

作者爲了分析中國淪落的原因，從清廷統治中國二百餘年的歷史中，逐層抽繭剝絲，更爲立體地展現和還原歷史。「本朝奄有中夏既已二百餘年，其猜忌吾民之心，無所不至」。入關之初，就派八旗駐守四方；多年以來，報館被封，有人因爲文章被殺害，這些名爲革新，實際上「是其猜忌之心固二百餘年如一日」；以鐵腕政策而聞名的雍正皇帝，禁止滿人學習八股文；清軍練兵養兵，不過爲的是防家賊。這一切都印證了所謂的政府猜忌自己的國民，二百年如一日，卻不想「家賊」沒有，列強倒是來了。「以此原因，故政府之於吾民，不欲其智而欲其愚，不欲其明而欲其暗，不欲其強而欲其弱，不欲其剛而欲其柔。」政府一味地壓制國民，防範所謂的家賊，來穩固統治者的寶座，絕客閉關，然而世界風雲變幻，「彼碧眼黃髮之儔，乃得挾其鐵炮輪船，越七萬里波濤而蒞止，歐風猛扇，海禁亦開，朝野臣民，乃驚愕不知所措」。在這種被逼無奈的狀況下，洋務派開始了洋務運動，然而只學皮毛是難以抵擋洋人的侵襲，購買洋船、洋炮，看似構築對外的防線，實際上又回到了原點——以防內亂。周仲良先生引用了恭親王奏牘中的原話，用實證很好地印證了「政府嚴防家賊之心」這一觀點。也是對文章之初作者所說的「咎在政府」的回應，政府對於國民的猜忌之心十分嚴重，其猜忌之心之所以到達極端，維護專制是主要原因，在這種背景下，變法自然而然成了空談。洋務運動在現在看來不切實際、不堪一擊，不具有改革的力度，但是這是我國歷史上第一次資產階級性質的改革運動。即便如此，洋務運動還是遭到了極大的阻力，最力者當是清末保守派的代表倭仁。洋務運動涉及到設立京師同文館，以培養各種人才，倭仁卻認爲「根本之圖，在人心，不在技藝」，完全否定了引進技術的觀點。

講到這裡，作者爲我們分析出了中國變法的幾大障礙。一是統治者對於民眾的猜忌，二是改革治標不治本，三是改革遭遇保守派的阻撓。變法也只是「虛縻歲月，牡擲黃金，迄今數十餘年，而不睹絲毫之效益」。

洋務運動標榜「自強」與「求富」，建水師、設學堂、辦工廠、造船製炮，但是到頭來還是竹籃打水一場空，以甲午戰爭的失敗而落下帷幕。一樣的器物，一樣的技術，「外人執之馴可致於富強，中國傚之適足促其貧弱」，這其

中的原因，文章對其進行了如下分析。歐美諸國從建立國家這一誠摯的目標出發進行改革變法，而我國引進技術，只是敷衍人民的手段而已，當天和尚撞天鐘—得過且過，並不是出於發展國家的目的，兩者從根本上就有區分。以至於從沒有聽說過中國有過一個工程師、博物學家或是海軍人才，這不是說中國人不如他人聰穎，而是「惟略求形式以飾觀瞻」；雖然設立工廠，但從未發明過炮、製造過船，這其中有多種原因，但是「官辦」是其總因。政府不能選拔真正的人才，即便是選出了人才，也不能人盡其用，僅此一點，就令人痛惜萬分。我們只是機械地邯鄲學步，這其實無異於閉門造車。湘軍創建者之一的郭嵩燾這樣說道：「泰西富強之業，資之民商，國家用其全力護持之，與人民相交維繫，並力一心，以利為程，所以為富強者。中國官民之氣，隔閡太甚，言富強者，視以為國家之本計與百姓無涉。」可以明顯地看出，國家與人民的關係在中國和國外是完全不一樣的，中國的官與民隔閡太深，認為國家的建設與百姓無關，更不可能出現國家維護人民這種情形。

文章又提到了當初辦鐵路一事。最初，雖然政府同意辦鐵路，但是沒有把鐵路建設擺在重要的位置。而外國人在中國修鐵路是以滿洲全路為濫觴，而後各國列強對於鐵路權的爭奪十分激烈，以至於外國人在中國的土地上自辦鐵路的情況愈演愈烈。所謂的華洋合辦的鐵路，實質上也是洋人控制鐵路權，中國人連過問也是不允許的，「化華為洋，等於外國自辦」。

整篇文章對近代中國變法做了回顧和梳理，主要討論了中國變法失敗和不同於國外變法的原因，回顧了變法過程中較為重要的事件，分析了變法中存在的問題。

作者為河南大學新聞與傳播學院 2015 屆碩士生

下　編
《河南》雜誌研究論文

《河南》雜誌與魯迅
——兼論《河南》雜誌的時代意義及其影響

韓愛平

摘要：河南留學生 1907 年 12 月創刊於日本東京的《河南》雜誌，是同盟會河南分會的機關報。它熱情宣傳三民主義、鼓吹革命，深受讀者歡迎。魯迅曾在《河南》上發表了《人間之歷史》、《摩羅詩力說》等六篇文章。這些文章是青年魯迅倡導文藝救國、以喚醒民眾救亡圖存的有力「吶喊」，也是他苦苦思索後的思想結晶。《河南》為青年魯迅提供了一個進行思想文化批判的陣地、施展才華的舞臺，而魯迅的文章則使《河南》熠熠生輝、大放異彩。《河南》為研究魯迅早期著述、青年魯迅的思想轉變，提供了珍貴的原始資料。而《河南》「牖啓民智」的辦刊宗旨、兼容並包的編輯思想以及它在當時的傳播和影響，在今天看來仍具有借鑒意義。

關鍵詞：《河南》；魯迅；辦刊宗旨；編輯思想；時代意義

20 世紀初年，中國社會內憂外患，民族危機空前嚴重，為了救亡圖存、尋求強國救民良方，大批青年知識分子紛紛出國留學。在習得先進的文化知識之後，他們清醒地認識到，中國之所以被列強覬覦，關鍵是國民愚昧麻木。於是，一大批有識之士出國後，紛紛編輯出版報刊雜誌，向國內輸入新思想、新知識，以喚醒民眾，提高國民素質。當時去日本的留學生比較多，比如，康有為、梁啓超、孫中山等，他們都把日本作為創辦報刊的大本營。從興中會到同盟會，標誌著以孫中山為首的中國資產階級革命派登上了歷史舞臺，

他們先是在香港創辦《中國日報》（1900 年），1905 年又在日本創辦《民報》。隨著留日學生越來越多，各省留日同學會相繼創辦了一批以自己省名命名的報刊。興中會時期有《浙江潮》、《湖北學生界》、《江蘇》、《直說》等。同盟會時期有《四川》、《雲南》、《洞庭波》、《河南》等。而《河南》則是其中的佼佼者，「足與《民報》相伯仲」。〔註1〕

《河南》之所以能與《民報》相提並論，主要是由於它的革命性的編輯思想、「牖啓民智，闡揚公理」的辦刊宗旨，尤其是青年魯迅和他的朋友對《河南》的大力支持，功不可沒。那麼，魯迅是怎樣與《河南》結緣的？《河南》雜誌的辦刊宗旨和編輯思想是怎麼吸引青年魯迅並給予他什麼樣的影響？魯迅在《河南》上都發表了什麼樣的文章？這些文章在魯迅大量的著述中佔有什麼樣的位置？所有這些問題回答起來並不容易。研讀魯迅研究的大量著述，《河南》雜誌屢被提及，但真正深入研究魯迅與《河南》關係的文章並不是太多，目前能夠看到的只有寥寥三四篇。它們有的側重於青年魯迅思想的研究，重點關注魯迅文章的思想內容；有的則從文學角度研究魯迅的文章，重點探討青年魯迅的文藝思想。但這些文章對二者的關係都缺乏深層的剖析，尤其是對《河南》雜誌本身研究不夠，缺少對《河南》雜誌辦刊宗旨、編輯思想的探討，尤其是它們對青年魯迅的吸引、影響更少論及。實際上，魯迅結緣《河南》雜誌，其結果是「雙贏」。鑒於此，本文擬全面探討魯迅與《河南》之間的關係，深入研究《河南》雜誌對魯迅產生的影響以及魯迅對《河南》雜誌的貢獻，尤其《河南》雜誌的辦刊宗旨、編輯思想與革命、共和思想對青年魯迅的影響，以期更多的人瞭解《河南》雜誌的時代意義及歷史貢獻，也期望《河南》雜誌的報刊編輯思想在新媒體時代得以傳承並發揚光大。

一、《河南》的順利創刊與魯迅的鼎力相助

（一）從《豫報》到《河南》

河南留學生創辦的第一份刊物是 1906 年 12 月在日本東京創刊的《豫報》。其宗旨是「改良風俗，開通民智，提倡地方自治，喚起國民思想」。〔註2〕目的在於使「吾河南父老憶過去之腐敗，當激其恥心；睹現在之危險，當興

〔註1〕馮自由：《革命逸史》（第三集），中華書局，1981年，第197頁。
〔註2〕補天：《豫報弁言》，載《豫報》第一號，河南大學圖書館館藏複印本。

其懼心；更慮及將來之痛苦，當矢其奮心。而父詔其子，兄勉其弟，促黃河流域一部開化最早之民族雄飛於世界」。〔註3〕在當時，《豫報》是讀者歡迎的刊物之一，產生了一定的影響。《豫報》創刊之時，魯迅的《中國礦產志》一書增訂再版，《豫報》第一號在醒目的位置──扉頁上，刊登了該書的廣告。這反映了當時河南留學生對魯迅著作的重視，而魯迅在《豫報》創刊號上刊登自己著作的廣告，則可以看做是對《豫報》的肯定性評價。

　　《豫報》創刊之初宣稱「月出一冊，望日發行」，〔註4〕但由於經費等種種原因，實際上是不定期出版，有時兩期之間間隔幾個月。1907年以後，河南籍留日學生越來越多地加入了同盟會，他們接受並傳播資產階級革命思想，越來越不滿足《豫報》的中庸特色。因為《豫報》辦報人員成分複雜，並且有保皇分子混入，思想也就比較混亂，使其離政治越來越遠。同盟會員感到在《豫報》上發表言論極不方便，從而影響了革命思想的傳播。為了宣傳三民主義，為了給河南同胞探索出一條切實可行的振興之路，以劉積學、〔註5〕張鍾端〔註6〕為首的同盟會河南分會的骨幹成員決定創辦新的刊物──《河南》來逐步取代《豫報》。他們公推劉積學為總編輯、張鍾端為總經理兼發行人。於是，由張鍾端執筆的《河南雜誌廣告》便連續刊登在《豫報》第四、五號上。廣告旗幟鮮明地介紹了《河南》的出版緣由：

　　　　登高峰而四顧：京漢鐵路攘於俄，直貫乎吾豫腹心；懷慶礦產
　　攘於英，早據夫吾豫吭背。各國垂涎而冀分杯羹者，復聯袂而來，
　　集視線於中心點。生命財產之源將盡於一網，牛馬奴隸之辱，誰鑒

〔註3〕　補天：《豫報弁言》，載《豫報》第一號，河南大學圖書館館藏複印本。
〔註4〕　《豫報公啓並簡章》，《豫報》第一號，河南大學圖書館館藏複印本。
〔註5〕　劉積學（1880～1960）：河南新蔡人。清末舉人。1906年留學日本，加入同盟
　　　　會。創辦《河南》雜誌。參加了辛亥革命。歷任民國臨時參議院參議員、國
　　　　民政府立法院立法委員、河南省臨時參議會議長等。1949年4月在河南信陽
　　　　參加起義。同年9月以民革代表身份出席新政協第一屆全體會議。新中國成
　　　　立後，歷任河南省政協副主席、河南省文史研究館館長等。
〔註6〕　張鍾端（1879～1911）：字毓厚，別號鴻飛。河南許州（今許昌）人。1905年
　　　　赴日留學，專攻法政，加入同盟會，創辦《河南》雜誌。1911年夏，受同盟
　　　　會總部派遣回國參加辛亥革命起義。1911年12月抵開封，設立秘密機關，被
　　　　推舉為河南軍政府臨時總司令兼都督，籌劃河南起義。因同盟會內情及起義
　　　　計劃為內奸探悉，事未成，為清軍所擒。受審時遭嚴刑拷打仍毫無懼色，慷
　　　　慨陳辭。12月24日6時殉難。臨就義時凜然高歌，中彈數十，體無完膚，英
　　　　勇犧牲。

夫前車？同人憂焉！爲組斯報，月出一冊，擺脫依賴性質，激發愛
國天良，作酣夢之警鐘，爲文明之導線，對本省勵自治自立之責，
對各省盡相友相助之義，將次出版，盍速來購。

——河南編輯部謹啓

張鍾端他們發廣告，撰寫、組織文章，一切都在緊鑼密鼓地準備著，萬
事具備，只欠東風。這東風一個是經費，一個是有分量的文章。在經費基本
上有了著落後，文章嗎，他們想到了魯迅。

（二）魯迅籌辦《新生》因缺資金而夭折，《河南》便成了魯迅的《新生》

《河南》雜誌籌備出版之時，正是魯迅思想轉變的關鍵時期。1906 年，
魯迅有感於國內同胞的保守、愚鈍，認識到改變國民性比強健體魄更重要，
便毅然棄醫從文，從仙臺醫專退學到了東京，邁出了人生道路上具有決定意
義的一步。他決心以文藝爲武器追隨革命派爲祖國的新生而戰鬥。他確信文
學藝術可以救國，可以改變人們的精神，進而使祖國贏得新生。計劃中的第
一步是辦一個雜誌來提倡文藝運動，期望通過刊物的吶喊，在文學藝術領域
打開一個局面，目的是改變「愚弱的國民」的精神狀態，喚起祖國人民的覺
悟。1907 年，魯迅約了幾個有志於文學和美術的「同志」籌措資金，籌辦文
藝刊物《新生》。「新生」是但丁一本詩集的名字。「名目是取『新的生命』的
意思，因爲我們那時大抵帶些復古的傾向，所以只謂之《新生》。」〔註 7〕這
實際上是寄託著他們的一種希望：願《新生》雜誌像但丁那樣，大膽探索自
己民族的靈魂，從而使古老的中華民族煥發新的生機和活力。魯迅爲《新生》
的出版做了很多工作。他約了一些稿子，挑選了一些外國作品，準備翻譯出
來發表在《新生》上，甚至連第一期的封面和插圖都設計、挑選好了。然而，
一切準備就緒，正當《新生》即將問世時，情況卻發生了變化：「《新生》的
出版之期接近了，但最先就隱去了若干擔當文字的人，接著又逃走了資本，
結果只剩下不名一錢的三個人。創始時候既已背時，失敗時候當然無可告語，
而其後卻連這三個人也都爲各自的運命所驅策，不能在一處縱談將來的好夢
了，這就是我們的並未產生的《新生》的結局。」〔註 8〕剩下的「這三個人」

〔註 7〕魯迅：《〈吶喊〉自序》，《魯迅全集》第一卷，人民文學出版社，1956 年，第 5 頁。
〔註 8〕魯迅：《〈吶喊〉自序》，《魯迅全集》第一卷，人民文學出版社，1956 年，第
　　　5～6 頁。

就是魯迅、周作人兩兄弟以及他們的好朋友許壽裳。

　　《新生》的不幸夭折，魯迅非常悲哀。「然而我雖然自有無端的悲哀，卻也並不憤懣，因爲這經驗使我反省，看見自己了：就是我決不是一個振臂一呼應者雲集的英雄。」〔註9〕反省後的魯迅，重又振作起來，他在找機會。而這時《河南》雜誌正在籌辦中，並且得到了河南旅日女革命志士劉青霞〔註10〕的慷慨捐助——先期捐助2萬大洋。〔註11〕在張鍾端他們熱情、誠懇的邀約下，魯迅決定給《河南》投稿，並且讓他的弟弟周作人、好朋友許壽裳也把文章交《河南》發表。魯迅交給《河南》的第一篇文章是譯著——《人間之歷史》，〔註12〕署名「令飛」。由此，魯迅徹底走上了文藝救國的道路，同時也獲得了眞正的「新生」。

　　正是由於魯迅的鼎力相助，《河南》雜誌於1907年12月20日在日本東京順利創刊。而《豫報》在1908年4月30日出版了最後一期即第六號後便停刊了。這時《河南》已出版發行了3期。

二、《河南》的熠熠生輝與魯迅慷慨賜稿

（一）《河南》的辦刊宗旨、特色及欄目設置

　　作爲同盟會河南分會的機關刊物，《河南》是同盟會員反清排滿、進行資產階級民主革命宣傳的陣地，從一開始它就體現了鮮明的革命性。創刊號〔註13〕上的《簡章》第一章「定名及宗旨」便開宗明義：「本報爲河南留東同

〔註9〕　魯迅：《〈吶喊〉自序》，《魯迅全集》第一卷，人民文學出版社，1956年，第6頁。

〔註10〕　劉青霞（1877～1923）：清兩廣巡撫馬丕瑤之女、辛亥革命女志士、著名社會活動家。河南安陽縣蔣村人。18歲時嫁尉氏縣劉耀德，改稱劉青霞。1905年隨兄攜子（養子）赴日考察，爲《河南》雜誌捐款，並與友人在東京創辦《中國新女界》雜誌，加入同盟會。回國後，又捐鉅款資助同盟會河南支部在開封開設「大河書社」，作爲《河南》國內總發行處。張鍾端策動河南起義，她設法予以掩護並捐資支持。曾兩次去上海見孫中山，要捐出全部財產修築鐵路，孫中山題寫「天下爲公」、「巾幗英雄」讚譽其嘉行。

〔註11〕　《河南》創刊號《簡章》：「本社所有經費，均尉氏劉青霞女士所出，暫以二萬元先行試辦，俟成效卓著時再增鉅資，以謀擴充。」河南大學圖書館館藏複印本。

〔註12〕　《人間之歷史》1926年收入《墳》，標題改爲《人之歷史》，副標題爲《德國黑格爾氏人類起源及系統即種族發生學之一元犖究詮解》。

〔註13〕　創刊號封面爲「第一號」，目錄上爲「第一期」。第二期與第一期同，以下各期封面和目錄則都用「期」。爲了統一起見，我們文中都用「期」。

人所組織，對於河南有密切之關係，故直名曰《河南》。」、「本報以牖啓民智，闡揚公理為宗旨。」而署名朱宣的《發刊之旨趣》，更是洋洋萬言，由歷史說到現實再到未來，由國外說到國內再到省內，非常詳細具體地闡述了辦刊宗旨以及該刊的性質和任務。其開篇即指出：「今何時乎？幢幢華裔，將即於奴；寂寂江山，日變其色。……今日我國最大問題有過於中國存亡者耶？或存或亡。內察諸自國，外窺諸列強，其問題不已解決，而且夕趨於亡之。」、「當此危機一發之際」，《河南》雜誌的任務就是「為吾河南同胞確定進行之方針」，「方針非他，即今所恒言政治革命是矣」。進而更明確地指出，中國之所以到了危急存亡的邊緣，責任全在政府，而國民則應負起改造政府之責任。因此它號召民眾積極行動起來，救亡圖存，挽救時艱：

> 我國今墮落於此點也，非國民之罪，而政府之罪也。……嗚呼！是豈忠於國者哉？須思中國者非政府諸人之所專有，國民各個人俱其分子之一。……政府之不良，國民應有改造之責。明知其外不適於國兢，內不合於人道，而乃坐視亡我之國不起而改弦更張之，是即我國民之自亡之也。且文明者購之以血，各國先例未有不由國民之浴血數次而始漸達於強盛之點者。以故其正當之憲法及國會亦無不由國民之浴血數次始能成立者。

> 各省志士茹辛含苦揹救殘局，夜闌不能寢、日晡未及食已。誓以此大好頭顱與美麗河山俱碎矣！其有效，中國之福也；無效，寧戰而死，誓不奴而生！……我四萬萬同胞腦量不減於人、強力不弱於人、文化不後於人，乃由人而降為奴，是稍有人血人性者所不甘，而謂我志士而忍受之耶！以此原因，睹外患之迫於燃眉，遂不能不赴湯蹈火、摩頂斷脰以謀於將死未死之時。……為生為死，即在今日。為奴為主，即在今日！

《發刊之旨趣》通篇感情充沛，有情有理，融情於理，慷慨激昂，振聾發聵，呼籲中國人勇赴國難、赴湯蹈火、「寧戰而死不奴而生」，強烈地表達了《河南》以挽救國家民族危亡為己任、希望通過報刊宣傳輸入民主共和思想、喚醒河南乃至全國民眾的國家意識和國民意識的辦刊宗旨。

關於《河南》的特色，創刊號上刊登的《本報十大特色》作了詳細介紹，摘其要者如下：

> 學非專家所見，終屬隔膜；言苟不文，行之烏能致遠。本報於

所定門類，均延請科學精深、識見正大之名士通儒按期擔任撰述。
特色三

炊而無米則巧婦束手，戰而乏餉則名將灰心。本報經劉青霞女
士出資鉅萬，既有實力以盾，其後庶幾乎改良進步，駸駸焉有一日
千里之勢。特色四

風雲變化瞬息萬狀，今之外交亦多類是。英、法、日、俄四國
之協約成，而吾國危亡之勢迫。本報每期必於最近中外交涉事實詳
爲譯論，以供有心人之研究。特色六

豫省地濱大河，文明發達最早，歷史所產人物又最多，其餘韻
流風猶有存者。本報每期必採錄軼事，摹仿故蹟，極力發揮表章以
存國粹。特色七

愛國之人自愛其鄉里始。本報於豫省、全國及各府縣分圖均以
次登出，並將山水、土產、人物事蹟，明確標識，彩色燦爛，形式
活潑，則指顧之間珍貴保守之念或自生乎。特色九

由此可見，《河南》雜誌特色鮮明，而且欄目眾多。其發刊《簡章》有明
確的說明：「本報體例，分門編纂，次序如左：一、圖畫及諷刺畫；二、社說；
三、政治；四、地理；五、歷史；六、教育；七、軍事；八、實業；九、時
評；十、譯叢；十一、小說；十二、文苑；十三、新聞；十四、來函；十五、
雜俎。」一共有 15 個欄目。但每期的欄目不是固定的，最多的是第八期，有
11 個欄目。最少是 7 個，如二、四、五、九期。欄目名字與《簡章》所列不
盡一致。如政治、地理、歷史、教育、軍事、實業等都沒有出現過，而「圖
畫及諷刺畫」就叫「圖畫」，「社說」叫做「論著」，「譯叢」改爲「譯述」，「新
聞」就叫「時事」或「時事小言」，並且新增加了一些欄目，如「來稿」、「訪
函」、「傳記」、「專件」、「附錄」等。可謂形式活潑、體例多樣、內容豐富，
既具有思想性、學術性、哲理性，又具有大眾性、通俗性、文藝性，可以滿
足不同層次的讀者的需求。尤其是一些特別的欄目，專門爲諳熟中原地區風
土人情、逸聞掌故的撰稿人而設。這些欄目刊發的有關河南的學務、實業、
交通、冤獄、風俗、古戰場、地理風貌、語言變遷、橋樑建築等方面的文章，
把清末中原大地政治、經濟、文化等社會生活方方面面的景象給予了充分地
描繪和展現。

（二）遵令飛行——魯迅的文章讓《河南》熠熠生輝

　　對於《河南》雜誌的辦刊宗旨及編輯思想，魯迅完全贊同。《河南》說的話也正是魯迅想說的話。因此，《人間之歷史》在第一期發表後，魯迅又連續為《河南》賜稿。從 1907 年 12 月到 1908 年 12 月，魯迅為《河南》撰寫和翻譯的文章詳情見下表。

《河南》雜誌發表魯迅文章編目

篇名	署名	刊登期數	發表時間	《魯迅全集》收錄情況
《人間之歷史》	令飛	第一期（譯述欄）	1907 年 12 月 20 日	第 1 卷第 8 頁
《摩羅詩力說》	令飛	第二、三期（論著欄）	1908 年 2 月 1 日、3 月 5 日	第 1 卷第 63 頁
《科學史教篇》	令飛	第五期（論著欄）	1908 年 6 月 5 日	第 1 卷第 25 頁
《文化偏至論》	迅行	第七期（論著欄）	1908 年 8 月 5 日	第 1 卷第 44 頁
《裴彖飛詩論》（匈牙利賴息作）	令飛	第七期（譯述）未載完	1908 年 8 月 5 日	收入《譯文序跋集》
《破惡聲論》	令飛	第八期（論著欄）（未載完）	1908 年 12 月 5 日	第 8 卷第 23 頁

※《魯迅全集》，人民文學出版社 1981 版

　　這就是說，現在能夠看到的 9 期《河南》雜誌，其中 6 期都有魯迅的文章，而且第七期上有兩篇。後來魯迅在《域外小說集》新版《序言》中就述說了自己辦雜誌《新生》未能出版，而把為《新生》準備的作品交給了《河南》。由此可見，魯迅的確是把《河南》雜誌當做了文藝救國的陣地、思想文化批判的舞臺。不僅如此，魯迅還讓他的弟弟周作人和好朋友許壽裳把為《新生》準備的文章都投給了《河南》雜誌。周作人在這個時期已表現出了對西方個人主義人文思潮的虔敬。他以「獨應」為筆名，在《河南》雜誌的「論著」欄目發表了《論文章之意義暨其使命因及中國近時論文之失》（第四、第五期）、《哀弦篇》（第九期）等論文。另外他還在第二期「文苑」欄目發表了署名「啟明」的《雜詩十餘首》以及第八期「小說」欄目「獨應譯」的短篇小說《莊中》、《寂寞》，等等。許壽裳的文章《興國精神之史曜》發表在第四、七期上（未載完），署名「旂其」。

魯迅他們三人之外，當時已頗負盛名、曾經爲《新生》準備畫作的蘇曼殊也在《河南》上連續發表了四幅水墨畫：《洛陽白馬寺圖》、《潼關圖》、《天津橋聽鵑圖》〔註14〕《嵩山雪月圖》，分別發表在第二、三、四、五期上。這些畫作都取材於河南名勝古蹟，作者通過對中原腹地山川形勝的讚美，抒發了他們雖身在異邦、卻心繫祖國的愛國情懷，也以此激發讀者作爲炎黃子孫的民族自豪感。尤其是《天津橋聽鵑圖》，那題畫的短跋讀之令人心碎：「『最可惜一片江山總付於啼鴂』每頌古人詞，無非紅愁綠殘，一字一淚，蓋傷心人別有懷抱於乎？鄭思肖所謂詞發於愛國之心，余作是圖，寧無感焉！」作者對於危難中的祖國的殷切思念之情溢於言表。這些圖畫既豐富了《河南》雜誌的內容，又提高了雜誌的可讀性。

《河南》雜誌之前的1903年，魯迅曾經以「索子」、「自樹」等筆名在《浙江潮》上發表了《說鉬》、《中國地質略論》以及翻譯科學小說《月界旅行》等，周作人也在《浙江潮》上發表過《俠女奴》等，但其影響都不是很大。而《河南》雜誌則爲他們提供了一個更爲廣闊的舞臺。是否可以這樣說，在《河南》雜誌上發表文章是魯迅兩兄弟眞正登上文壇的出彩表演，也正是從《河南》開始，他們終於在中國近現代思想文化領域發出了自己獨立的聲音。

三、《河南》的時代意義及其影響

通觀《河南》各期，〔註15〕自始至終都很好貫徹了以挽救國家民族危亡爲己任、希望通過報刊宣傳輸入民主共和思想、喚醒河南乃至全國民眾的國家意識和國民意識的辦刊宗旨。它直面正視當時中國嚴重的民族危機，宣傳反清排滿，號召河南乃至全國民眾迅速行動起來，反帝救亡、推翻腐朽的滿清政府，謀求民族的獨立與富強。它的許多文章，尤其是論文，文筆犀利、觀點激進、圖文並茂，尖銳地揭露清王朝的腐敗統治，抨擊西方列強的侵略行徑，宣傳同盟會的綱領，闡發救亡圖存、振興中華的愛國思想。它提倡革命、反對君主立憲，批判康有爲、梁啓超的改良思想，熱情宣傳三民主義，爲河南辛亥革命作了思想上、輿論上的準備。其中當然還是魯迅的文章最爲精彩。

〔註14〕天津橋：爲古浮橋名，地址在今洛陽市舊城西南。

〔註15〕據馮自由《革命逸史》記載：該刊出之第十期，清「駐日公使以其言論過於激烈，特請日政府代爲禁止。日警廳遂禁止該雜誌出版，並拘留發行人張鍾端」。但我們只看到一至九期。第十期可能沒發行，起碼沒發行到國內。

（一）魯迅文章：主張精神解放、個性解放、「立人」，呼喚「精神界之戰士」

《河南》第二、三期上連載的《摩羅詩力說》，〔註16〕比較集中地反映了魯迅早年的文藝思想及美學觀點，被認爲是五四運動前、思想啓蒙時期的重要文獻。該文深刻地批判了舊傳統、舊文化，抨擊了洋務派、維新派和復古派，熱情地介紹了以拜倫爲代表的被稱爲「惡魔派」的詩人，〔註17〕高度讚揚了他們「立意在抗，指歸在動而爲世所不甚愉悅」〔註18〕的充滿「剛健抗拒破壞挑戰之聲」的詩歌和向舊世界挑戰的精神：

> 外狀至異，各稟自國之特色，發爲光華。而要其大歸，則趨於
> 一：大都不爲順世和樂之音，動吭一呼，聞者興起，爭天拒俗，迄
> 於死亡，而精神復深感後世人心，綿延至於無已。〔註19〕

「摩羅」詩人其實就是造反詩人。因此，魯迅熱切地期望，在當時的中國也能夠出現精神界之戰士：「今索諸中國，爲精神界之戰士者安在？有作至誠之聲，致吾人於善美剛健者乎？有作溫煦之聲，援吾人出於荒寒者乎？」〔註20〕不難發現，魯迅就是一位傑出的「精神界之戰士」。

再比如《科學史教篇》，通過介紹外國科學技術發展的歷史，從世界科學歷史發展的角度，探討了科學、實業、宗教、文藝的相互關係，論證了科學在推動社會進步、提高人類生活品質方面的巨大作用。但文章同時又指出，不能因爲強調科學的重要性而忽視了精神生活。人們既需要牛頓，也需要莎士比亞；既需要波義耳這樣的科學家，也需要拉斐爾這樣的畫家；既要有哲學家康德，也要有音樂家貝多芬；既要有達爾文，也要有卡萊爾這樣的史學家。這些文學藝術家在人們心中喚起的精神和情感，將給世界增色，並將不

〔註16〕 所謂「摩羅詩力說」，譯成漢語就是「論惡魔派詩歌的力量」。「摩羅詩派」其實就是浪漫派，19世紀初期盛行於西歐和東歐，是以拜倫和雪萊爲代表的資產階級上升時期的積極或革命的浪漫主義流派。

〔註17〕 惡魔派詩人就是指英國浪漫主義詩人拜倫和雪萊。由於拜倫對湖畔派詩人的保守立場做過批評，騷塞就稱拜倫和雪萊是「惡魔派」。這個稱號在英國文學史上被沿用，象徵積極反抗現實的鬥士。惡魔派詩人始終堅持民主自由理想，同情法國大革命，反對專制暴政，支持受壓迫民族的解放鬥爭，他們肯定文學的社會作用和教育意義，寫出了充滿革命激情的詩篇，豐富了詩歌形式和格律。

〔註18〕 《河南》雜誌第二期第73頁。

〔註19〕 《河南》雜誌第二期第73頁。

〔註20〕 《河南》雜誌第二期第73頁。

斷豐富人類的文明。魯迅這種「重精神」的思想在《文化偏至論》中進一步深化。在魯迅看來，中國的突出問題在於人，不在於物；在於精神，不在於物質；在於個性，不在「眾數」。進而提出了要「立國」，「首在立人，人立而後凡事舉；若其道術，乃必尊個性而張精神」〔註21〕和「自覺至，個性張」等頗具見地的思想。因此，魯迅「反對在尋找救國道路時走『唯物極端』的道路，否定走純物質、純科學救國的道路，而堅決主張走精神解放的道路，個性解放的道路」。〔註22〕

總之，魯迅的文章，思想深刻，內容廣泛，涉及到文學、哲學、歷史學、自然科學等許多領域，較爲系統地闡述了魯迅自己的政治觀點、文化觀點和文學主張。不僅介紹了達爾文的生物進化論，而且宣傳了摩羅詩派反侵略、反壓迫的鬥爭精神以及資產階級民主主義思想，尖銳地批判了主張實行君主立憲的改良派，很好地配合了當時的革命鬥爭，也爲他此後走上文學道路奠定了基礎。

（二）《河南》的政論等：為建立「平民的國家」而吶喊

魯迅之外，《河南》雜誌的另一些重要文章，都發表在論著欄目，大多出自張鍾端之手。作爲總經理，張鍾端不僅辛勤操持著《河南》總務，和魯迅等作者保持著密切聯繫，同時還針對時勢撰寫了許多政論文章。這些文章嚴格遵循辦刊宗旨，詳細闡釋同盟會綱領，批判封建君主制度，主張建立「平民的國家」。他的《平民的國家》就發表在第一期上。該文批判了「國家爲君主私有物，遂以保全此國家者，唯君主可能而其餘則無責任，且無能力也」和「國家爲官吏的佔有物，因以保全國家者唯官吏之責」兩種錯誤觀點，明確指出：「故一言一斷之曰：今之國家非君主的國家、政府的國家，乃平民的國家。」他呼籲廣大同胞發揚「自振之精神」，運用「天賦之權利」和革命之手段，勇敢推翻「數千年專制之惡政府」，建立起自己可以當家做主的「平民的國家」。面對一些人鼓吹國會的騙局，張鍾端在第四、五期又發表了《對於要求開設國會者之感喟》。〔註23〕該文在批判了所謂「主張專制政體以反對要求開設國會者」和「主張無政府主義以反對要求開設國會者」之後，明確提

〔註21〕《河南》雜誌第七期第18頁。

〔註22〕林非、劉再復：《魯迅傳》，中國社會科學出版社，1981年，第67頁。

〔註23〕本文在第四期的目錄處標題爲：《對於要求國會者之感喟》，掉了「開設」兩個字，第五期勘誤表進行了糾正。河南大學圖書館館藏複印本。

出自己對召開國會的態度：「一紙請願書，固爲無效，即以多數輿論、多數政黨而徒爲是和平之行爲，其要求亦必無功。故欲大告成功，完全以達其要求之目的者，則設革命軍而外更無他道以處此也！」旗幟鮮明地揭露了清政府堅持君主立憲的陰謀，堅決主張用革命的暴力徹底推翻爲西方列強所倚重的反動的滿清政府，建立起「民權立憲」的「平民的政府」。「（現在）破壞非平民的政府以改造國家」，「（將來）建設平民政府以建設國家，徒言破壞不思建設，此盡人而知其爲無意識者。」因此，在鬥爭方法上，該文不同意單純依靠暗殺手段，提出了建立革命武裝的設想：「以中國之君主、官吏，殺之不勝殺，誠有非革命軍起後實不足以掃蕩盡淨者。」在當時能有此等識見，的確難能可貴。除此之外，張鍾端還在第六、七、八期上發表了《勸告亟行地方自治理由書》、《土耳其立憲說》、《中東思想之變遷及其融和》等多篇政論。在這些政論中，張鍾端滿腔憤慨凝注筆端，對封建專制政府以及河南的貪官污吏進行了無情的批判和辛辣的嘲諷，並深刻地揭露了他們的立憲騙局，對處在異族鐵蹄和封建暴政雙重壓迫下的祖國同胞寄予了無限的同情。

另外，在「排滿」方面，《河南》也有別於同時期的其他雜誌。它的主張和要求在某種程度上可以說已經超越了狹隘的小民族主義的「夷夏之爭」，帶有反對封建主義、反對侵略、爭取民族獨立的「大民族主義」理念。滿清政府的腐敗無能使中華民族頻臨亡國滅種的危機關頭，要化解危機、使民族獨立富強，就必須「反帝」、「排滿」、推翻封建專制政府。但《河南》雜誌主張的「排滿」，則是把鬥爭矛頭對準清政府中的誤國誤民者和漢族中的爲虎作倀者。尤其是張鍾端的文章更是高屋建瓴！他認爲，排滿不在種姓，關鍵問題是滿清政府的專制政體與民族主義、民主主義不能相容。因此，政府官吏，不論滿人、漢人，都在必「排」之列：

> 近者，調和之聲喧騰朝野。吾固非主張種族主義者，然予又非不排滿者。滿人之平民可不排，而滿人之官吏不能不排。不特此也！漢人中之在政府其朋比爲奸、助紂爲虐者亦在必排之內！蓋吾之排斥，非因種族而有異也，乃因平民而有異：孰禍我平民，即孰當吾排斥之衝。故不特提攜漢人之平民，亦且提攜滿人之平民以及蒙、回、藏之平民也。〔註24〕

〔註24〕鴻飛：《對於要求開設國會者之感喟》，《河南》第四期第 20 頁。

還應該提及的是《河南》雜誌的「時評」。其密切關注社會現實，不僅關注中國國內的民生社情、政治變化，更關注牽涉到中國的國際大事。如第四期的《高等學堂又起風潮矣》、第九期的《河南學務觀》、第一期的《日法、日俄協約關於中國之存亡》等時評文章，對國內以及河南發生的重大事件、國際社會的態度，及時給予針對性的分析評論，幫助河南民眾乃至國人瞭解時事真相、明辨是非，以便認清時局、把握好行動的方向。另外，即便是「譯叢」和「小說」等欄目的文章，同樣也反映了雜誌的辦刊宗旨和革命思想。譯叢部分著重介紹西方的政治理論、民主觀念、法制思想、科學思想、進化論以及各國的風土民情、地理、歷史知識等，以開闊讀者眼界。小說欄目則主要介紹西方文學，輸入西方先進的文藝思想與創作方法，形象地反映西方社會生活，以爭取更多的讀者，擴大《河南》的影響。其他如「時事」、「文苑」、「來函」、「雜俎」等欄目也分別從不同的角度闡釋、宣傳民主、共和等資產階級革命思想，這樣就可以吸引不同層次、不同興趣愛好的讀者，使他們都能從中獲得教益。

（三）《河南》雜誌的深遠影響：「足與《民報》相伯仲」

《河南》雜誌的應時而生，以其定位準確的辦刊宗旨，以及鮮明的民主、共和思想和強烈的愛國主義精神，召喚了一大批革命志士雲集在它的旗幟下。尤其是魯迅和他朋友的大力支持，張鍾端、劉積學等河南留學生的共同努力，《河南》雜誌一經創刊，便產生了巨大影響：首版五千份很快售完，不得不再加印五千份以滿足讀者的迫切需求。第三期 1908 年 3 月出版發行後，〔註25〕4 月又再版發行。當然，這也得益於它龐大的發行網絡：開封大河書社〔註26〕為國內總發行處，全國各地「代派處」有北京、上海、天津等

〔註25〕　《河南》在創刊時聲明為「每月一回二十日發行」，所以有不少介紹《河南》的材料聲稱《河南》為「月刊」。但當時的出版條件非常惡劣，既有經濟的原因，更有清政府要求日本查辦革命刊物、嚴查留日革命學生刊物的原因，無法保證如期出版，實際上是不定期刊。

〔註26〕　大河書社：同盟會會員李錦公為了傳播革命思想，自願放棄在日本的學習，歸國並回到開封，於 1908 年創辦了大河書社。劉青霞花費萬餘兩白銀，在開封市西大街路北買下一棟兩層小樓，作為大河書社的辦公地點。大河書社主要發售《河南》等革命出版物和各種宣傳民主、科學的書籍。當時《河南》在大河書社設國內總發行處，在京津等地和河南各縣都有代派處，也在日本、緬甸等國發行。大河書社還是同盟會河南分會的一個秘密聯絡站、革命黨人的集會地和 1911 年開封舉義的根據地。

大、中、小城市幾十家。因此，早期同盟會員、孫中山的機要秘書、資產階級民主革命家馮自由認為，在當時留日學生後期創辦的雜誌中，《河南》雜誌影響相當大。他的《革命逸史》一書有這樣一段記載：「此報鼓吹民族民權二主義，鴻文偉論，足與《民報》相伯仲。時《湖北學生界》、《浙江潮》、《江蘇》、《遊學譯編》等月刊停刊已久，留學界以自省名義發行雜誌而大放異彩者，是報實為首屈一指。出版未久，即已風行海內外，每期銷流數千份。」〔註27〕

由於《河南》雜誌越辦越好，影響日益擴大，這讓清政府感到了威脅。在出版到第十期時，根據清廷駐日公使的請求，日警廳勒令《河南》雜誌停刊，張鍾端被拘留數日，還被取消了官費留學資格。後來還是在劉青霞的資助下，張鍾端才完成了學業。這就更加堅定了張鍾端推翻清王朝腐朽統治的決心。1911 年，張鍾端受同盟會派遣回國後，先是參加武昌起義，後任辛亥革命河南起義軍總司令，壯烈就義於開封。《河南》的其他編輯發行人員，很多都是辛亥革命河南武裝起義的領導人和骨幹。從這個意義上說，《河南》雜誌為辛亥革命不僅作了思想輿論上的宣傳，也作了組織上的準備。

結語

《河南》雜誌對喚醒河南民眾、促進資產階級革命思想在河南乃至國內外的傳播起到了巨大的推動作用，在中國近代報刊史上有著極為重要的地位。《河南》雜誌的許多政論、時評、譯述乃至小說、詩詞、圖畫等，濃縮了那個時代的風雲際會，為後人研究河南乃至全中國清末的政治社會生活、思想文化歷史留下了珍貴的文獻資料，而這一切都和青年魯迅關係密切，是《河南》雜誌讓青年魯迅獲得了「新生」。用周作人的話說就是：「《新生》沒有誕生，但是它的生命卻是存在的。因為想在《新生》上說的話，都在《河南》上說了。」〔註28〕作為《河南》雜誌的主要撰稿人之一，魯迅在《河南》雜誌上發表的 6 篇文章，反映了他早期的政治、哲學、文學觀點，在思想性、文學性、革命性上都代表了魯迅早期的最高成就，是他一生思想的原點。正如日本學者伊藤虎丸所說：「把魯迅的留學時期單單看作『習作』時代是不夠的，毋寧說是已經基本上形成了以後魯迅思想的筋骨時期。」〔註29〕《河南》

〔註27〕馮自由：《革命逸史》（第三集），中華書局，1981 年，第 197 頁。
〔註28〕周作人：《魯迅的青年時代》，河北教育出版社，2002 年，第 57 頁。
〔註29〕伊藤虎丸：《魯迅、創造社與日本文學》，北京大學出版社，2005 年，第 223 頁。

雜誌的確爲青年魯迅提供了一個進行思想文化批判的陣地、施展才華的舞臺，魯迅的文章則使《河南》雜誌熠熠生輝、大放異彩而成爲留學生雜誌的佼佼者。因此，《河南》雜誌對魯迅產生的影響以及魯迅對《河南》雜誌的貢獻都將成爲魯迅研究言說不盡的話題。

　　當然，《河南》雜誌「牖啓民智」的辦刊理念、兼容並包的編輯思想、徹底的愛國主義精神，在一百多年後的今天，仍值得雜誌編輯人學習、傚仿；《河南》雜誌在那個時代的傳播和影響，對今天的河南人、河南雜誌編輯人來說，仍具有鞭策和指導意義。

本文發表於《河南大學學報（社會科學版）》，2013.11

作者現爲鄭州商學院教授、新聞學學科帶頭人

《河南》雜誌的外省籍作者思想研究

潘冬珂

　　中文摘要：《河南》雜誌是 20 世紀初留日河南籍學生在東京創辦的一份進步刊物。它旨在向河南民眾宣傳西方先進思想和文化，要求國民肩負起救亡圖存的責任。因此，《河南》不僅吸納了眾多河南留日學子為其供稿，而且還吸納了一批外省籍作者。尤其得到了魯迅、周作人、許壽裳、蘇曼殊和陶成章等人的大力支持，他們為《河南》提供了一批高質量的稿件，《河南》由此成為革命派的一個重要輿論陣地，並對後來的辛亥革命產生了很大影響。

　　通過《河南》雜誌，我們可以讀到魯迅、周作人、許壽裳這些大家青年時代的優秀文章，並從這些激情四溢的文章中窺視到他們早期的思想狀況。如周氏兄弟，他們先前在《浙江潮》發表的文章影響不大，後來創辦《新生》又沒辦成。而《河南》則給他們提供了一個施展才華的舞臺。他們在《河南》發表的文章，不但文采出眾而且觀點犀利，從此逐步成為文化思想領域的大家。再如漫畫家蘇曼殊，他雖是廣東人，但他在《河南》雜誌投的畫作卻具有濃鬱的河南特色，通過讚美河南的名勝風景來抒發自己的愛國情懷。另一位浙江人許壽裳的文章也為他後來成為頗有影響的教育家奠定了基礎。

　　在所有外省籍作者中，魯迅在《河南》上發表文章最多，一共有 6 篇。這些文章的核心內容是改造國民性、傳播西方先進文化思想。魯迅的棄醫從文，就是要走文藝救國之路，所以改造國民性後來成為魯迅一生追求的目標。在《河南》雜誌上，魯迅提出了「立人」思想，立志做中國的「精神界之戰士」。他的文章具有「托尼學說，魏晉文章」的特點，思辨性極強，是研究其早期思想和文體的珍貴原本。在魯迅的影響下，周作人和許壽裳也紛紛向《河南》投稿，三人協同作戰，在《河南》雜誌發表了一系列批判封建文化、改

造國民性的文章，對喚醒麻木不仁的中國民眾、促進資產階級革命思想在河南乃至國內外的傳播起到了巨大的推動作用。值得一提的是，魯迅等外省籍作者超前的思維和有預見性的前瞻一直引領著社會輿論的方向。其輿論影響，主要表現在三個方面：一是傳播西方精神文明，倡導社會新規範；二是批判封建文化，提倡民主與科學；三是傳播革命思想，喚醒河南民眾。

《河南》在辛亥革命前夕，義無反顧地擔當起了宣傳革命的輿論工具，通過大力宣傳西方先進文明和對封建文化的批判，使革命思想和民主共和深入人心，為河南起義大造輿論聲勢，在中國近現代報刊史上留下了輝煌的一筆。

關鍵詞：《河南》雜誌；外省籍作者；輿論影響

目錄

前言

（一）選題緣起

　　《河南》雜誌是清末民初河南籍留日學生在東京創辦的一份進步刊物，它旨在向河南民眾宣傳西方先進思想和文化，堅持資產階級革命主義，它注重救亡救國，要求國民負起救亡圖存的責任，反對立憲，主張推翻清政府。正如《河南》雜誌發刊詞的作者朱宣所說的，要救國救民，「方針非他，即今人所恒言政治革命是矣」。這份雜誌對喚醒河南民眾，促進資產階級革命思想在河南乃至國內外的傳播起到了巨大的推動作用，在中國近代報刊史上有著極爲重要的地位。

　　清朝末年，民族危機空前嚴重，大批青年知識分子紛紛出國留學，探索救亡圖存之路，其中以留日學生爲最多。到 1906 年，留日學生多達 1 萬多人，

其中河南籍學生有百人左右。他們通過對先進科學文化的學習，認識到中國之所以被列強蹂躪，其根本原因是國民素質不高，國內又沒有一個好的傳播先進文化的媒介氛圍。同時他們也深刻地認識到，要拯救國家民族必須喚醒民眾，要喚醒民眾就必須營造一個良好的媒介氛圍，由於當時科學技術的限制，先進文化的傳播途徑主要靠紙質媒介，於是他們紛紛出版書籍、創辦刊物，向國內民眾輸入先進的知識和文化。

戊戌變法失敗後，清政府對國內報刊的控制更加嚴厲，許多先進的刊物都被迫停刊，一些仁人志士的媒介活動只能轉移到海外，主要集中在日本。原因有二，其一是留洋學生中以留日學生爲最多，其二是日本離中國很近，更方便傳播。因此，日本便彙集了各種流派的報紙，成了宣傳先進思想文化的輿論主陣地。其中有康有爲、梁啓超爲代表的改良派，還有以孫中山爲代表的革命派等。同盟會成立後，孫中山領導民主革命派創立了同盟會機關報《民報》，宣傳本黨的革命主張。有不少留學生對腐敗無能的清政府非常不滿，反清意識逐漸強烈，他們非常擁護孫中山的革命主張，並以一個地區或一個省爲單位，建立學生組織，創辦起很多以省或地區爲名的刊物，興中會時期有《浙江潮》、《湖北學生界》、《江蘇》、《直說》等，同盟會時期有《四川》、《雲南》、《洞庭波》等，河南留學生也創辦了自己的刊物，最早的是《豫報》，後來部分學生不滿其中庸特色，又創辦《河南》取而代之。《河南》的革命色彩非常濃厚，其主要欄目有圖畫、論著、譯述、時評、史談、記載、訪函、文苑、小說、雜俎等。

目前研究《河南》的文章和著作非常少，關注度也不高。作爲一份對辛亥革命影響甚大的雜誌，而後人對之研究的文章是少之又少，且起步很晚。所有新聞史書籍中對此也是一筆帶過，不做詳細介紹。雖然《河南》雜誌只出版了 9 期便被查封，但它期期都是精品，最重要的是它影響巨大，對辛亥革命有著巨大的促進作用，「足與《民報》相伯仲」。因此研究《河南》具有非常大的理論意義和現實意義。

（二）研究現狀

史學界對《河南》的研究開始於上個世紀 70 年代末 80 年代初，有迹可循的最早的文章是劉增傑的《漫話魯迅與〈河南〉雜誌》（《河南大學學報》，1979 年第五期），後來他出版了《魯迅與河南》（河南人民出版社 1981 年 8 月版），該書收錄了《漫話魯迅與〈河南〉雜誌》和《從〈河南〉雜誌看魯迅早

期文學活動的若干特色》。另外比較早的有黃保信的《張鍾端民主革命思想述略》，發表於 1984 年，重點探討與辛亥革命的關係，天俊的《關於〈河南〉雜誌主編說》（《魯迅研究月刊》，1987 年第 10 期）和王天獎的《辛亥革命與河南》（《中州學刊》，1991 年 5 期）也對《河南》雜誌的發行日期、編輯、刊物性質以及思想內容等方面做了比較全面的研究。

　　從目前的研究成果來看，現有的研究文章雖然對《河南》雜誌有了多個角度的發掘，但從細節上來講，還存在著以下不足之處：1.、大多數文章著重對《河南》雜誌宏觀思想的研究，微觀思想研究比較少。給《河南》投稿的作者五花八門，其思想很難能達成一致，他們之間不同的觀點及思想碰撞在一起，必將擦出閃亮的火花，「百家爭鳴、百花齊放」才是一份好的雜誌必備之條件，《河南》便做到了這一點。它在生存的過程中，不但吸收本省作者，而且向眾多外省籍作者敞開了大門，成了他們溫馨的港灣。2、對魯迅的研究過於氾濫。縱觀這些研究文章，與魯迅掛鉤的非常集中，似乎《河南》成了魯迅的一家之言，沒有了魯迅，《河南》便沒有了研究價值一樣。其實，若仔細留心這份雜誌，也會發現其中還有不少大家，如擅長寫小酸文的周作人、漫畫大家蘇曼殊、魯迅密友許壽裳等。

（三）創新之處

　　本課題的創新之處有以下兩個方面：

　　1.本選題選取的是新聞史上的冷門，因為很少有人寫《河南》雜誌，這本身就是創新。通過對這份雜誌的研究，可以讓更多人認識到《河南》在新聞史上的重要地位，尤其是作為河南籍新聞史研究者，更應該加強對這份年代已久的刊物的重視，從某種程度上來說這也是對河南省形象的一種提升。更為重要的是《河南》雜誌有一批包括魯迅在內的外省籍作家，而這方面的研究還沒有人涉及。

　　2.研究方法上的創新。《河南》內容豐富而繁雜，選取什麼樣的角度，怎樣篩選、駕馭、解讀材料，至關重要。在研究方法上，本文以歷史唯物主義和辯證唯物主義為指導，將歷史學、新聞學、傳播學和社會學的方法相結合，宏觀的理論分析與微觀的史實考證相結合，力爭在總體思路和表達方式上實現創新。主要用到的方法有：歷史編纂學方法、調查研究法、內容分析法、控制實驗法、個案研究方法和社會學方法。

（四）文獻綜述

目前，筆者找到的有關研究《河南》方面的文章有：劉增傑的《漫話魯迅與〈河南〉雜誌》1979 年第五期《河南大學學報》；天俊的《關於〈河南〉雜誌主編說》，《魯迅研究月刊》，1987 年 10 期；天俊，《資助〈河南〉雜誌的劉青霞女士》，《魯迅研究月刊》，1988 年第 5 期；徐允明，魯迅《〈河南〉》時期思想論綱，《江淮論壇》，1986 年第 5 期；《〈豫報〉創辦始末及其與〈河南〉之關係》，王維眞，《史學月刊》2002 年第 11 期；《有關〈河南〉幾個問題的辯證》，黃軼，《中國現代文學研究叢刊》2006 年第 5 期；《中州風雲──〈河南〉的輿論宣傳及其影響》，李衛華，廈門大學碩士學位論文，2006 年；《〈河南〉雜誌與近代名人》，魏紅專，2007 年 5 月上半月；《清末留日學生後期革命報刊的思想宣傳及影響》，黃順力，李衛華，《廈門大學學報》2008 年第 6期；《〈河南〉雜誌作者群思想研究》，譚雪剛，廈門大學碩士學位論文，2009年；《從文藝的視角論析〈河南〉的價值》，張如法，《平頂山學院學報》2010年第 1 期；《魯迅和〈河南〉雜誌的淵源》，孫擁軍，《河北經貿大學學報》2010年 6 月；《魯迅與〈河南〉雜誌》，王吉鵬，吉瑞，《開封教育學院學報》2010年 3 月；《「酣夢之警鐘，文明之導線」──清末〈河南〉雜誌概覽》，魏紅專，中共鄭州市委黨校學報 2007 年第 5 期。

一、《河南》雜誌作者概況

（一）《河南》雜誌作者介紹

作為中國同盟會河南分會的機關刊物，《河南》雜誌肩負著傳播革命火種、帶領河南人民走上復興之路的重任。因為它是河南留學生所創辦，因此以河南籍作者居多。經過對九期《河南》雜誌的整理，能夠找到原名和籍貫的作者共有以下諸人：

姓名	筆名	籍貫	文章	刊登期數
張鍾端	鴻飛	許昌	《平民的國家》（論著） 《對於要求國會者之感喟》（論著） 《勸告亟行地方自治理由書》（論著） 《土耳其立憲說》（論著） 《東西思想之差異及其融合》（論著）	第一期 第四、五期 第六期 第七期 第八期
陶成章	起東	浙江	《春秋列國國際法與近世國際法異同論》（論著）	第二、三期

姓名	筆名	籍貫	文章	刊登期數
魯迅	令飛 迅行	浙江	《人間之歷史》（令飛，譯述欄） 《摩羅詩力說》（令飛，論著） 《科學史教篇》（令飛，論著） 《文化偏至論》（迅行，論著） 《裴彖飛詩論》（令飛，譯述） 《破惡聲論》（迅行，論著）	第一期 第二、三期 第七期 第七期 第八期 第五期
陳伯昂	悲谷	新鄉	《二十世紀之黃河》（論著） 《創辦小輪船通告書》（專件）	第一、二、六期 第六期
周作人	獨應	浙江	《論文章之意義暨其使命因及中國近時論文之失》（論著） 《莊中》（小說） 《寂寞》（小說） 《哀弦篇》（論著）	第四、五期 第八期 第八期 第九期
周仲良	明民	貴州	《預備立憲者之矛盾》（論著） 《中國變法之回顧》（論著）	第三期 第五期
許壽裳	旒其	浙江	《興國精神之史曜》（論著）	第四、七期
蘇曼殊	曼殊	廣東	《洛陽白馬寺》 《潼關》 《天津橋聽鵑圖》 《嵩山雪月》	第二期 第三期 第四期 第五期
吳肅	吳肅	河南	《芝布利鬼宅談》（小說）	第一、三、六、七期

　　1.張鍾端，今河南許昌人，字毓厚，號鴻飛。1905 年留學日本，在東京大學學習法律學。受孫中山革命思想影響，加入中國同盟會，並組織河南分會。1907 年創辦《河南》雜誌並擔任總經理，發表多篇鴻篇巨製，積極傳播資產階級革命思想，並向魯迅等外省籍進步學者約稿。《河南》雜誌被查封後，張鍾端於 1911 年回國參加辛亥革命。武昌起義成功後，張鍾端回到開封，任河南起義軍總司令兼參謀長，準備武裝起義，由於機密洩漏，起義失敗，張鍾端等十一人遭清廷鎮壓而壯烈犧牲。

　　2.起東，原名陶成章，字煥卿，今浙江紹興縣陶堰人，曾用名漢思、起東、志革、巽言等，光復會創立者之一。與周氏兄弟倡導的文藝救國道路相比，他是一個親力親爲的革命者，戰鬥在革命的第一線。他以排滿反清爲己任，

曾兩度刺殺慈禧太后。刺殺失敗後，陶成章東渡日本學習軍事，並積極參加革命宣傳活動，在《河南》發表《春秋列國國際法與近世國際法異同論》一文，主張用「口舌」維護國家利益。

1912 年 1 月 14 日凌晨，成章（陳其美攬權起殺機，欲置其死地而後快）被受陳其美指使的蔣介石、王竹卿（幫兇、光復會叛徒）暗殺於上海廣慈醫院，年僅 35 歲。

3.魯迅，原名周樹人，浙江紹興人。1902 年東渡日本，並在那裡初步形成了自己的文藝思想觀，即文藝救國。棄醫從文後，為實現自己的理想，他欲創辦《新生》雜誌，但因經費問題不了了之。之後，魯迅以令飛、迅行的筆名在《河南》雜誌發表多篇文章，成為該雜誌的主要撰稿人之一。

魯迅是在《河南》雜誌發表稿件最多的外省籍作者，他一共發表了 6 篇作品，分散在一、二、三、五、七、八期上，多數為連載，其中不乏經典之作。

《人間之歷史》發表在譯述一欄，介紹的是達爾文進化論，魯迅認同達爾文「物競天擇，適者生存」的觀點。「人間」指的就是「人」，魯迅在《關於翻譯的通信》中指出「人」的原文，日文指「人間」。〔註 1〕

《摩羅詩力說》是魯迅的第一篇學術論文，他著重向中國人介紹了歐洲浪漫主義運動和「摩羅詩人」，拜倫、普希金、萊蒙托夫等詩人都是他推崇的對象，「俄如孺子，而非喑人，俄如伏流，而非古井……以不可見之淚痕悲色，振其幫人」。〔註 2〕在這篇文章中，魯迅還提出了自己的文學觀和美學觀，並強調詩人的作用和使命。

《文化偏至論》是一篇文化批判論文，通過對 19 世紀工業文明的批判，頌揚了尼采的個性主義文化，魯迅在其中還提出了「立人」—「立國」的文化建設綱領。他在開篇就認為中國人「益自尊大，寶自由而傲睨萬物」，〔註 3〕而到了晚清，隨著西方文明的大量湧入，一部分中國人又開始盲目崇洋媚外，而另一部分仍是閉關自守的狀態。對於這種文化現象，魯迅提出了「取今復古」的觀點，即「好古而不忽今，力今而不忽古」。意思就是既要吸取中華傳統文化的優良精髓，又要學習西方的先進文化和科學技術，即我們現在通常

〔註 1〕魯迅，魯迅全集第四卷〔M〕，北京：人民文學出版社，1956，375。
〔註 2〕魯迅，摩羅詩力說〔J〕，河南，1908（2、3）。
〔註 3〕魯迅，文化偏至論〔J〕，河南，1908（7）。

講的「取其精華去其糟粕」。這跟魯迅後期的文章《拿來主義》是一脈相承的，只是後者在思想上顯得更加成熟一些。

《裴彖飛詩論》原本是奧匈人愛彌爾·賴息的《匈牙利文學論》的第二十七章，經周作人口譯、魯迅筆述而完成的。譯文分上下部分，《河南》在刊出上半部分後就遭到停刊，下半部譯稿不幸遺失。

《破惡聲論》是對民族主義思潮的批判，當時魯迅受章太炎思想的影響，他反對康梁「同文字、棄祖國、尚齊一」的觀點，而是提倡傳統文化，「昌明國粹」，帶有明顯的國粹主義色彩。難能可貴的是，魯迅在這篇文章中朦朧地凸顯了對現代傳媒的批判，他認為康有為等「沐新思潮者」利用「輸入現代文明之利器」（即現代報刊等大眾媒介）大肆宣傳西方文明，但這並沒有使國家強盛，反而削弱了傳統的中華文化。

4.悲谷，原名陳伯昂，又名陳慶明（1880～1964 年），新鄉延津縣人，在日本學習大地測量，加入同盟會，是《河南》的編輯之一。陳伯昂後來回憶說：「其中筆名太憨者，如《二十世紀之黃河》，及各期插圖附圖等，都是我的拙作。」〔註 4〕太憨是陳伯昂的另一個筆名，關於插圖附圖，只有第九期插圖《古戰場》署名為悲谷。1912 年 8 月，陳伯昂受孫中山的指派回到河南籌建國民黨支部，並創建了《民立報》作為機關刊物，自任總編。該報剛出版時發行量就突破 70000 份，影響很大。宋教仁遇刺後，《民立報》對袁世凱進行辛辣抨擊，1913 年被北洋軍閥查封，5 人遭到捕殺。新中國成立後，陳伯昂留在河南從事測繪工作，撰寫了許多有價值的文史資料，1964 年病逝於開封。

5.周作人，浙江人，現代散文家、詩人、翻譯家。早年隨同哥哥魯迅一起留學日本，先讀法政大學預科，後入東京立教大學修希臘文。在魯迅的號召之下，他以獨應的筆名在《河南》雜誌上發表了不少文章，積極附和魯迅的文藝觀。1911 年回國後先在家鄉教書，後成為北京大學教授，參與《新青年》的編輯工作，成為新文化運動的骨幹力量之一。20 年代之後，他逐漸移情於散文創作，提倡悠閒舒適的小品文，思想與魯迅漸行漸遠。北平淪陷後，周作人出任南京國民政府委員、華北政務委員會常務委員兼教育總署督辦等偽職，1945 年被國民政府以漢奸罪判處有期徒刑 10 年。1967 年因病去世。

〔註 4〕 陳伯昂：《辛亥革命前後》，載《河南文史資料》第六輯〔C〕，中國人民政治協商會議河南省委員會文史資料研究委員會編，鄭州：河南人民版社，1981 年，第 13 頁。

　　《河南》雜誌第二期文苑欄有一組詩歌，作者爲「啓明」。而周作人也曾經用過啓明的筆名，因此有很多人誤認爲這組詩歌爲周作人所作。但《周作人傳》和《周作人年譜》卻沒有「啓明」與這組詩歌詩歌的記載，兩書都認爲周作人這一期間的筆名是「獨應」，而周作人第一次用「啓明」作爲筆名是在1913年。這年，他翻譯了英國戈德斯《教育與善種》中的一章，標題爲《民種改良之教育》，刊登在10月15日《紹興縣教育會月刊》上，署名獨應。〔註5〕

　　再者，周作人在自己的自傳《知堂回想錄》「我的筆名」一章裏說過：「離開南京學堂以後，所常用的一個筆名是『獨應』，故典出在《莊子》裏，不過是怎樣一句話，那現在已經記不得了。還有一個是『仲密』，這是聽了章太炎先生講《說文解字》以後才制定的，因爲《說文》裏面說，周字從用口，訓作『密』也，『仲』字說的則是排行。前者用於劉申叔所辦的《天義報》，後來在《河南》雜誌上做文章，也用的是這個筆名。後者則用於《民報》。」其後他又在「河南——新生甲編」一章中提到：

> 「我對於《河南》的投稿，一共只有兩篇，分在三期登出；因爲有一篇的名目彷彿是《論文學之界說與其意義，並及近時中國論文之失》，上半雜抄文學概論的文章，湊成一篇，下半是根據了新說，來批評那時新出版的《中國文學史》的。這本文學史是京師大學堂教員林傳甲所著，裏邊妙論很多，就一條一條地抄了出來，不憚其煩地加以批駁，本來就可以獨立的自成一篇，卻拿來與上篇聯合了；因爲魯迅在《牆》的題記上說，『因爲那是河南的稿子，因爲那編輯先生有一種怪脾氣，文章要長，愈長稿費愈多。』此外，另有一篇，那就很短了，題目是《哀弦篇》……」〔註6〕

　　所以《河南》雜誌第一期裏的雜詩十餘首應該不是周作人所作。

　　《河南》時期的周作人完全跟隨魯迅的步伐，兄唱弟隨，二人在《河南》雜誌協同作戰，形成「立人」的思想體系。他一共發表了四篇長篇大論，分布在四、五、八、九期。縱觀周作人的文章，它們大多數都與魯迅的文章相呼應。

　　《論文章之意義暨其使命因及中國近時論文之失》一文，強調「文章者，國民精神之所寄也……文章或革，思想得舒，國民精神進於美大，此未來之

〔註5〕張菊香、張鐵榮編著，周作人年譜〔M〕，天津：天津人民出版社，1999，100。
〔註6〕周作人，知堂回想錄〔M〕，北京：群眾出版社，1999，195。

冀也」，〔註7〕進一步強化魯迅的「立人」思想。

《莊中》和《寂寞》是周作人翻譯的俄國文學家的作品。當時的周氏兄弟非常仰慕俄國文學，因爲它們充滿了「求自由的革命精神」。

《哀弦篇》與魯迅的《摩羅詩力說》和《文化偏至論》相呼應，倡導個性解放，呼喚「先覺者」的出現。

6.明民，原名周仲良，貴州黎平縣人，早年在日本留學時加入同盟會，曾任孫中山總統秘書、北伐軍第十路軍黨代表、印鑄局長、中國佛教會副會長、總統府第五局局長等職。一九四九年告老還鄉回黎平縣，五一年貴州省法院以特務罪判處死刑於貴陽。

7.許壽裳，字季茀，傳記作家、教育家，浙江紹興趙家阪人，魯迅終身摯友。他於 1902 年以官費赴日留學，曾任《浙江潮》編輯。魯迅準備創辦《新生》雜誌，他是最有力的支持者。《新生》流產後，與周作人一道在《河南》雜誌撰文支持魯迅的文藝思想。周作人在其自傳《知堂回想錄》中提到：

> 當時也拉許季茀寫文章，結果只寫了半篇，題名《興國精神
> 之史曜》，躊躇著不知用什麼筆名好，後來因了魯迅的提議，遂署
> 名曰『旒其』，（俄語意曰『人』），這也是共同學習俄語的一種紀念
> 了。〔註8〕

1934 年，許壽裳出任北平大學女子文理學院院長，創辦《新苗》院刊。後歷任北京大學、北京高等師範學校、成都華西大學、西北聯大等校教授。1937 年與周作人共同編撰《魯迅年譜》。1946 年夏赴臺灣任編譯館館長。1948年 2 月 18 日，許壽裳在臺北寓所慘遭歹徒殺害。許壽裳是中國著名的傳記作家和教育家，他的著作有《章炳麟傳》，這是中國最早的一部章太炎評傳。還著有《魯迅年譜》、《亡友魯迅印象記》、《我所認識的魯迅》、《俞樾傳》、《中國文字學》、《李越縵〈秋夢記〉本文考》，以及《傳記研究》、《怎樣學習國語與語文》、《考試制度述要》等。

許壽裳在《河南》發表的文章是《興國精神之史曜》（未完成）。該文同樣注重個性解放，高度評價了法國大革命，因爲許壽裳認爲它促進了個人覺醒，「佛朗西革命之精神，一言蔽之曰：重視我之一字，張我之權能於無限爾。

〔註7〕 周作人，論文章之意義暨其使命因及中國近時論文之失〔J〕，河南，1908（4、5），26。

〔註8〕 周作人，知堂回想錄〔M〕，北京：群眾出版社，1999，196。

易言之曰：『個人之自覺爾』。」他還認爲，若人們都有獨立的思想，那麼「新教化之社會於是立矣」。〔註9〕

8.蘇曼殊，廣東香山人（今珠海），作家、翻譯家、詩人、漫畫家，通曉多國語言，法號曼殊，父親是廣東人，母親是日本人。他於 1902 年留學日本，在日期間，接受了民主革命思想，參加過中國留學生的愛國組織革命團體青年會和拒俄義勇隊，並遊歷多國。回國後任上海《國民日報》的翻譯，不久便因感情問題在惠州出家爲僧。1907 年再度赴日，組織亞洲和親會，公然反抗帝國主義，後與魯迅等人合辦雜誌《新生》，但未成功。他就把爲《新生》準備的一些圖畫轉投《河南》。辛亥革命後歸國，對現實悲觀失望。1918 年 5月 2 日，蘇曼殊在上海病逝，年僅 35 歲。

蘇曼殊的文學成就不容忽視，他曾創作數百首古典詩歌，多爲七絕。代表作有，《東居雜詩》、《何處》、《過薄田》、《澱江道中口占》等。小說代表作有《斷鴻零雁記》、《絳紗記》、《焚劍記》、《碎簪記》、《非夢記》等 6 種，另有未完成的《天涯紅淚記》。此外，蘇曼殊還翻譯過《拜倫詩選》和法國著名作家雨果的名著《悲慘世界》，頗受好評。

《河南》雜誌還有很多只有筆名的作者。如下表：

筆　名	文　章	刊登期數
止觀	《世界競爭之趨勢及中國之前途》（論著）	第二期
虞石	《論民氣爲建立軍國國家之要素》（論著）	第一期
醒夢	《日法日俄協約關於中國之存亡》（時評）	第一期
重瞳	《國民對外對內之唯一武器》（時評）	第二期
仇頑	寶豐汪令攫錢之六大奇術》（時評）	第二期
述遷	《羅斯福傳》（傳記） 《快人快語》（雜組）	第三期 第三期
象先	《歐米列國之現狀與民治》（譯述）	第三、四期
凡人	《無聖篇》來稿 《開通學術議》來稿	第三期 第五期
失名	《清國亦將變化耶》（譯述）	第四期
不醒	《高等學堂又起風潮矣》（時事）	第四期
馥忱	《海上健兒》（小說）	第二、四、五期

〔註9〕 許壽裳，興固精神之史曜〔J〕，河南，1908（4、7）。

筆　名	文　章	刊登期數
不白	《警告同胞勿受立憲之毒論》（論著）	第五期
劍民	《法國大革命時代之刺客駁洛德》（史譚）	第五期
病己	《政黨政治及於中國之影響》（論著）	第六期
過寶客	《寶豐縣王令三案事略》（來函）	第六期
醒生	《要求開國者與政府對於國會之現象》（來稿）	第六、八期
酸漢	《河南之實業界》（論著）	第七期
謝冰譯	《司泰因自治論》（譯述）	第七期
著者悍兒	《悍兒之厭世主義》（來稿）	第七期
南俠	《對內對外有激烈的解決無和平的解決之鐵證》（論著）	第八期
	《中國聯省之獨立與美國合眾之獨立比較難易論》（論著）	第九期
鈞灼	《烈士程毅小傳》（傳記）	第八期
酸辛	《對於鄧獄之感喟》（時評）	第八期
憐	《汝陽城北高等小學堂延觀某君演說詞》（記載）	第八期
亞震	《奴婢廢止議》（論著）	第九期
悲群	《河南學務觀》（時評）	第九期
疏老光	《龍腦》（諧體小說）	第九期
。。。	《靈寶縣怪狀》（來稿）	第九期
	《濟令破壞學務之劣跡》（來稿）	

綜上所述，《河南》雜誌作者眾多且身份複雜，除了河南留學生，還不乏有魯迅這樣的大家。能確定身份的作者共有 9 位，其中外省籍作者佔了 6 位，他們分別是：魯迅、周作人、陶成章（起東）、周仲良（明民）、許壽裳和蘇曼殊。

（二）《河南》雜誌向外省籍作者約稿原因

《河南》是中國同盟會河南分會的機關刊物，為河南留日學生同鄉會所創辦。在此之前，「隨著形勢的發展變化，反清意識逐漸明確。在留學生中出現了有組織的革命活動，並以一個地區、一個省為單位，建立學生組織，創辦區域性或以省命名的刊物」，〔註10〕如《江蘇》、《浙江潮》、《新湖南》等。這些刊物大都以本省作者為主導，與之不同的是，《河南》雜誌卻捧紅了一批外省籍作者。

〔註10〕 宋應離，中國期刊發展史〔M〕，開封：河南大學出版社，2000。

　　《河南》雜誌之所以向外省籍作者約稿，其原因有以下兩點：

1. 河南留學生人數較少，稿源不足

　　自 1896 年起，清政府開始向日本派出留學生，1906 年時達到頂峰，共約一萬二三千人。光緒 32 年 4 月和 6 月清政府發布過《體恤遊學生辦法》和《限制遊學生推廣學堂》兩封公文，其中都講留日人數已達「萬二三千人」。〔註11〕《中國近七十年來教育記事》一書中也對此有記載：「1906 年的留日學生達萬二三千人。」〔註12〕在這一萬多名留學生中，河南留學生只有區區 96 人，不到留學生總人數的百分之一，而其中能寫文章的又寥寥無幾。因此，光靠河南籍作者供稿是不太現實的。於是《河南》雜誌的編輯便通過各種渠道向外省籍作者約稿，《河南》簡章第三章第一條指明：「其本省及他省諸君子，有與本報宗旨相同者，均可自由投稿。」魯迅、周作人等便是他們通過朋友邀請到的作者。

　　周作人在其自傳《知堂回想錄》中有過這樣一段話：

　　　　魯迅計劃刊行文藝雜誌，沒有能夠成功；但在後來這幾年裏，得到《河南》發表理論，印行《域外小說集》，登載翻譯作品，也就無形中得了替代，即是前者可以算作《新生》的甲編，專載評論，後者乃是刊載譯文的乙編吧。留日學生分省刊行雜誌，鼓吹改革，乃是老早就有了的事，兩湖江浙出的最早，在我往東京的那時候，有的就已停刊了。《河南》係是河南留學同鄉會所出，是比較晚出的一種。其第一期出版時日是 1907 年 12 月，大概至多也出到十期吧。魯迅在第一期上邊發表了一篇《人間之歷史》，寫作的日期自然更在其前，那時候是還住在中越館裏，河南的朋友只有我的一個同學吳一齋，但來拉寫文章的卻不是他，乃是安徽壽州的朋友孫竹丹，而《河南》的總編輯，則是江蘇儀徵的劉申叔。稿子寫好，便由孫竹丹拿去，日後稿費也是由他交來；大約待遇要比書店賣稿好些吧。就只是支付不確實，雖然不至於落空，但總之拖延是難免的。〔註13〕

〔註11〕邰爽秋　王克仁等，中華教育界〔J〕，第 15 卷第 9 期。

〔註12〕丁致聘，中國近七十年來教育記事〔M〕，國立編譯館出版，1932，19。

〔註13〕周作人，知堂回想錄〔M〕，北京：群眾出版社，1999，194。

周作人的這段回憶就涉及到幾個問題：

第一、《河南》雜誌由於稿源不充足，編輯只得向外省籍作者「拉寫文章」，魯迅、周作人、許壽裳等人便是這樣被拉過來的。

第二、《河南》雜誌為了拉來更好的稿源，支出的稿費還是比較可觀的。《河南》簡章第三章第二條說道：「同志惠稿，一經本報登錄，即以本期報奉酬；若能按期投稿即以撰述員相待，每期另有特別酬金。」周作人晚年在談到當時向《河南》投稿情況時說：「我們投稿其目的固然其一在於發揮文學上的主張，其二則重在經濟，冀得稿費補助生活。」〔註14〕

第三、魯迅等人創辦《新生》流產，只得轉戰《河南》，該雜誌也為他們提供了施展才華的舞臺。「《新生》的出版之期接近了，但最先就隱去了若干擔當文字的人，接著又逃走了資本，結果只剩下不名一錢的三個人。創始時候既已背時，失敗時候當然無可告語，而其後卻連這三個人也都為各自的運命所驅策，不能在一處縱談將來的好夢了，這就是我們的並未產生的《新生》的結局。」〔註15〕剩下的「這三個人」就是魯迅、周作人兩兄弟以及他們的好朋友許壽裳。

第四、這段記載有些與事實不符，比如「《河南》的總編輯，則是江蘇儀徵的劉申叔」，這就是誤記。

2. 《河南》的宗旨吸引了相當一部分外省籍作者

與之前的《豫報》相比，《河南》無疑是站在革命的立場上，其言辭更加激進，主張通過暴力手段推翻腐朽的清政府，建立平民之國家。「河南雜誌為吾河南同胞確定進行之方針也……無論何省均最適用者也。」〔註16〕在《發刊之旨趣》中，《河南》雜誌闡明了自己的辦刊宗旨，即「本報以牖啟民智，闡揚公理為宗旨」。〔註17〕意圖通過報刊向民眾灌輸資產階級革命思想，喚醒民眾的危機意識，很多外省籍作者有意向《河南》投稿也正是看中了這一點。

因為有改良派的《豫報》在先，一些受到邀請的作者猶豫不決，遲遲不肯投稿，如魯迅。張鍾端為了彰顯《河南》的革命立場，特地將自己準備發表

〔註14〕魯迅：《致吳海發信》，載《魯迅研究動態》1987年9期。
〔註15〕魯迅，魯迅全集〔M〕，北京：人民文學出版社，1956，5～6頁。
〔註16〕朱宣，發刊之旨趣〔J〕，河南，1907（1），2。
〔註17〕朱宣，發刊之旨趣〔J〕，河南，1907（1），2。

的文章《平民的國家》請教魯迅。其中有一段文字這樣寫道：「今以數千年惡政府，挾其威、操其武力，以肆行漫無拘束之勢，我平民一旦欲求解其權、掃其威，使其與我平民相等，捨革命軍而外更無他道！」當魯迅看到這段文字時，頓時堅定了向《河南》投稿的決心，從此全力支持《河南》，並發動周圍的朋友向該雜誌投稿。在魯迅的帶動下，一大批熱血青年紛紛轉向《河南》，包括周作人、許壽裳等，蘇曼殊為《新生》準備的圖畫也投到了《河南》雜誌上。

二、外省籍作者的主要思想

（一）魯迅的立人思想

剛到日本時，魯迅深刻感受到日本人對中國人的蔑視，有日本報紙居然這樣宣稱：「西洋人視中國人為動物，實際確乎不得不產生動物、下等動物的感覺，因此他們在生理上已失去人類的資格。」〔註18〕然而一些中國同胞又是那麼不自重，他們的行為處處讓日本人鄙視，這也直接刺激了魯迅，於是便有了棄醫從文的經典故事。周作人在《魯迅的青年時代》一書中有這麼一段回憶：

> 魯迅最初志願學醫，治病救人，使國人都具有健強的身體，後來看得光是身體健全沒有用，便進一步的想要去醫治國人的精神，如果這話說的有點唯心的氣味，那麼也可以說我們現在所說的『思想』吧。這回他的方法是利用文藝，主要是翻譯介紹外國的現代作品，來喚醒中國人民，去爭取獨立與自由。〔註19〕

當然，光是翻譯外國作品還是不夠的，魯迅認為救人不如救心，遂以筆為武器，從精神層面下手，改造國民性貫穿了魯迅的一生。他改造國民精神計劃的第一步便是創辦雜誌，利用媒體製造輿論，喚醒國民意識。周作人在《知堂回想錄》中提到：「我們在日本留學時候，有一種茫漠的希望，以為文藝可以改造性情，改造社會的。」然而現實總是不如願，雖然魯迅有著犀利的文筆和滿腔熱血，但由於經費問題，他計劃的《新生》雜誌流產。但《河南》雜誌的出現使魯迅的報刊夢得到了實現，他想在《新生》上說的話都發表在了《河南》上，完全將其當作輿論工具，魯迅從此開始走紅文壇。

〔註18〕薛綏之，魯迅生平史料彙編（第一輯）〔C〕，天津：天津人民出版社，1983，358。

〔註19〕周作人，《魯迅的青年時代》〔M〕，中國青年出版社，1957，36。

魯迅在《河南》時期的基本思想是「立人」。

1. 對民族精神的反省與批判

在魯迅所作的六篇文章中，對國民精神的批判是主導。雖然他也著重介紹西方先進的科學技術，但他顯然對精神這一方面更加注重。魯迅一向認為，再好的科學技術也挽救不了精神麻木的國人。「顧猶有不可忽者，為當防社會入於偏，日趨而之一極，精神漸失，則破滅亦隨之。」〔註20〕這一時期的魯迅受西方文藝思想影響較深，他首先從進化論談起，意圖喚醒中國人的民主意識，擺脫奴性思想，「故有生無生二界，且日益近接，終不能分，無生物之轉有生，是成不易之真理。」〔註21〕這也是魯迅的理論依據之一。在他所發表的文章中，最能體現他立人思想的當屬《摩羅詩力說》。周作人在《魯迅的青年時代》一書中提到：「魯迅的文章中間頂重要的是那一篇《摩羅詩力說》，這題目用白話來說，便是『惡魔派詩人的精神』，因為惡魔的文字不古，所以換用未經梁武帝改寫的『摩羅』。英文原是『撒旦派』，乃是英國正宗詩人罵拜倫、雪萊等人的話，這裡把它擴大了，主要的目的還是介紹別國的革命文人，凡是反抗權威、爭取自由的文學便都包括在『摩羅詩力』的裏邊了。」〔註22〕

立人，換句話說就是以人為本，這也是我們今天要倡導的。中國人的個性已經被壓制了幾千年，中庸思想至今陰魂不散，何況在上世紀初仍是封建專制的時代。魯迅無疑是提倡個性解放的先驅者之一，他的吶喊也最為激烈，文章更是當時報界的「犀利哥」。他瘋狂地崇拜以拜倫和雪萊為首的「惡魔派詩人」，高度讚賞他們的反抗精神：「外狀至異，各稟自國之特色，發為光華。而要其大歸，則趨於一：大都不為順世和樂之音，動吭一呼，聞者興起，爭天拒俗，迄於死亡，而精神復深感後世人心，綿延至於無已。」〔註23〕魯迅稱他們為「精神界之戰士」，並希望中國也能有這樣的有識之士出現：「今索諸中國，為精神界之戰士者安在？有作至誠之聲，致吾人於善美剛健者乎？有作溫煦之聲，援吾人出於荒寒者乎？」〔註24〕

〔註20〕魯迅，科學史教篇〔J〕，河南，1908（5），149。
〔註21〕魯迅，人間之歷史〔J〕，河南，1907（1）。
〔註22〕周作人，《魯迅的青年時代》〔M〕，中國青年出版社，1957，39。
〔註23〕魯迅，摩羅詩力說〔J〕，河南，1908（2、3）。
〔註24〕魯迅，摩羅詩力說〔J〕，河南，1908（2、3）。

　　其實魯迅本人就是中國的「精神界之戰士」，他希望對廣大人民群眾進行思想啓蒙，使之擺脫愚昧的精神狀態，他的一些觀點直到今天也不過時。在《科學史教篇》裏，魯迅主張在普及科學技術的同時，也不能忘了精神生活，也就是我們現在說的物質文明和精神文明。他甚至認爲，精神層面的東西比科學技術更爲重要。因爲魯迅深知中國人的劣根性，要消除這種劣根性，就必須對國人進行洗腦，只有在精神層面達到了一定的高度，才能眞正立於強國之林。一百年後，中國的物質文明已經邁上了新臺階，但精神文明建設遠遠沒有跟上。更爲悲哀的是，像魯迅這樣的精神戰士再也沒有出現，反倒多了些欺世盜名的僞君子。

　　受尼采「酒神精神」〔註25〕影響，魯迅提出了自己的理論，即「立人」思想。認爲，立國首先要立人，中國要「生存兩間，角逐列國……其首在立人，人立而後凡事舉」。如何才能立人？《文化偏至論》做了具體的論述：「尊個性而張精神……誠若爲今立計，所當稽求既往，相度方來，掊物質而張靈明，任個人而排眾數。」〔註26〕

2.「托尼學說，魏晉文章」

　　魯迅的青年時代師承章太炎，與周作人、許壽裳、錢玄同等一起學習《說文解字》、《莊子》等古典文學。章太炎的文章又深受魏晉風度影響，有人稱他的文風「文法魏晉，純任自然，時而嶄峭拔，時而委婉盡情，高山流水，可以爲喻」。〔註27〕這一時期的魯迅不免受其影響，其文章無論從格式、句式還是文法上都處處效法古人，魯迅自己也在《集外集序言》中說：「我的文章裏，也有受著嚴又陵的影響的，例如『涅伏』，就是『神經』的臘丁語的音譯，

〔註25〕「酒神」是古希臘神話中狄奧尼索斯，他是葡萄酒狂飲之神，是豐收享樂、盡情放縱的象徵，是生命豐盈的化身。尼采在他的《悲劇的誕生》裏，借用希臘神話中的酒神和日神來象徵兩種基本心理經驗。在這兩種中，酒神精神更爲原始，這種精神是由麻醉劑或由春天的到來而喚醒的。這是一種類似酩酊大醉的精神狀態。在酒神的影響下，人們盡情解放人類的原始本能，與同伴們一起縱情歡樂，痛飲狂歌狂舞，尋求性欲的滿足。人與人之間的一切界限完全打破，人重新與自然合爲一體，融入到那神秘的原始時代的統一之中去，他如醉如狂，「幾乎要飛舞到空中」，像停不住的孩子一樣，他不斷地建築，又不斷地破壞，永遠不滿足於任何固定而一成不變的東西。他必須充分發洩自己過於旺盛的精力。對他來說，人生就是一場狂舞歡歌的筵席，幸福就在於不停的活動和野性的放縱。

〔註26〕魯迅，文化偏至論〔J〕，河南，1908（7）。

〔註27〕章太炎，章太炎全集〔M〕，上海：上海人文出版社，1985，494。

這是現在恐怕只有我自己懂得的了。以後又受了章太炎先生的影響，古了起來。」〔註28〕魯迅本人就很喜歡魏晉文章，尤其喜歡孔融和嵇康。周作人在《魯迅的青年時代》裏說：「（魯迅）看重魏晉六朝的作品，過於唐宋，更不必說『八大家』和桐城派了。」〔註29〕因爲魯迅本身就與魏晉時代的竹林七賢脾胃相投，他們特立獨行、蔑視權貴，性格倜儻灑脫、不拘一格，超然於物外。20 世紀初，西方文化被頻頻介紹到中國，其中的自由精神和個人主義正中魯迅下懷，因此他這一時期的文章將西方學說與魏晉文章相融合，其中也包括了他投給《河南》的文章。劉半農稱其爲「托尼學說，魏晉文章」。〔註30〕托指的是托爾斯泰，尼指尼釆。

此後，魯迅雖不再用文言文寫作，但我們仍能從他的文章中感受到魏晉風度。

3. 思辨性極強

魯迅發表在《河南》的文章大多數都運用多種論證手法提出自己的理論，哲理性、邏輯性和思辨性很強，所謂「人不思則不進，文不辨則不新」。以魯迅的《文化偏至論》爲例，這篇文章的題目就充滿了思辨的意味，讀者看到這樣的題目首先要想到：何爲文化偏至？魯迅認爲，一切文明在其發展過程中都因過分矯正舊事物而發生了偏至。就像中國古代過分重文輕理，到了現代又過分重理輕文一樣。在當時，很多知識分子都對西方文明癡迷不已，「言非同西方之理弗道，事非合西方之術勿行」，這種態度引起魯迅的反感。他就在《河南》雜誌中與之展開辯論，涉及到很多科學研究方法，並提出自己的理論，還做了具體的闡述。

讀者在讀這些文章時，不但要有比較高的知識水平，還要有很強的思考能力，否則就無法消化其中的深意。如魯迅自己創造的「立人」、「立國」、「取今復古，別立新宗」等觀點都是別人沒有想到過的，讀者第一次接觸這樣的新鮮事物，自然好好琢磨一番，甚至根本就不理解魯迅那「後現代」的思維，用現在的話說就是非主流。

〔註28〕魯迅，《集外集·序言》〔M〕，北京：人民文學出版社，2005 年版，（4）。

〔註29〕周作人，《魯迅的青年時代》〔M〕，烏魯木齊：新疆人民出版社，1997 年版，（439）。

〔註30〕孫伏園，《魯迅逝世五週年雜感二則》，《魯迅回憶錄》〔M〕，北京：北京出版社，1999 年版，（109）。

　　總之，魯迅視自己爲思想啓蒙者，他通過對國民精神的批判，提出「立人」思想，走上文藝救國的道路，改造國民性成了他一生奮鬥的目標。魯迅首先是一個思想家，然後才是文學家。在《河南》的這段日子裏，他形成了自己的思想體系，而這些思想也引起了非常大的反響。

（二）周作人：「質體」與「精神」是國民思想改革的重要因素

　　這個時期的周作人並未形成自己的思想體系。他和魯迅同吃同住，一起翻譯小說，一同聆聽章太炎的說教，再加上是親兄弟，因此二人的思想基本是相通的。《周作人傳》提到：「周作人的性格是溫順、隨和的，儘管偶有反抗，他仍然是服從於長兄，把自己的活動納入到魯迅所從事的啓蒙事業中——至少說，在日本時期是如此。」〔註31〕

　　周作人一共在《河南》雜誌上發表了兩篇政論文，基本上是對魯迅觀點的補充。周作人非常贊同魯迅的文藝救國思想，他在《論文章之意義暨其使命因及中國近時論文之失》一文中強調：「文章者，國民精神之所寄也，精神而盛，文章固即以發皇，精神而衰，文章亦足以補救，故文章雖非實用，而有遠功者也。」其實這也是在強調精神文明的重要性。周作人還進一步提出文章「四義」：「其一，文章云者，必形之諸墨者也；其二，文章者必非學術者也，蓋文章非爲專業而設，其所言在表揚眞美，以普及凡眾之人心，而非僅爲一方說法；其三，文章者，人生思想之形現也；其四，文章中有不可缺者三狀，具神思，能感興，有美致也。」〔註32〕這「四義」也是在強調文章（文藝）救國的社會功能，意圖通過文學改造人心。

　　在魯迅「立人」理論的基礎上，周作人進一步闡述了如何對國民思想進行改造。他認爲國家要強盛必須具備兩個條件；「一曰質體，二曰精神。」〔註33〕質體指的是國民身體強壯，精神則指內心強大。在這兩者之中，他又偏重於精神層面。這和魯迅的《文化偏至論》所闡述的道理不謀而合，相互輝映。在《哀弦篇》裏，周作人期待「先覺者」的出現：「詩人者國之先知，以預言詔民而民聽之……是故民以詩人爲導師，詩人亦視民如一體，群己之間不存阻閡，性解者即愛國者也。」其實他說的「先覺者」跟魯迅所提倡的「精神

〔註31〕錢理群，周作人傳〔M〕，北京：十月文藝出版社，1990，148。
〔註32〕周作人，論文章之意義暨其使命因及中國近時論文之失〔J〕，河南，1908（4、5）。
〔註33〕周作人，哀弦篇〔J〕，河南，1908（9）。

界之戰士」是同一個意思。甚至可以說，周作人就是爲了配合魯迅的「立人」
思想與兄長共譜了一曲雙簧。

　　值得注意的是，周作人在對中國封建主義的批判方面更爲激進。他在《論
文章之意義暨其使命因及中國近時論文之失》一文中痛斥：

　　　　孔子以儒教之宗，承帝王教法……天閼國民思想之春華，陰以
　　爲帝王之右助。推其後禍，猶秦火也……第吾國數千年來一統於儒，
　　思想拘囚，文章委頓，趨勢所兆，臨於衰亡，而實利所歸，一人而
　　已。及於今日，雖有新流繼起，似易步趨而宿障牽連，終歸惡化，
　　則無冀也。〔註34〕

　　周作人認爲儒教是個性解放的最大障礙，荼毒中國人民幾千年，言辭相
當辛辣。

　　另外，他還對林傳甲編著的《中國文學史》進行了猛烈抨擊。周作人在
《知堂回想錄》中提到：「……因爲有一篇的名目彷彿是『論文學之界說與其
意義，並及近時論文之失』……下半是根據了新說，來批評那時新出版的『中
國文學史』的。這本文學史是京師大學堂教員林傳甲所著，裏邊妙論很多，
就一條一條的抄了出來，不憚其煩的加以批駁。」〔註35〕

（三）許壽裳：「興不在政府，而在國民。」

　　許壽裳1902年在弘文學院學習日語時結識了同樣意氣風發的魯迅，二人
脾胃相投，從此成爲相知一生的摯友。許壽裳曾回憶道：「自1902年秋至1927
年夏，整整25年中……晨夕相見者近二十年，相知之深有如兄弟……平生風
誼兼師友。」〔註36〕魯迅剪辮子還是受了許壽裳影響。後來，許壽裳主編《浙
江潮》，首先邀請魯迅寫文章。魯迅也得以在《浙江潮》發表了《斯巴達之魂》、
《哀塵》、《說鈤》、《中國地址略論》等文章，在文壇初露鋒芒。

　　許壽裳只在《河南》發表了一篇未完成的文章，但他的思想受魯迅的影
響最大。他同魯迅一起學日文期間，經常討論三個問題：怎樣才是理想的人
性？中國國民性中最缺乏的是什麼？它的病根何在？最後得出一個結論：「我
們民族最缺乏的東西是誠和愛——換句話說，便是深中了詐僞無恥和猜疑相

〔註34〕周作人，論文章之意義暨其使命因及中國近時論文之失〔J〕，河南，1908（4、
　　5）。
〔註35〕周作人，知堂回想錄〔M〕，北京：群眾出版社，1999，195。
〔註36〕許壽裳，我所認識的魯迅〔M〕，北京：人民文學出版社，1953，6。

賊的毛病。」

當許壽裳聽魯迅說要棄醫從文時，極為吃驚。魯迅便告訴許壽裳退出醫學界的原因：「我決計要學文藝學了。中國的呆子，壞呆子，豈是醫學所能治療的麼？」後來，許壽裳回憶：「他對於這場文藝運動──也就是對於國民性劣點的研究：揭發、攻擊、肅清、不懈，三十年如一日，真可謂鞠躬盡瘁，死而後已，這是使我始終欽佩的原因之一。」〔註 37〕二人的友誼是建立在對國民精神的認識上的。

魯迅棄醫從文的魅力徹底折服了許壽裳，他也從此相伴於魯迅，不離不棄。為了追求自由的革命精神和文學，他們一同加入革命團體光復會，一起學俄文，一起聆聽章太炎講學，一起辦雜誌，不論何時他們總站在同一戰線上。

在《河南》雜誌活動期間，許壽裳與周氏兄弟都很注重對國民性的改造和個性解放，《興國精神之史曜》提出：「興國不在政府而在國民，不在法令而在自覺，非然者雖有政府，而民與國未嘗有毫髮繫焉。」

在改造國民性的途徑上，三人提出了不同的方法，對於許壽裳來說，他更注意教育的作用，這也為他日後成為教育家提供了思想上的基礎。在《興國精神之史曜》一文中，有這樣一段話：「要知其所以改造鼓動國民性靈之動者，果何物耶？曰非軍隊非政府非敕令，講壇而已，教會而已，學校而已，詩歌而已。」〔註 38〕雖然他很認同周氏兄弟文藝救國的觀點，但他更傾向於教育的功能。在以後的日子裏，許壽裳選擇了教育的道路，而魯迅選擇的是文學，道路不同但思想是相通的。許壽裳在教育領域作出的貢獻是有目共睹的，他曾經說過：「教育是革命的奠基工作，沒有教育，便談不上真正的革命。」

（四）蘇曼殊：心繫祖國的革命僧人

蘇曼殊是一個傳奇人物，他多才多藝，能詩善畫，在很多領域都取得了不俗的成績。但他個性孤傲、一生飄零，因為情字落髮為僧，因此得了個「情僧」的綽號。身為和尚卻常混迹青樓，對妓女一擲千金卻守身如玉。有人說，天才與瘋子僅有一線之隔，而蘇曼殊卻是這兩者的結合體。佛教有五戒：不殺生、不偷盜、不邪淫、不妄語、不飲酒。而蘇曼殊視五戒為無物，魯迅曾這樣描述他：有了錢就喝酒用光，沒有錢就到寺裏老老實實過活。這期間有

〔註37〕許壽裳，我所認識的魯迅〔M〕，北京：人民文學出版社，1953，8。
〔註38〕許壽裳，興固精神之史曜〔J〕，河南，1908（4、7）。

了錢，又跑出去把錢花光。

在日本期間，蘇曼殊義無反顧地投身革命，給《河南》雜誌慷慨賜畫。他是魯迅比較要好的朋友之一，本來準備給《新生》的畫作都投給了《河南》。蘇曼殊連續在《河南》發表了四幅水墨畫，第二期上的《洛陽白馬寺圖》、第三期上的《潼關圖》、第四期上的《天津橋聽鵑圖》〔註39〕、第五期上的《嵩山雪月圖》等。這些畫作都取材於河南名勝，這使得該雜誌的河南意味更爲濃厚。通過對祖國山川形勝的讚美，抒發了他們雖身在異邦、卻心繫祖國的愛國情懷，也以此激發讀者作爲炎黃子孫的民族自豪感。

（五）陶成章：「以禮及非禮爲口舌」

1. 辛亥革命宣傳的旗手

辛亥革命的成功不僅僅靠的是武力，宣傳更是不容忽視，報刊等新興媒介更是發揮了巨大作用。作爲著名的資產階級革命派，陶成章非常善於利用報刊宣傳民主共和思想，他不但自己創辦報刊雜誌，擔任報紙主編，而且還親自著書立說，撰寫文章鼓吹革命。

早期的陶成章以報紙發行人的身份活躍在革命陣營中，「其開導之方法，則多運革命書籍，傳佈內地，文言與白話共進……其在多數人聚會之所，則又出資代爲購送書報，而以《國民報》、《國民日日新報》及《警世鐘》爲最多」。〔註40〕正是因爲他在報刊發行方面有著卓著的貢獻，因此在加入同盟會後，陶成章被推選爲《民報》發行人，後又主編過幾期《民報》。在此期間，他以排滿反清爲己任，特別注重對民族主義的宣傳，「改定篇次，專以歷史事實爲依據，以發揮民族主義，期以激動感情，不入空漠」。〔註41〕

據周作人回憶，陶成章在日本期間，經常到他們住的地方來，一來便大談中國的革命形勢：「說某處某處可以起義，這在他的術語裏便是說可以『動』，其講述春秋戰國時代的軍事和外交，說的頭頭是道，如同目睹一樣，的確是有一種天才的。」〔註42〕也就是在這個時期，陶成章用起東的筆名在《河南》雜誌上發表了《春秋列國國際法與近世國際法異同論》一文，魯迅也在這一年秘密加入光復會。同爲《河南》雜誌作者，雖然他們的革命理想

〔註39〕天津橋：爲古浮橋名，地址在今洛陽市舊城西南。
〔註40〕湯志軍編，陶成章集〔M〕，北京：中華書局，1986，342。
〔註41〕湯志軍編，陶成章集〔M〕，北京：中華書局，1986，76。
〔註42〕周作人，知堂回想錄〔M〕，北京：群眾出版社，1999，184。

和主張是一致的,但在實際行動中,周氏兄弟卻是消極的,他們更願意通過文藝拯救國家和社會,尤其是周作人,而陶成章願意爲革命付出一切,甚至是生命。

1908 年,陶成章開始遠遊南洋,先後擔任新加坡《中興日報》和緬甸仰光《光華日報》主筆,與保皇黨展開激烈論戰,發表了《規保皇黨之欲爲聖人大英雄者》、《規平實》、《再規平實》、《規正平實之所謂時勢觀》、《浙案紀略》等文章。這些文章極大地鼓舞了南洋華僑,使他們逐漸站到革命的立場上,爲辛亥革命作了經濟上的準備。

2. 善於用「口舌」維護國家利益

陶成章的《春秋列國國際法與近世國際法異同論》一文,把近代的國際競爭比爲春秋列國爭霸,主要討論了春秋列國國際法和近世國際法的異同。陶成章特別強調解決國際爭端時「口舌」的重要性。「口舌」是指利用外交手段解決國際爭端的一種方法,是和平的手段之一。陶成章認爲,20 世紀初的中國國力是薄弱的,單憑武力是敵不過歐美日等列強的,要想在國際競爭中佔據一席之地,就必須傚仿春秋各霸主解決爭端的手段,「然春秋列國交際間,固常有以禮及非禮爲口舌,而因之以互相鉗制,不敢爲強暴之行動者」〔註43〕。這種手段就是「以禮及非禮爲口舌」。他還認爲,以「口舌」解決爭端是中外共通的,「近世歐洲列國國勢伸張之原因,非僅恃乎其兵備之嚴整也,而尤賴乎其外交術之巧妙。春秋列國亦然。故使節之選擇,在當時實極爲嚴重」。〔註44〕

除了探討解決國際爭端的手段,陶成章還議論了「關於陣地人民及敵國財產之法則」、「關於戰爭之方法及手段之法則」、「關於戰爭結局之法則及結局後之行爲」等問題。通過對這些問題的探討,他認爲近世國際法與春秋列國國際法是相通的,但今人卻不如古人,如今的清政府非常不善於利用「口舌」維護國家利益,在外交上處處受制於洋人,屢簽喪權辱國條約。而同樣是在戰亂年代,春秋時期的外交人才可謂是層出不窮,他們一切都從國家利益出發,個個都是鐵骨錚錚,「至於在受命出使之人,亦常有自任爲國家藩籬及國家干城之氣概」。陶成章還特別舉出叔孫豹的例子:「季武子伐莒,取鄆。莒人告於會,楚人告於晉,曰:『尋盟未退,而魯伐莒,瀆其盟,請戮其使。』

〔註43〕 陶成章,春秋列國國際法與近世國際法異同論〔J〕,河南,1908(2、3)。
〔註44〕 陶成章,春秋列國國際法與近世國際法異同論〔J〕,河南,1908(2、3)。

樂桓子相趙文字，欲求貨於叔孫而爲之請……弗與。染其經曰：『貨以藩身，子何愛也？』叔曰：『諸侯之會，衛社稷。我以貨免，魯比受師。是禍之也，何衛之爲？人之有牆，以蔽惡也。牆之隙壞，誰之咎也？衛而惡之，吾又甚焉。雖怨季孫，魯國何罪？叔出季處，有自來矣，吾又誰怨？』」〔註45〕比起侃侃而談的叔孫豹，清政府在這方面更顯無能。因此，陶成章感慨道：「近日清政府所派駐紮，或聘問列國之使臣，畏首畏尾，巽懦苟安，傷失國體，出賣利權者流，提挈比較之，其相去固何啻霄壤也哉。」〔註46〕

（六）引領輿論的意見領袖

馬克思認爲「報紙是作爲社會輿論的紙幣流通的」，新聞媒介與公衆輿論是緊密相連的，必要時它能夠引導輿論方向。馮自由曾經說過：「中華民國之創造，歸功於辛亥革命前革命黨之實行及宣傳之二大工作，尤較軍事實行之最爲有力而且普遍。蔣觀雲詩云：『文字收功日，全球革命潮！』」〔註47〕19世紀末20世紀初，報紙是當時最重要的大衆傳播媒介，它們通過持續不斷的信息流，營造媒介環境，人們在思考的同時也不自覺地受到媒介的制約。作爲傳播媒介之一的報刊，尤其是革命黨人創辦的報刊，它們在傳播信息的過程中攜帶著大量革命思想，直接引導公衆意見。

正是因爲認識到報刊具有強大的引導輿論的作用，很多進步留學生紛紛創辦刊物，積極宣傳革命。如1902年的《浙江潮》、《江蘇》、《湖北學生界》、《直說》等，這些刊物均帶有鮮明的資產階級革命思想，而其中最給力的媒介當屬《河南》雜誌。魯迅在《破惡聲論》一文中提到「輸入現代文明之利器」，說的就是報刊。在當時的社會背景下，新聞與輿論是密不可分的，在革命派的辦報過程中，報刊逐漸成爲他們的輿論工具，《河南》就是這樣一個典型的宣傳革命、啓迪民智的載體。

在當時，民衆瞭解外部事物的信息大都來源於報紙，所以報紙在一定程度上決定人們的關注點。魯迅、周作人等外省籍作者深知，要向民衆灌輸自己的革命思想、使之接受西方先進文化，就必須以媒介爲載體。要想製造輿論，就必須通過媒介表達自己的觀點，形成特定的公衆事務。這也符合大衆傳播學當中的「議程設置理論」。

〔註45〕陶成章，春秋列國國際法與近世國際法異同論〔J〕，河南，1908（2、3）。
〔註46〕陶成章，春秋列國國際法與近世國際法異同論〔J〕，河南，1908（2、3）。
〔註47〕馮自由，革命逸史第三集〔M〕，北京：中華書局，1981，136。

「議程設置理論」認爲，傳播媒介是從事「環境再構成作業」的機構，他們根據自己的價值觀選擇議題，然後提供給受眾，把人們的注意力引導到特定的問題上。由於傳播媒介是人們獲得信息的主要方式，所以受眾的思想很容易受他們影響。在當時，報紙上的信息對人們的影響非常大，資產階級革命派正是利用這一點大肆宣傳他們的主張，對革命運動起到了推波助瀾的作用，各地的起義活動風起雲湧，呈燎原之勢。《河南》雜誌作者眾多，他們積極倡導革命思想，魯迅的「立人立國」，周作人的「質體」與「精神」，蘇曼殊的四幅具有濃烈河南特色的山水畫等，這些都引發了新聞界的大討論，形成強大的輿論攻勢。

如果說《河南》雜誌是反清的輿論工具，那麼魯迅等外省籍作者便是引發議題的「意見領袖」。意見領袖的概念最早由傳播學家拉札斯菲爾德提出，他認爲，一個人只要在某個特定領域很精通或在周圍人中享有一定的聲望，他們在這個領域就可以扮演意見領袖的角色。就拿魯迅來說，改造國民性是他最先提出，那麼他在這方面就有獨道的見解。《河南》雜誌要想取得良好的傳播效果，就勢必要利用魯迅在這個領域的影響力。雖然當時還未有人提出意見領袖的理論，但魯迅等人在報刊領域內的活動確實起到了這樣的作用。無論是立人思想的提出，還是質體與精神的辯論，這些都猶如一股清新的春風，喚醒了沉睡已久的中國人民，並將革命的種子播撒到中華大地。

三、外省籍作者思想傳播的社會功能

美國學者賴特圍繞著大眾傳播的社會功能提出了「四功能說」：環境監測、解釋與規定、社會化功能和提供娛樂。在和平年代，大眾傳媒的主要功能是提供娛樂，而在戰亂年代，媒介就應該擔負著教育功能，即賴特所說的社會化功能。社會化功能是指大眾傳媒在傳播知識、價值以及行爲規範方面具有重要的作用。在 20 世紀初的大環境下，《河南》雜誌很顯然具備了這樣的功能，其中魯迅等外省籍作者的思想更是強化了《河南》雜誌的社會化功能。

（一）傳播西方精神文明，倡導社會新規範

拉斯維爾強調，大眾傳播具有締構並傳承文化的功能。大眾媒介可以將信息、價值觀和規範一代一代地在社會成員中傳遞下去，使社會在擴展共同經驗的基礎上更加緊密地凝聚起來，使個人在開始正式的學校教育之前以及

學校教育結束之後，都能通過持續的社會化過程而融入到社會之中。《河南》雜誌眾作者就致力於締構新文化，並將新的價值觀傳遞給中國人民。

在《河南》雜誌誕生之前，也有不少進步人士致力於西方文明的傳播，最早的如林則徐、魏源和洋務派人士，但他們僅僅停留在物質層面的認識，只學習西方先進的科學和軍事，而沒有認識到中國落後的根本原因。20 世紀初，清政府開始大量向海外派遣留學生，他們比普通老百姓最先接觸到西方先進文化，一些進步學生深深地感到，與資本主義發達國家相比，清政府統治下的中國呈現出一片萬馬齊喑的景象，中國人民不僅僅要提高科學文化水平，更重要的是要提高個人素質。這個時期正是報刊媒介蓬勃發展的時期，利用報紙宣傳先進文化就成了他們廣泛使用的手段，《河南》雜誌無疑是這方面的佼佼者。

不管是本省籍作者還是外省籍作者，他們都非常熱衷於西方文化，比起康有為、梁啟超等維新人士，他們的思想顯然更具獨立性。外省籍作者大都是文藝作者，他們在這方面的貢獻就顯得尤為突出。魯迅、周作人、許壽裳等人深受尼采、康德等西方哲學家思想影響，緊緊圍繞著國民精神的改造展開議論，著力傳播西方精神文明，倡導社會新規範，提倡「個性主義」。就如魯迅所說的那樣「然則 19 世紀末思想之為變也，……日言其本質，即以矯 19 世紀文明而起者耳。……然其根柢，乃遠在 19 世紀初葉神思一派；遞夫後葉，受感化於其時現實之精神，已而更立新形，起以抗前時之現實，即所謂神思宗之至新者也。……以是為 20 世紀文化始基」。〔註48〕

個性主義是典型的西方文化，但對那時的中國民眾來講，這無疑是一種新文化。在傳統的「大一統」思想下，個性絕對是被主流價值觀所排斥的。然而在工業革命席捲全球的浪潮之下，就必須釋放個性來適應時代的發展，要實現民族振興，就必須解放思想。魯迅等人正是深刻認識到了這一點，他們認為只有引進西方積極的精神文化才能拯救日益衰竭的國民精神。不但物質要跟上時代潮流，精神層面也要與時俱進，舊的文化已經不再適應社會發展，社會需要締造新的文化和新的規範。

（二）批判封建文化，提倡民主與科學

拉札斯菲爾德認為，大眾傳媒具有社會規範強制功能，即大眾傳媒通過將偏離社會規範和公共道德的行為公諸於世，能夠喚起普遍的社會譴責，將

〔註48〕魯迅，文化偏至論〔J〕，河南，1908（7）。

違反者置於強大的社會壓力之下，從而起到強制遵守社會規範的作用。雖然當時中國社會還是以封建文化為主流，但真理往往掌握在少數人手中，有識之士通過對西方文明的大力宣傳，民主與科學正在逐漸深入人心，腐朽的封建文化慢慢偏離社會規範。《河南》雜誌作為大眾媒介，它痛斥封建文化，喚起社會的強烈譴責，成了辛亥革命的助推劑。

批判封建思想文化一直是《河南》雜誌的重頭戲，一些激進的革命黨人更是不遺餘力地加以鞭笞。魯迅、周作人等外省籍作者均有反封建文化的力作，他們兄弟二人的思想不論是在深度上還是廣度上，都能直戳封建文化的要害，其文筆辛辣諷刺，更能激起民眾的覺醒。

首先，被封建社會奉為聖人的孔子成了萬矢之的。批判最為激烈的是凡人和周作人。凡人在《聖人篇》指出：「秦漢以降，歷世相傳，有不可思議之一怪物焉，曰聖人……余將與天下痛辯之……」〔註49〕雖是一家之言，但這也代表了《河南》雜誌的立場，孔聖人在革命派眼中成了人人喊打的「怪物」，意圖引起國人的譴責，以便更好地宣傳新的文化。

魯迅主要是從文藝方面對儒家思想進行批判，《摩羅詩力說》便是其中最有力者。這篇文章不僅歌頌了西方的反抗派詩人，還猛烈抨擊了封建文化；不僅批判了舊文化，還抨擊了洋務派、維新派和復古派：

> 眾皆曰維新，此即自白其歷來罪惡之聲也，猶云改悔焉爾。顧既維新矣，而希望亦與偕始，吾人所待，則有介紹新文化之士人。特十餘年來，介紹無已，而究其所攜將以來歸者；乃又捨治餅餌守囹圄之術而外，無他有也。則中國爾後，且永續其蕭條，而第二維新之聲，亦將再舉，蓋可準前事而無疑者矣。〔註50〕

相比於魯迅，周作人對封建文化的批判更為激烈。他的觀點主要集中在《文章之意義暨其使命因及中國近時論文之失》一文中。周作人認為，孔子所創的儒家思想借助了統治者的力量得到推崇，但產生的災禍，就像秦時焚書坑儒一樣，抑制了其他思想的百花齊放。「夫孔子為中國文章之匠宗，而束縛人心至於如此，則後之零落又何待夫言說歟？是以論文之旨，折情就理，唯以和順為長，使其非然且莫容於名教間，有閒情綺語者之篇章……即知中國思想梏忘之甚，此非逾情之詞矣，若曰吾言過乎，而事實具在，將何以掩

〔註49〕凡人無聖篇〔J〕，河南，1908（3）。
〔註50〕魯迅，摩羅詩力說〔J〕，河南，1908（2、3）。

之。」〔註51〕如果中國社會想要進一步的發展，就必須「擯儒者於門外」。

（三）傳播革命思想，喚醒河南民眾

歷史越悠久，思想越保守。作爲中華民族的發源地，河南的歷史的確可以用「厚重」來形容。與革命運動活躍的沿海地區相比，中原大地信息閉塞，封建思想最爲根深蒂固，先進文化最不容易傳播。「惟查河南地方，中原縮轂，屏蔽畿輔，風氣未盡開通，人心向來樸厚，雖各屬舉辦學堂，士子類皆安分守己，深明尊親大義，故革命名詞，不但不爲所動，反深惡而痛絕之。」〔註52〕

留日河南籍學生深感於家鄉的腐朽落後，於是借助《河南》雜誌不遺餘力地宣傳革命思想，企圖喚醒河南民眾，爲河南起義大造輿論聲勢。通過大力宣傳西方先進文明和對封建文化的批判，《河南》雜誌取得了良好的傳播效果。辛亥革命發生時，受到革命思想影響的河南民眾給予了大力支持，因此馮自由在《革命逸史》中表示「此雜誌之力多焉」。〔註53〕

（四）《破惡聲論》中的傳媒批判

20 世紀初的中國，大眾傳媒的發展剛剛開始起步，魯迅的早期思想裏便有了大眾傳媒批判的萌芽。著名學者孫隆基先生在其著作《歷史學家的經線》一書中提出了這樣的疑問：「當時內地的開明士紳才起步辦報紙、開始著手啓發民智，魯迅就急呞於從事現代大眾傳媒的批判，是否過於早熟？」

孫隆基的疑問主要要源於魯迅的《破惡聲論》一文，這篇文章刊登在《河南》雜誌第八期上。當時的中國愚昧落後，還處於半封建半殖民地狀態，根本不具備現代化的條件，而魯迅卻用「後現代主義」的眼光批判現代化帶來的惡果，他認爲中國沒有出色的思想家不是因爲傳統文化的遏制，而是因爲現代傳媒造成了眾人思想的齊一化，實際上他諷刺的是國人崇洋媚外的醜態。

> 外人之來遊者，莫不愕然驚中國維新之捷。內地士夫，則出接異域之文物，效其好尚語言，峨冠短服而步乎大衢，與西人一握爲笑，無遜色也。其居內而沐新思潮者，亦胥爭提國人之耳，屬聲而

〔註51〕周作人，論文章之意義暨其使命因及中國近時論文之失〔J〕，河南，1908（4、5）。

〔註52〕中國第一歷史檔案館、北京師範大學歷史系，辛亥革命前十間民變檔案史料〔M〕，北京：中華書局，1985，217。

〔註53〕馮自由，革命逸史第三集〔M〕，北京：中華書局，1981，273。

呼，示以生存二十世紀之國民，當作何狀；而聆之者則莫弗首肯，
盡力任事惟恐後，且又日鼓舞之以報章，間協助之以書籍，中之文
詞，雖詰詘聱牙，難於盡曉，顧究亦輸入文明之利器也。倘其革新
武備，振起工商，則國之富強，計日可待。豫備時代者今之世，事
物胥變易矣。苟起陳死人於壟中而示以狀，且將脣驚乎今之論議經
營，無不勝於前古，而自憾其身之蚤殞矣，胡寂漠之云云也。若如
是，則今之中國，其正一擾攘世哉！〔註54〕

　　魯迅在文中所提到的「輸入文明之利器」指的就是大眾傳媒。20 世紀前
20 年正是大眾報刊飛速發展時期，報紙是人們獲得信息的重要方式之一，它
們猶如 21 世紀的互聯網一樣滲透到人們生活的方方面面。「在這個時期，無
論是政黨、國家、團體還是社會活動家，對傳播媒介的利用都達到空前的程
度。」〔註 55〕在中國，能辦得起報紙的要麼是政府，要麼是社會精英。不管
是維新派的康有為、梁啓超還是革命派的孫中山，他們都將報紙看做政治鬥
爭和社會輿論的工具，紛紛利用報刊傳播西方先進文化、科學技術或資產階
級革命思想。由於一般民眾不具備創辦報刊的條件，他們只能處於這些精英
分子的輿論當中，幾乎發不出自己的聲音，因而容易造成思想的齊一化。這
在傳播學上契合了「子彈論」的觀點。

　　「子彈論」是傳播效果研究的早期階段。它的觀點是：傳播媒介擁有不
可抵抗的強大力量，它們所傳遞的信息在受傳者身上就像子彈擊中軀體、藥
劑注入皮膚一樣，可以引起直接速效的反應。它們能夠左右人們的態度和意
見，甚至直接支配人們的行動。也稱「魔彈論」、「皮下注射論」。「子彈論」
是大眾傳播的負面效應之一，在魯迅看來，雖然報刊輸送了大量的先進文
化，但國家卻未強盛，「縱唱者萬千，和者億兆，亦決不足破人界之荒涼」。
因為報刊在持續不斷地宣傳西方文明，人們會逐漸喪失辨別力，進而導致文
化水平的降低，出現千篇一律、人與亦云的現象，這與他倡導的個性主義是
不符的。

　　西方的「子彈論」出現在 20 世紀 30 年代，魯迅在上世紀初就提出了這
一觀點，因此魯迅的傳媒觀是具有預見性的。

〔註54〕魯迅，破惡聲論〔J〕，河南，1908（8），18。
〔註55〕郭慶光，傳播學教程〔M〕，北京：中國人民大學出版社，1999，194。

四、外省籍作者思想傳播的不足之處

魯迅等外省籍作者給《河南》帶來的好處顯而易見。他們的加入加強了《河南》雜誌的傳播效果，也給思想界帶來了一股清新的春風。但是，由於他們的文章大都是文言文，長篇大論者居多，動輒上萬字，只有知識分子能讀懂，這在一定程度上限制了受眾範圍。

（一）文章艱澀難懂，傳播小眾化

自秦漢起，文言文一直是書面語言文字的主流。隨著社會的發展和大眾文化的興起，從唐宋開始，白話文悄然在民間蔓延，到了明清時期，白話文章回體小說已呈蓬勃發展之勢，佔據了文學的大半壁江山。但是，白話文一直被視為俗物，只能在俗文化領域內流通，文言文仍然是社會主流，它似乎代表著一種高貴的身份，而白話文依然被視為「下里巴人」。

19世紀末20世紀初，隨著代表大眾文化的大眾媒介的迅猛發展，文言文已不再適應社會發展的潮流，因為它只是少數人掌握的語言，而報刊媒體面對的是人民大眾，文言文很顯然不利於信息的傳播，於是越來越多的有識之士提出用白話文辦報紙的理念，如黃遵憲提出的「我手寫我口」，康有為弟子陳榮袞強調的「開啟民智莫如改革文言」。《傳播原理》一書中指出：「我們所要談到的傳播內容，若欲達到所冀求的效果，就必須儘量降低經驗上的差距。尤其在布達一種新事物、新觀念時，克服語言文字的障礙，製成人人能懂、能讀、可讀性高的內容，才是減輕經驗障礙的最好辦法」〔註56〕據統計，自1897年至1911年完全以白話為文體的報刊，至少有130多種。但這些報紙多是民間創辦，掌管官方報刊的精英仍然以文言文為主。縱觀留日學生所創雜誌，也大都以文言文為主，不管是保皇派還是革命派，他們常以精英人士自居，所撰文章皆為古文，以彰與平民不同之處。《河南》雜誌也不例外。

雖然《河南》雜誌傳播的思想非常超前，但在語言文字上，它卻是滯後的。九期雜誌皆為煌煌大文，沒有一定的文言文水平就讀不懂它傳播的先進思想，而當時懂得文言文的中國人卻占少數，康有為弟子陳榮袞曾痛斥道：

> 今夫文言之禍亡中國，其一端矣。中國五萬萬人之中，試問能文言者幾何。大約能文言者不過五萬人中得百人耳。以百分一之人，遂舉四萬九千九百分之人置於不議不論，而惟日演其文言以為美

〔註56〕方蘭生，傳播原理〔M〕，臺北：三民書局，1984，153。

> 觀。一國中若農、若工、若商、若婦人、若孺子，徒任其發聾塞明，
> 啞口瞠目，遂養成不痛不癢之世界。彼爲文言者曾亦靜言思之否
> 耶！。〔註57〕

《河南》雜誌的讀者對象大多是河南民眾。河南地處中原，雖是戰略要地，但封建殘餘勢力異常強大，這塊中華民族的發祥地無論是從政治上還是經濟上都落後於沿海地區，革命思想的傳播本就不易，再加上這些看了讓人頭大的晦澀文字，傳播效果可想而知。

不可否認的是，魯迅、周作人、許壽裳等人文字功底深厚，很容易就能駕馭上萬字的長篇大論，文體上靈活多樣、變化多端。既有莊周之魄，亦有屈原之韻，我們能從中讀到漢大賦的氣勢磅礴，也能品味出騷體詩的浪漫氣息。這些文章集百家之長，可謂是濃縮了古代文體的精華。曹聚仁認爲：「魯迅的文章，從《莊子》、《楚辭》中來，但他是消化了諸子百家的文辭，並不爲屈原莊周所拘束，所以他並不要青年們步他的後塵。」〔註58〕舉個簡單的例子，魯迅的《摩羅詩力說》中有這樣一段話：

> 「若誠能漸致人間，使歸於禽蟲卉木原生物，復由漸即於無
> 情，則宇宙自大，有情已去，一切虛無，寧非至淨。而不倖進化如
> 飛矢，非墮落不止，非著物不止，祈逆飛而歸弦，爲理勢所無有。
> 此人世所以可悲，而摩羅宗之爲至偉也。人得是力，乃以發生，乃
> 以曼衍，乃以上徵，乃至於人所能至之極點！」〔註59〕

這段話措辭鋒利，語氣絕端，言暢意美，又有比興的表現手法，神似中國古代散文。但一般的老百姓理解起來就很費勁，因此這種文章所表達的思想就很難傳播開來。

艱澀難懂的古風局限了《河南》雜誌的受眾範圍。在當時的中國，識字者本就不多，能讀古文的少之又少，「我支那之民不識字者十人而六，其僅識字而未解文法者，又四人而三乎！」〔註60〕這其中能夠理解邏輯性極強的推理思考政論文者只有少數精英分子了。《河南》雜誌在傳播的過程當中，很顯然沒有考慮到大眾的整體文化水平，其傳播對象僅僅是上層知識分子，忽略了蘊藏著無限能量的基層民眾。革命傳播的小眾化也導致後來的辛亥革命極

〔註57〕陳榮袞，教育遺議〔M〕，臺北：文海出版社，1973，28。
〔註58〕曹聚仁，魯迅評傳〔M〕，上海：東方出版中心，1999，244。
〔註59〕魯迅，摩羅詩力說〔J〕，河南，1908（2、3）。
〔註60〕梁啓超，《蒙學報》《演義報》合敘〔J〕，《時務報》第44冊，1897，2978。

爲不徹底，袁世凱能輕而易舉地竊取革命成果也就不足爲奇了。

（二）怪字偏字居多，有生湊之嫌

通過對《河南》雜誌的研究，我們發現，該雜誌的文章不但個個是長篇大論、動輒上萬字，而且怪字偏字居多。當時的魯迅、周作人、許壽裳等人受章太炎思想的影響，比較尊崇文言文，個個都是論文好手，再加上《河南》雜誌編輯就喜歡這樣的文章，所以很多文章都是以連載的形式出現，其中有些文章有生湊之嫌。

魯迅在1926年編選他的第一本雜文集《墳》時回憶道：

> 偶而看見了幾篇將近二十年前所做的文章。這是我做的嗎？我想，看樣子似乎也確是我做的，那是寄給《河南》的稿子；因爲那編輯先生有一種怪脾氣，文章要長，愈長，稿費便愈多。所以如《摩羅詩力說》那樣，簡直是生湊。……又喜歡做怪句子和寫古字，這是受了當時《民報》的影響；現在爲了排印的方便起見改了一點，其餘的便都由它，這樣生湊的東西倘是別人的，我恐怕不免要勸他'割愛'，但自己卻總還想著將這存留下來，而且也並不行年五十而知四十九年非，愈老愈進步。〔註61〕

周作人也曾說自己的《論文章之意義暨其使命因及中國近時論文之失》一文的上篇抄襲了文學概論的文章，是湊出來的，下篇才是自己寫出來的。

結語

《河南》雜誌雖然只有區區九期，但它不僅吸納了眾多河南留日學子爲其供稿，而且還吸納了一批外省籍作者。尤其得到了魯迅、周作人、許壽裳、蘇曼殊和陶成章等人的大力支持，他們爲《河南》提供了一批高質量的稿件，《河南》由此成爲革命派的一個重要輿論陣地，並對後來河南的辛亥革命產生了很大影響。

魯迅等外省籍作者的文章儘管不如政論文章更具有煽動性，但他們的改造國民性的理論永遠是中華民族的寶貴精神財富。如魯迅的「立人」思想，他在《科學史教篇》裏主張在普及科學技術的同時，也不能忘了精神生活，也就是我們現在說的物質文明和精神文明。他甚至認爲，精神層面的東西比

〔註61〕魯迅：魯迅全集（第一卷）〔M〕，北京：人民文學出版社，1980，（3）。

科學技術更為重要。因為魯迅深知中國人的劣根性，要消除這種劣根性，就必須對國人進行洗腦，只有在精神層面達到了一定的高度，才能真正立於強國之林。周作人則在魯迅「立人」思想的基礎上，進一步闡述了如何對國民思想進行改造。他認為國家要強盛必須具備兩個條件；「一曰質體，二曰精神。」而許壽裳則更注意教育的作用。在當今物質極大豐富、精神極度缺失的時代，這些理論非常值得我們學習、借鑒、發揚光大。

難能可貴的是，《河南》雜誌刊登的《破惡聲論》前瞻性地討論了傳媒的負面效應，即「輸入文明之利器」會導致大眾思想的「齊一化」，這與西方的「子彈論」幾乎是同時期提出的，甚至還更早。

《河南》雜誌還有很多東西值得我們去挖掘，如外省籍作者與本省籍作者之間思想之異同、一些無名作者的身份考證、《河南》與同時期同類刊物之間的比較等。如果能掌握一小部分《河南》雜誌的精髓，本文的目的便已達到。在今後的研究中，筆者將進一步探索、發掘《河南》的價值，並希望更多的研究者加入進來，讓更多的人瞭解它，也使它能夠在中國新聞傳播史上佔據它應有的位置。

參考文獻

著作

1. 金冲及、胡繩武，辛亥革命史稿〔M〕，上海：上海人民出版社，1980。
2. 彭定安、馬蹄疾編著，魯迅和他的同時代人〔M〕，濟南：春風文藝出版社，1985。
3. 李澤厚著，中國思想史論〔M〕上、中、下三卷，合肥：安徽文藝出版社，1999 年 1 月。
4. 魯迅著，魯迅全集〔M〕，北京：人民文學出版社，1981。
5. 宋應離著，中國期刊發展史〔M〕，開封：河南大學出版社，2000。
6. 黃喬生著，度盡劫波：周氏三兄弟〔M〕，群眾出版社，1998。
7. 辛亥革命史研究會編，辛亥革命史論文選〔C〕，北京：三聯書店，1981。
8. 羅福惠，辛亥時期的精英文化研究〔M〕，武漢：華中師範大學版社，2001。
9. 程麻，魯迅留學日本史〔M〕，陝西人民出版社，1985。
10. 周作人，河南——新生甲編〔M〕，見《知堂回憶錄》，河北教育出版社，2002。

11. 李靜之，劉積學生平〔M〕，載《河南文史資料》（第六輯），中國人民政治協商會議河南省委員會文史資料研究會編，1988。

12. 張絳，《河南》雜誌簡介，載《河南文史資料》（第六輯）〔M〕，中國人民政治協商會議河南省委員會文史資料研究會編，1988。

13. 魯迅博物館魯迅研究室編，《魯迅年譜》（第一卷）〔M〕，人民文學出版社，1981。

14. 柳無忌，蘇曼殊傳〔M〕，北京：生活・讀書・新知三聯書店，1992。

15. 張菊香主編，周作人年譜〔M〕，南開大學出版社，1985。

16. 楊光輝、熊尚厚、呂良海、李仲民編，中國近代報刊發展概論〔M〕，北京：新華出版社，1986。

17. 馮自由，革命逸史：第三集〔M〕，北京：中華書局，1981。

18. 王天獎，辛亥革命在河南〔M〕，鄭州：河南人民山版社，1981。

19. 王天獎，河南辛亥革命史事長編〔M〕，鄭州：河南人民出版社，1987。

20. 陳玉申，晚清報業史〔M〕，濟南：山東畫報出版社，2003。

21. 方漢奇，中國近代報刊史〔M〕，太原：山西人民出版社，1981。

22. 戈公振，中國報學史〔M〕，臺北：臺灣學生書局，1983。

23. 周作人，知堂回想錄〔M〕，石家莊：河北教育出版社，2002。

24. 徐爲民編，中國近現代人物別名詞典〔Z〕，瀋陽：瀋陽出版社，1993。

論文

1. 梁啓超主編，《新民叢報》〔J〕，第九十四號。

2. 劉積學主編，《河南》〔J〕（1907，12，20，1908，12，20）。

3. 天俊，資助《河南》雜誌的劉青霞女士〔J〕，《魯迅研究月刊》，1988 年第 5 期。

4. 汪維眞，劉青霞慨捐救國事實及原因探析〔J〕，河南大學學報・2003，（1）：19～24。

5. 李喜所，清末留日學生人數小考〔J〕，文史哲，1982，（3）。

6. 湯奇學、陳寶雲，「救國」與「救人」——辛亥革命時期與新文化運動時期改造國民性思想之比較〔J〕，安徽大學學報，2003，（4）：136～144。

7. 各省報界匯志〔J〕，東方雜誌，第二卷，第十一期，1905-12-21：298。

8. 朱宣，發刊之旨趣〔J〕，河南，1907，（1）。

9. 止觀，世界競爭之趨勢及中國之前途〔J〕，河南，1907，（2）。

10. 吳桂龍，晚清地方自治思想的輸入及思潮的形成〔J〕，《史林》，2004 年第 4 期。

11. 魏紅專,「酣夢之警鐘,文明之導線」——清末《河南》雜誌概覽〔J〕,《中共鄭州市委黨校學報》,2007 年第 5 期。

12. 黃軼,有關《河南》幾個問題的辯證〔J〕,《中國現代文學研究叢刊》,2006 年第 5 期。

13. 汪維眞,《豫報》創辦始末及其與《河南》之關係〔J〕,《史學月刊》,2002 年第 11 期。

14. 錢理群,周作人傳〔M〕,北京:十月文藝出版社,1990,148。

15. 王吉鵬,吉瑞,魯迅與《浙江潮》〔J〕,《武警學院學報》,2009 年第 11 期。

16. 周作人,魯迅的青年時代〔M〕,中國青年出版社,1957。

17. 許壽裳,魯迅傳〔M〕,上海:東方出版社,2009。

18. 許壽裳,我所認識的魯迅〔M〕,北京:人民文學出版社,1953。

19. 屈春山,張欣山,《血灑東京》的創作過程〔J〕,《開封教育學院學報》,1992 年第 4 期。

20. 吳俊,師心使氣 希蹤古賢——魯迅與章太炎及魏晉文章〔J〕,《海南師院學報》,1992 年第 4 期。

21. 周婕舒,淺論《摩羅詩力說》〔J〕,《文學評論》,2009 年第 7 期。

22. 程致中,取今復古,別立新宗——魯迅《文化偏至論》的方法論意義〔J〕,《安徽師範大學學報》,2001 年第 3 期。

23. 陳長松,魯迅早期傳媒批判思想研究——以《破惡聲論》爲例〔J〕,《新聞愛好者》,2008 年第 4 期。

24. 孫隆基,歷史學家的經線〔M〕,桂林:廣西師範大學出版社,2004。

25. 李良榮,新聞學概論〔M〕,上海:復旦大學出版社,2001。

26. 陳漱渝,黃英哲,重新認識許壽裳〔J〕,《群言》,2010 年第 8 期。

27. 北岡正子,另一種國民性的討論——魯迅、許壽裳國民性討論之引發〔J〕,《吉林大學社會科學學報》,1998 年第 1 期。

28. 孫郁,許壽裳〔J〕,《中國圖書評論》,1996 年第 4 期。

29. 周雷鳴,論陶成章在辛亥革命宣傳中的貢獻〔J〕,《紹興文理學院學報》,2001 年第 6 期。

30. 羅福惠,袁詠紅,陶成章、章太炎革命思想合論〔J〕,《浙江大學學報》,2005 年第 1 期。

31. 錢茂竹,陶成章年譜簡編(初稿)〔J〕,《紹興文理學院學報(社科版)》,1982 年 02 期。

32. 洪始,周建人談魯迅與陶成章、王金發二三事〔J〕,《圖書館雜誌》,1986 年第 3 期。

33. 熊焰，淺論魯迅早期文言文中的絕端語式〔J〕，《魯迅研究月刊》，2005 年第 12 期。

34. 曹聚仁，魯迅評傳〔M〕，上海：復旦大學出版社，2006。

35. 謝蕙風，大眾化‧化大眾：清末的白話報刊〔J〕，《聯大學報》，2005 年第二期。

36. 陳煌爛，對魯迅前期「立人」思想與「棄醫從文」的思辨——魯迅思想研究之一〔J〕，《鄂州大學學報》，1996 年第 4 期。

此文為碩士畢業論文，作者為河南大學新聞與傳播學院 2011 屆碩士研究生

清末革命刊物《河南》與河南辛亥革命

楊玉潔

中文摘要：《河南》雜誌創辦於 1907 年 12 月，由河南留日學生張鍾端擔任總經理，劉積學擔任總編輯，河南籍劉青霞女士爲其提供主要的發行經費。《河南》雜誌在發刊簡章中載明：「本報以牖啓民智，闡揚公理爲宗旨。」其目的是喚醒國人，尤其是河南的老百姓。因此，《河南》雜誌在思想上帶有鮮明的革命性，積極宣傳救亡圖存，宣傳三民主義，主張推翻封建君主專制統治，反對君主立憲，提倡走革命的道路救國救民。在文化方面，《河南》雜誌堅決反對儒家文化的專制和完全西化，主張東西方文化的交匯融合和中國文化的諸子平等。《河南》雜誌的廣泛宣傳爲河南辛亥革命奠定了良好的思想基礎，做好了輿論上的準備。它所倡導的反對封建文化專制統治、只有革命才能挽救中國於危亡之中的思想對後世產生了長遠的影響。馮自由曾這樣讚揚道：「留學界以自省名義發行雜誌而大放異彩者，是報實爲首屈一指。出版未久，即已風行海內外。」〔註 1〕

《河南》雜誌鼓勵革命者可以通過罷工、遊行示威、抵抗交稅、暗殺清政府官員、聯繫各省的革命黨和振興革命軍等方式進行革命。《河南》雜誌爲河南辛亥革命的開展培養了一大批優秀的幹部。其創刊群體是同盟會河南分會的核心力量，他們組織策劃了河南的辛亥革命。尤其是總經理兼發行人張鍾端，他曾在日本東京大學攻讀法律專業。在孫中山先生先進的革命思想的感召下，張鍾端加入了中國同盟會，之後又創立了河南分會，擔任河南分會的領導工作。《河南》雜誌的創刊發行，張鍾端功不可沒。雜誌中許多重要文章都出自張鍾端之手。1911 年，在同盟會總部的派遣下，張鍾端回國參加武

〔註 1〕 馮自由：《革命逸史》（第三集），中華書局，1981 年版第 272 頁。

昌起義，之後又回到河南發動起義，擔任河南革命軍總司令。

《河南》雜誌從創刊到被迫停刊，一共出版了 9 期，主要發行到國內。雜誌創刊之後，同盟會會員李綱齋於 1908 年在省會開封西大街創建了大河書社，作為《河南》雜誌的總發行處，並在河南各個縣和京津等地設立分銷處，同時也在緬甸、日本等國發行。大河書社不但發行革命書刊，還是中國同盟會在河南省的重要聯絡機關，為河南辛亥革命做出了重要貢獻。

可以說，《河南》雜誌為河南辛亥革命起到了思想啟蒙、輿論動員和幹部培養的重要作用，在近代中國新聞傳播史上佔據著重要的地位。

關鍵詞：辛亥革命；《河南》雜誌；河南留日學生

目錄

緒論

（一）選題緣起

《河南》雜誌創辦於 1907 年 12 月 20 日，由河南留日學生張鍾端擔任總經理，劉積學擔任雜誌總編輯，河南籍先進知識分子劉青霞女士爲其提供主要的發行經費。《河南》雜誌在思想上帶有鮮明的革命性，在內容上主要反對君主立憲制，提倡走革命的道路救國救民。《河南》雜誌宣傳了中華民族所面臨的亡國危險，警醒了河南的廣大百姓，讓苦不堪言的人民鼓起勇氣去反抗清政府的黑暗統治，抵抗帝國主義的侵略，這對河南人民起到了思想啓蒙的作用。《河南》雜誌的文章語言犀利，無情地揭露了清朝政府黑暗的統治，抨擊了帝國主義列強的野蠻侵略，同時也批判了康有爲的改良主義思想。《河南》宣傳了同盟會的革命綱領，呼籲中國人民抵抗外來侵略，振興中華，它所宣傳的革命思想在河南大地上掀起層層波瀾，從輿論上動員了一批有志之士踏上探索救亡圖存的道路。

從攻讀碩士研究生時起，我便對《河南》雜誌產生了濃厚的興趣，一直認眞地研讀《河南》雜誌及近年來專家學者的理論研究成果，我非常關注《河南》在清朝末年誕生的原因，對河南辛亥革命所起到的作用。我查閱了大量的歷史文獻，通過一年的辛勤努力終於完成論文。在寫這篇論文的過程中，我對《河南》雜誌有了更加深刻的認識，對《河南》雜誌對河南辛亥革命的重要作用這一問題有了全面而深刻地理解。

《河南》是中華民族曲折的近代史上一部極其重要的歷史資料，因而本文選擇以《河南》雜誌與河南辛亥革命的關係作爲研究對象，進行深入探討。筆者查閱到的文章、書籍和論文對《河南》雜誌的研究主要側重於介紹《河南》的內容、創刊的經過、從《豫報》向《河南》的發展經過等。本文在汲

取上述研究的精華的基礎上，進一步去挖掘河南籍留日學生與《河南》雜誌的關係，以求更加全面地展現《河南》雜誌的先進思想和《河南》創刊者堅定的革命信念。

（二）文獻綜述

學術界關於《河南》雜誌的相關研究比較充分，成果也較爲豐富，具體情況如下：

張絳的《試論辛亥前的〈河南〉雜誌》〔註2〕一文，分析了從《豫報》發展到《河南》的歷程、《河南》雜誌中所蘊含的革命思想，以及《河南》在怎樣的情況下被迫停刊等等。

徐允明的《魯迅〈河南〉時期思想論綱》〔註3〕一文，針對魯迅先生在《河南》雜誌上先後發表的《摩羅詩力說》、《科學史教篇》、《文化偏至論》、《人間之歷史》、《破惡聲論》5篇文章一一進行分析。

王曉華的《從改良到革命——〈豫報〉與〈河南〉雜誌比較論》〔註4〕一文，採用對比分析的方法研究了《豫報》和《河南》這兩個雜誌的異同。王曉華認爲《河南》雜誌更爲注重批判清政府統治下中國落後的思想和蕭條的社會文化、經濟狀況。整體來說，王曉華認爲《豫報》的鬥爭性和革命性不夠強，相比而言，《河南》雜誌的辦刊宗旨具有鮮明的、先進的革命性。

丁守和的《辛亥革命時期期刊介紹》〔註5〕一文，研究了《河南》雜誌的辦刊目標，留日學生爲創辦《河南》所作出的艱難努力，論述了《河南》雜誌中魯迅先生撰寫的5篇文章的思想內容和藝術手法，同時還詳細分析了《河南》中所包含的宣傳資本主義先進的思想、鼓舞廣大人民共同抗擊外國的侵略、探索出一條適合中國的救亡圖存的道路等。

汪維眞《豫報創刊始末及其與河南之關係》〔註6〕一文，分析了從《豫報》向《河南》的發展過程，向讀者清晰地展示了二者之間的關係，作者還分析了《河南》雜誌辦刊所具備的獨特的優勢，《河南》雜誌的鮮明的特點是轉變

〔註2〕 張絳：《試論辛亥革命前的〈河南〉雜誌》，《史學月刊》，1981（5）。

〔註3〕 徐允明：《魯迅〈河南〉時期思想論綱》，《江淮論壇》，1986（5）。

〔註4〕 王曉華：《從改良到革命——〈豫報〉與〈河南〉雜誌比較論》，《民國檔案》，1991（3）。

〔註5〕 丁守和主編：《辛亥革命時期期刊介紹》（第二集），北京：人民出版社，1982年版。

〔註6〕 汪維眞：《〈豫報〉創刊始末及其與〈河南〉之關係》，《史學月刊》，2002（11）。

了以往的經營模式，積極響應了孫中山的三民主義思想，和辛亥革命的爆發保持同步的基調。

在關於《河南》雜誌的創辦過程及創辦者的研究方面，有黃寶信的《張鍾端民主革命思想述略》〔註7〕，翟小平的《簡論張鍾端》〔註8〕，這兩篇文章都研究了《河南》雜誌的總經理張鍾端的「平民國家觀」。天俊的《資助〈河南〉雜誌的劉青霞女士》〔註9〕一文，介紹了爲《河南》雜誌創辦慷慨解囊的劉青霞女士的生平事蹟，分析了清朝末年有識之士探索救亡圖存之路的艱辛努力。天俊的另一篇文章《關於〈河南〉雜誌主編說》〔註10〕，詳細地介紹了《河南》雜誌主編們的背景情況，主編們所秉持的革命思想，以及他們在雜誌的創辦、欄目的設置和發刊等過程中所面臨的困境和付諸的努力。

（三）研究方法

本研究通過文獻法、深度訪談法來獲取了有關資料，對收集的資料進行匯總、歸類和分析，明確了本課題研究的方向和思路。

（一）文獻研究法。由於本研究課題的特殊性質，因而文獻法是貫穿全文的最主要的研究方法。筆者廣泛地收集並研讀了國內現有的關於《河南》雜誌的研究成果，通過對這些文獻的梳理分析，較爲全面地瞭解《河南》雜誌的研究現狀，爲進一步對《河南》雜誌展開實證研究奠定基礎。

（二）比較研究法。筆者利用校圖書館、電子閱覽室、中國知網等資源，查找了與《河南》雜誌相關的論文、評論、圖片、歷史資料。通過閱讀大量的書籍材料，瞭解目前關於《河南》的研究情況，讓自己對已有的研究成果有一個整體的把握，加深對《河南》雜誌的認識，從中汲取有益的經驗。同時通過對比分析，發現已有研究成果的不足之處。

（四）創新之處

通過查閱現存的歷史資料和已有的學術成果，筆者發現截止到目前，關於《河南》雜誌對河南辛亥革命的作用、影響，研究的還不夠，本文嘗試把

〔註7〕黃寶信：《張鍾端民主革命思想述略》，《中州學刊》，1984（2）。
〔註8〕翟小平：《簡論張鍾端》，《新鄉師範高等專科學校學報》，1996（1）。
〔註9〕天俊：《資助〈河南〉雜誌的劉青霞女士》，《魯迅研究月刊》，1988（5）。
〔註10〕天俊：《關於〈河南〉雜誌主編說》，《魯迅研究月刊》，1987（10）。

《河南》放在河南辛亥革命這一重要的歷史背景之下，探索《河南》對河南辛亥革命的思想和輿論準備作用，並對雜誌的創辦者、河南辛亥革命領袖張鍾端進行較為深入的研究。

　　本文從新聞傳播學的嶄新角度，將《河南》雜誌置於清朝末年中國民不聊生、百業凋零、辛亥革命正在醞釀的社會大背景之下進行系統的研究。追溯當時河南社會民生情況，以及河南籍學子踏上東渡日本求學道路的艱辛過程，河南籍留日學生的革命思想形成歷程，《河南》雜誌的誕生和發展過程，以及《河南》對辛亥革命的推動作用。本課題的開展通過研讀梳理《河南》原始的文本資料，發掘《河南》雜誌字裏行間所蘊含的革命者的先進的思想精華。筆者希望通過本文的研究，深入挖掘《河南》雜誌對於河南辛亥革命的重要作用，以期引起學界對於《河南》雜誌的關注，給予《河南》雜誌應有的地位，並給予《河南》雜誌準確的歷史定位，讓《河南》雜誌的精神發揚光大。

一、《河南》雜誌創刊的時代背景

（一）清朝末年的河南社會狀況

　　清朝末年，中國在西方資本主義列強的入侵之下逐漸淪為半殖民地半封建社會，清朝統治者的軟弱無能和不敢抵抗，讓中國一點一點被帝國主義侵略者肆無忌憚地地蠶食著。1840 年第一次鴉片戰爭以來，中國與西方國家的戰爭屢戰屢敗，因而處處退讓，簽訂了無數喪權辱國的條約。這些條約或者割讓中國寶貴的土地，或者被迫開放通商口岸，或者允許西方帝國主義列強在中國的土地上投資辦廠，或者白白給帝國送去幾萬兩黃金白銀等等。一張張不平等的條約讓中國變得千瘡百孔，再加上清政府的軟弱無能，一味地欺壓百姓，掠取民脂民膏，更是讓百姓的生活雪上加霜，面臨著亡國的境地。

　　由於河南地處中國內陸，在 19 世紀末，河南還是一方未受帝國主義侵略的淨土。然而到了 20 世紀初，河南遭受了帝國主義列強大肆的入侵，民眾的思想逐漸發生了變化，社會變革在悄然興起。清朝末年河南地區的社會情況如下：

　　首先，清朝政府對河南嚴加控制。河南地處中原，向北可以直通清朝政府的政治中心。是具有重大意義的戰略要地。正是由於河南省如此重要的戰略地位，清政府歷來不斷加大對河南的嚴密掌控，確保河南百姓都為「順民」。

清朝末年，河南的社會經濟一片蕭條，老百姓的思想落後，甚至有些愚昧、麻木不仁。

其次，河南人民的思想較爲保守落後。河南地處中原，正是中國的內陸中心之地，外來文化的衝擊很弱，經濟發展遲緩，民風保守，百姓思想較爲落後。《河南》雜誌的第一期中，朱宣寫有一篇《發刊之旨趣》，分析了當時河南人民的思想情況：第一，河南百姓除了養兒育女，養活活著的人，送走死去的人外，每天都是在田間勞作，連人爲何活著又爲何死去都不明白，更談不上關心國家大事了。河南百姓每萬人中必然有一半只知道小家，而不知道國家這個大家。第二，河南百姓每萬人中有上千人只相信神靈，把一切歸於天命，而對於中國爲何淪陷到如此地步，如何擺脫混亂的局面，對社會如何治理不聞不問，只是把驅趕帝國主義列強的期望寄託於上天。第三，河南百姓每萬人中有上千人認爲應當做清政府所強調的安民順民，管理國家只是皇帝的事，和百姓無關。第四，河南百姓每萬人中有上千人認爲無論法國、英國、德國、俄羅斯還是日本侵略中國，都任命好了，因爲自古以來沒有永遠存續的王朝，不論怎樣改朝換代，我百姓的身份永遠不會變。第五，河南百姓每萬人中大約有一百人從道聽途說中知道一點點有識之士所說的革命，便暗暗自喜，四處炫耀賣弄。第六，河南百姓每萬人中有百人堅持舊思想，激烈反對實施新政。第七，河南百姓每萬人中大約有一百人投機取巧，在守舊派面前怒斥激進的青年，在革新派面前剽竊幾個新鮮的詞，爲了在飯桌之上炫耀自己。第八，河南百姓每萬人中有數十人拒絕談論時政，因爲擔心影響自己的仕途之路。第九，河南百姓每萬人中僅有數十人認爲國家興亡關係個人安危，並且常常通過述說已經爲革命而獻身的人的事蹟來抒發自己的愛國之情〔註11〕。

再次，河南官員腐敗，天災人禍頻仍。當時，官員做官只爲了陞官發財，因此，貪贓枉法、中飽私囊、行賄受賄等，無所不用其極，而對於百姓疾苦則是不聞不問，甚至欺壓百姓，置地方的天災人禍於不顧。收受賄賂，充實自己的口袋，比如，對於黃河決口等嚴重的自然災害也置之不問，甚至發災難財。光緒年間，歷任河南都督都遇事避重就輕，投機取巧，帶著烏紗帽卻玩忽職守，以治理黃河的名義鋪張浪費百姓的錢財。〔註12〕黃河祥符決口，

〔註11〕嚴中平：《中國近代經濟史統計資料選輯》，科學出版社，1955年版。

〔註12〕中國水利水電科學研究院水利史研究室編校：《再續行水金鑒（卷108）》，湖北人民出版社，2004年版。

河南的巡撫牛鑒和河南的都督文衝勾心鬥角，把治理黃河當作兒戲，隱瞞消息不向皇帝彙報，每天花天酒地，以至於黃河大決堤。洪水直接沖向開封，這時的文衝不但不考慮如何堵決口，而且打算放棄開封將都督府遷往洛陽，致使黃河決口越來越寬。(清朝末年，河南經常發生嚴重的水災。根據史料記載，1840 年至 1911 年這 71 年間，大約每七年黃河就會發生一次大決口。其中，黃河大決口十五個月以上的共有三次，甚至會發生在嚴寒的冬季。〔註13〕)河南水災頻繁發生，然而河南的官員卻只顧吃喝玩樂，相互推卸責任，最終無人治理水災，百姓苦不堪言。除了水災之外，河南地區其他自然災害也時有發生。洪水的沖襲，嚴重地破壞了河南的土質，致使土壤乾旱，曾經在鹿邑、洛陽、寶豐、鄢陵等地種植的水稻逐漸絕跡，隨之而來的是災荒的連年發生，最終導致河南人口的急劇減少。根據歷史記載，在光緒元年河南人口為 2394.2 萬，到光緒二十四年河南人口減少到 2212.3 萬，人口呈現負增長，增長率為-7.6%。〔註14〕

（二）清末河南留日學生越來越多

清朝同治六年，清政府開始決議如何選拔學生公派出國留學。同治九年，清政府設立了留學生事務所。同治十年，清政府選拔了 120 名學生公派到美國留學，這一行動開創了我國公派到西方國家留學的先河。

光緒二十二年，清政府駐日公使館招募工作人員，胡宗瀛、唐寶鍔等 13 名中國青年有幸通過選拔被錄取，於 3 月跟隨清政府理事官員呂賢笙遠渡東洋，到駐日公使館工作。之後，駐日公使裕庚突然改變決定，不再讓他們在使館工作，而是改送他們到日本人開辦的學校去讀書學習。〔註15〕這是一次極其偶然的機會，使胡宗瀛、唐寶鍔等 13 名中國青年幸運地成為清朝第一批留學日本的學生，這也是中國近代史上極其重大的事件。

隨著內憂外患加劇，向西方國家學習先進的科學技術成為中國的必然選擇。光緒二十九年，清政府制定頒佈了《獎勵遊學畢業生章程》，詳細的規定了對留學生的獎勵方案，要求依照取得的學歷來取得相應的官職，並被授予拔貢、舉人、進士、翰林等科舉等級。在這一獎勵規定出臺以後，中國出現了到日本留學的高潮，甚至有許多學生選擇以自費的方式到日本留學，中國

〔註13〕袁英光、童浩：《李星沅日記》（上冊），中華書局，1987 年版。
〔註14〕趙爾巽等：《清史稿・任道鎔傳（卷450）》，中華書局，2003 年版。
〔註15〕沈殿成：《中國人留學日本百年史（上)》，遼寧教育出版社，1997 年版。

自費留學日本的學生人數中呈現出超過公派留學日本的勢頭。許多學生在
1911～1913 年學成歸國，此時正是國內辛亥革命轟轟烈烈開展的時期。

　　光緒三十年十二月，清政府頒佈了《考驗出洋畢業生章程》，詳細地規定
了對出國留學，學成歸來的學生進行考試的內容，需要辦理的手續，獲得獎
勵的辦法。與此同時，中國還有很多學生自費到日本留學。

　　光緒三十一年，廢除了中國存續 1300 多年的科舉制度。同時，清政府學
部擬定公派西洋留學生的計劃，具體為每個大省份 30 個名額，每個中等省份
25 個名額，每個小省份 20 個名額。

　　光緒三十二年，遠赴日本求學的中國學生已達到八千多人，許多留日學
生成為了辛亥革命的領軍人物和骨幹力量，例如領導雲南護國運動的蔡鍔，
「鑒湖女俠」秋瑾，黃花崗起義烈士林覺民、喻培民等等。

　　從整體上來看，留日學生中來自南方省份的要多於北方，而南方沿海省
份的留日學生遠遠多於內陸省份。〔註 16〕由於河南地處中國內陸，當時被選
拔公派到日本留學的學生並不多。光緒三十年，清政府對留日學生的總人數
進行統計，其中河南籍的留日學生有 7 人。此後，河南出國留學的學生的人
數在持續增長。河南省內有許多學生主動請求出國留學，甚至包括不少女學
生。光緒三十一年，河南巡撫選拔並公派去日本留學的學生有 120 多名。清
政府派遣候補的知縣溫紹梁擔任中國留日監督處委員，專門負責辦理河南籍
留學日本的學生的相關事務。光緒三十二年，撤銷了河南的武備學堂，從原
有的學生中挑選出 50 名優秀的學生，公派到日本的成城和振武兩所學校學習
軍事。光緒三十三年，河南有 60 人被錄取公派到日本留學。光緒三十四年，
河南有 92 人被錄取公派到日本留學，其中被內學務處錄取的有 72 人，被課
吏館錄選的有 20 人。河南籍學生在日本所攻讀的專業種類繁多，涉及法政、
師範、警官、醫學、農學、軍校、化工等方方面面，這些先進的科學知識使
這批青年學子眼界大開，他們紛紛踏上救亡圖存的道路，對辛亥革命在河南
的開展起到了極其關鍵的作用。

（三）中國留日學生紛紛創辦革命報刊

　　隨著留日學生的越來越多，以孫中山為首的資產階級革命派開始創辦革
命報刊，宣傳救亡圖存，拯救中華。在革命思想深入人心的大好形勢下，1905
年 8 月，中國同盟會在日本東京宣告成立。成立大會通過了同盟會的章程，

〔註16〕王天獎：《辛亥革命在河南》，河南人民出版社，1981 年版。

確立了「驅除韃虜，恢復中華，創立民國，平均地權」的革命綱領，會議還
通過了把《二十世紀之支那》雜誌作為同盟會的機關刊物，後來正式出版時
改名為《民報》。各省留日學生同鄉會都成為同盟會的分會，國內各省也紛
紛成立分會。這樣，國內外遙相呼應，積極宣傳革命。中國留日學生認為，
只有喚醒麻木愚昧的百姓，啓迪百姓的心智，才能讓中國免於亡國的危險。
〔註17〕因此，他們紛紛創辦報刊，筆者統計了一下，計有幾十種，具體情況
見下表：

1900～1911 年在日本刊行的革命報刊匯總表

雜誌名稱	編輯出版者	創刊日期	發行期數	刊期
開智錄	鄭貫公、馮自由、馮斯欒	1900.11		旬刊
譯書彙編	署名阪琦斌，實為楊廷棟等	1900.12.6	21	月刊
國民報	署名京塞爾，實為秦力山、馮自由、楊廷棟、沈翔雲等	1901.5.10	4	月刊
遊學譯編	熊野蘋，湖北留日學生會	1902.12.14	12	月刊
湖北學生界	尹援一、王璟芳	1903.1.29	8	月刊
直說		1903.1		
浙江潮	浙江同鄉會	1903.2.17	12	月刊
江蘇	署名江蘇同鄉會，實為秦毓鎏、黃守仰等	1903.4.27	12	月刊
漢聲	湖北學生界改名	1903.6		
女子魂	抱真女士	1904		
白話	秋瑾	1904.9.24	6	月刊
二十世紀之支那（後改版成為《民報》）	署名程家檉，實為黃興、宋教仁	1905.6.3	2	月刊
民報	孫中山等	1905.11.26	24	月刊
第一晉話報	景定成等	1905.7	9	月刊
醒獅	李曡曡	1905.9.29	5	月刊
音樂小雜誌	李叔同	1906.2.13		月刊
法政雜誌	張一鵬	1906.3	6	月刊
農桑學雜誌	農桑學雜誌編輯部	1906.7		

〔註17〕《豫報公啓並簡章》，《豫報》第一號。

雜誌名稱	編輯出版者	創刊日期	發行期數	刊期
雲南	張耀曾等	1906.10.15	23	月刊
洞庭波	陳家鼎、楊守仁等	1906.10.18	1	月刊
新譯界	范熙壬	1906.11.16	7	月刊
豫報	河南留日學生	1906.12	4	月刊
鵑生	董修武、雷鐵崖	1906.12	3	
眞言	直隸留學生	1906		
漢幟	黃一疇	1907.1.25	2	
中國新女界雜誌	劉青霞、燕斌	1907.2.5	6	月刊
漢風	時柱	1907.2.20	1	
大江七日報	黃曾、夏重民	1907.3.9		
天討	《民報》增刊	1907.4.21	1	
天義報	何震	1907.6.10		半月刊
大同報	署名叔達，實爲恒鈞等	1907.6	7	月刊
遠東聞見錄	李士銳	1907.7.19		
科學一斑	科學研究會	1907.8.14		
秦隴報		1907.8.28	1	
晉聲	景定成、谷思慎等	1907.9.15		月刊
粵西	卜世偉	1907.11.15	7	月刊
河南	劉積學、張鍾端	1907.12.20	9	月刊
二十世紀中國女子	恨海女士	1907.12		月刊
滇話報	李長春、劉鍾華	1908.1.1		月刊
四川	吳永姍	1908.1.8	3	月刊
關隴	黨松年	1908.2.2	1	月刊
國報	狄海樓、景耀月	1908.2.3	1	月刊
夏聲	陝西留日學生	1908.2.26	9	月刊
學海	北京大學留日學生編譯社	1908.2.29	2	
武學		1908.5		月刊
支那革命叢報		1908.7.8		
江西		1908.7.9	4	
日華新報	夏重民	1908		
梅州	雷昭性	1908		

雜誌名稱	編輯出版者	創刊日期	發行期數	刊期
湘路警鐘	湖南留日學生	1909.8		
教育今語	章太炎	1910.3.10	5	
學林	章太炎	1910.12	2	季刊
中國青年學粹		1911.3.10		
留日女學會雜誌	唐群英	1911.4	1	季刊

二、《河南》雜誌的組織者與創辦過程

（一）從《豫報》到《河南》

河南籍留日學生創辦的第一份革命報刊是《豫報》，1906 年 12 月創刊。在創刊號上，仗劍的《豫報之原因及其宗旨》，講述了《豫報》產生的時代背景、必然性及其宗旨，主要內容有以下幾個方面：

第一，中國即將淪陷的困境需要喚醒麻木的民眾。《豫報之原因及其宗旨》一文中說道：「自從我國和西方國家有交流以來已有六十多年，這期間擔任中國外交官的官員都昏庸無能，因為不瞭解國外的發展形勢，所以在處理外交事務中處處要退步，自己總是吃虧，只為了博取外國帝國主義列強的開心。事實上，中國越是退讓，西方帝國主義列強越是得寸進尺，並且緊緊的逼近。時至今日，中國已經大勢已去。」

第二，在國破家亡的危急關頭，創辦報刊是挽救中國的最佳捷徑。河南的有識之士，尤其是河南籍的留日學生常常為祖國的安危焦慮，坐臥不寧，為桑梓地河南的未來憂傷，寢食難安。他們希望家鄉父老能夠瞭解只有革命才能挽救祖國，但又擔心百姓們深處窮鄉僻壤，對革命從未耳聞，或者僅僅是一知半解，不能明白其中的深意。在強烈的愛國愛家鄉的感情下，他們認為創辦報刊，是傳播革命思想的最佳途徑。

第三，《豫報》的出現深受外省成功經驗的影響。作者指出：「《漢聲》、《直說》、《晉話》、《浙江潮》這四種報刊對河南籍留日學生創辦《豫報》起到了重要的啟示作用。雖然不同刊物所宣傳的主義不完全相同，但是目的都是為了喚醒故鄉麻木的父老鄉親。《豫報》的創辦同樣也是為了把外面世界的景象講述給家鄉的父老鄉親，讓他們明白國難當頭，不可再繼續消沉下去。」

但是，之後《豫報》中的文章逐漸傾向於保皇立憲派的觀點。

　　例如《豫報》第五期中，夢生在《立憲當以自治爲根本》中說道：「現在中國的境遇，應當通過什麼才能讓國家止於滅亡呢？只有以立憲作爲國家的要是。雖然現在把立憲當作國家的要是是確定了的，但是如果不研究立憲的原則、如何維持立憲的基礎，而僅僅口頭上說要立憲，立憲是不能實現的。由此看來，自治應當放在立憲之前，自治是立憲的根本所在。想要使國家強大卻不先立憲，那麼國家最終也無法實現鞏固。想要立憲卻不先實行自治，那麼憲政終究也不會發揚光大。」夢生在這篇文章中強烈地主張只有自治才是強國的根本。

　　再如《豫報》第六期中，淚紅生的《改革國民之心術說》一文，更是抬出了古人朱熹等：「我國的人民能和英國人競爭嗎？我國的人民能和德國人競爭嗎？我國的人民能和美國人競爭嗎？我國的人民能和法國人競爭嗎？我國的人民能和日本人競爭嗎？我國的人民能和俄國人競爭嗎？朱熹、周敦頤和二程幾位大思想家早就提出過立憲共和的思想，只可惜後人沒有繼承下來。」淚紅生認爲，我國人民是競爭不過俄國人、日本人、法國人、德國人和英國人的，他感歎立憲共和的思想爲何竟沒有被採納。

　　《豫報》一共發行了 6 期，只有最初幾期的文章具有革命戰鬥精神，之後所刊登的文章偏向於保皇立憲派的觀點、立場，因而《豫報》逐漸淪爲保皇派的宣傳媒介。《豫報》的創辦者中有一部分是支持康有爲和梁啓超改良主義的保皇派，編輯隊伍內部出現了觀點的分歧，致使《豫報》所宣傳的思想無法明確，那些堅持實行君主立憲的編輯人員嚴重地干涉了同盟會對資產階級革命思想的傳播，因而引起了該報內部成員的分裂，他們紛紛退出了《豫報》的隊伍，力圖創辦另一種報刊來配合《民報》宣傳三民主義、宣傳救亡圖存。在這種情況下，孫中山先生親自會見了河南籍留學生的代表，經過商討決定清除堅持立憲派思想的組成人員，肅清隊伍，創辦新的宣傳資產階級革命思想的刊物。1907 年 12 月，作爲同盟會河南分會的機關刊物《河南》誕生了，它以「牖啓民智，闡揚公理」爲辦刊宗旨，比《豫報》具有更加鮮明的革命性。《河南》作爲同盟會河南分會的機關報，很快成爲宣傳資產階級革命思想的主陣地。

　　關於從《豫報》到《河南》的發展經過，在馮自由的《河南志士與革命運動》一文中有詳細的描述：「到 1917 年，劉積學、曾昭文和朱炳麟等人認爲《豫報》的創辦者複雜，其中不乏許多支持君主立憲的人。同盟會的會員

在宣傳革命的時候常常會受到保皇立憲派的干涉，感到十分不方便，於是以資金不夠作爲藉口，停止發行《豫報》。另外由同盟會河南分會創辦了《河南》雜誌取代了《豫報》。」但是，根據現存的歷史資料，馮自由的說法是有誤的。1908 年 4 月 30 日，最後一期《豫報》發行，此前《河南》已經發行了三期。也就是說《豫報》和《河南》曾經共存過一段時間。

（二）《河南》雜誌的組織者

1907 年 12 月 20 日，《河南》雜誌開始發行，張鍾端擔任編輯部的總經理，劉積學擔任總編輯。撰寫、組織稿件和編輯發行，由劉師培、潘印佛、李絅齋、王傳琳、曾昭文、余誠等 6 人負責。《河南》的編輯者中，有許多曾經是《豫報》的編輯人員。而這些從曾經的《豫報》編輯組織分離出來的人員，無一不是具有鮮明的資產階級革命立場的思想進步人士，其中大部分是參與到同盟會中來的河南籍留日學生。〔註 18〕

《河南》雜誌的創辦離不開河南籍留日學生的艱辛努力。爲了籌集辦刊經費，來自河南尉氏縣的劉恒太、潘祖培、羅文華三人專門回到家鄉，前去拜訪尉氏縣的劉青霞。三人與劉青霞女士談論到清政府官員的腐敗至極，西方帝國主義列強肆無忌憚地瓜分中國的每一寸土地。劉青霞，原本姓馬，是曾經擔任廣東、廣西巡撫的馬丕瑤的女兒，因嫁給河南尉氏的劉耀德，改名爲劉青霞，原籍在河南安陽。1906 年，張鍾端回國也找到劉青霞女士，商討創辦報刊事宜。張鍾端向其講述資產階級革命思想，說服其資助創辦《河南》雜誌，並力邀劉青霞到日本考察。1907 年，劉青霞和她的兄長馬吉樟奔赴日本實地考察。《河南官報》爲此特別發布了這一消息：一品誥命夫人劉馬氏，是本地籍貫的紳士、翰林院侍讀馬吉樟太史的妹妹，也是已故的山西試用道劉觀察的妻子。她熱衷於興辦學校，實地考察。這次她帶著兒子劉鼎元不遠萬里到日本調查女學堂開展的情況，瞭解日本實業的開辦、學堂的學規。這次出行是由她的兄長馬吉樟太史向學部呈交，轉交外交部頒發的護照。〔註 19〕在日本，劉青霞女士加入了中國同盟會。在張鍾端等講明創辦《河南》雜誌的宗旨和發動革命對中國的重大意義之

〔註 18〕王曉華：《從革命到改良——〈豫報〉與〈河南〉雜誌比較論》，民國檔案，1991 年第 3 期，第 78 頁。
〔註 19〕《中國新女界雜誌》（第三期）。

後，劉青霞慷慨解囊，捐助兩萬銀元，鼎力支持《河南》雜誌的創辦。這一巨額捐助，也成爲了《河南》雜誌得以創辦的最主要的資金來源。爲了籌集辦刊的後續資金，河南籍留日學生積極奔走，向社會廣泛地宣傳革命思想，發動社會力量募集資金，同時還在《河南》的版面上刊登廣告，努力爭取社會最廣泛的支持。

《河南》雜誌主要發行國內，重點地區當然是河南，組織好發行是刊物生存的關鍵。爲此，同盟會的李綱齋，他是開封十一烈士中李幹公的同胞兄弟。爲了傳播革命思想，他放棄了學習，1908 年回到開封組織發行《河南》雜誌。在劉青霞女士的資助下，李綱齋在西大街創建了大河書社，自己擔任總經理，由羅殿卿和劉醒吾擔任副經理。大河書社是《河南》雜誌的總發行處，《河南》雜誌在河南各個縣和京津等地都設立有分銷處，同時也在緬甸、日本等國發行。《河南》雜誌發行不久，就已經風靡海內外，每一期幾千份都供不應求，有時候還需要再版（我們現在還能看到再版發行的第三期）。大河書社起到了極其重要的作用。大河書社不但出版革命刊物，還是中國同盟會在河南省的重要聯絡機關。其經營盈餘則作爲辛亥革命的活動經費。

1907 年，劉青霞（第二排中間帶簷圓帽）和河南籍留日學生合影

孫中山爲劉青霞題寫「天下爲公」

（三）《河南》雜誌的欄目設置

　　《河南》雜誌一共出版了 9 期，其欄目設置在第一期簡章裏作了詳細介紹：本報刊的編排，採用分門別類的方法，一共包含 15 個欄目，次序安排如下：第一、圖畫；第二、專件；第三、來函；第四、訪涵；第五、來稿；第六、時事小言；第七、雜俎；第八、附錄；第九、文苑：第十、記載；第十一、史談；第十二、小說：第十三、時評；第十四、譯述；第十五、論著。現存《河南》雜誌各欄目發表文章見下表：

《河南》雜誌分欄目一覽表〔註20〕

欄目	期數	文章（圖畫）	作者
圖畫	一期	太昊伏羲氏、岳鄂王、豫讓最後致志、聶政及其姊聶荌之壯劇、博浪沙之一椎	
	二期	河南全圖、墨子、洛陽白馬寺、易水送別圖	
	三期	潼關、田光自刎以報太子丹、美國獨立戰爭之圖	
	四期	天津橋聽鵑圖、樊於期以首付荊卿	
	五期	嵩山雪月、中國刑訊之肖像	
	六期	拿破崙青年肖像、水底之交通	
	七期	華盛頓指揮軍士肖像、空際之交通	
	八期	漢大儒許愼像、宋大儒程頤像、明逸民孫夏峰先生之清輝閣	
	九期	法王路易入獄景象、古戰場	
專件	六期	創辦小輪船通告書	悲谷（陳伯昂）
來函	六期	寶豐縣王令三案事略	過寶客
	八期	浚縣學務之怪象	
	九期	河南靈寶之怪狀、濟令破壞學務之劣跡	
訪函	二期	官場果欲如何耶、寶豐縣天足會之發達、汝州某學堂教習張士衡蔡鎮藩之劣跡、寶豐縣演說會之成立、志寶豐招股事、滑邑士民之公敵	
	六期	豫南天足會改名、信陽學界之風潮、豫南官場之留血黨、有土此有財、申陽高等官立小學堂自治會敘、河南交涉局員之奇談	
來稿	三期	無聖篇	凡人
	五期	開通學術議	凡人
	六期	要求開國會者與政府對於國會之現象（未完）	醒生
	七期	悍兒之厭世主義	悍兒
	八期	要求開國會者與政府對於國會之現象（續六期）	醒生
時事小言	三期	暗殺之效力、立憲國畢竟可危、妙哉官場、孟縣學紳兩屆之熱心、清政府其奈孫文何、草木皆兵、袁世凱重抑報館、革命黨首領孫文將到長江、革命黨大隊盤踞十萬山、河南林府臺頗知大體、清政府可笑 革命軍廣西佔領、革命黨又將起事	

〔註20〕　《中國近代期刊篇目匯錄》（2316～2320），《河南》（1～9）。

欄目	期數	文章（圖畫）	作者
雜組	一期	（雞肋錄）世界周遊一覽表 露國革命黨、黃白二種婚姻之始祖 露西亞人種之混雜、泰國各國耶穌教之分派、日本幼童之護國事業、俄國之兒童之革命事業	
	二期	（雞肋錄）文明國之乞丐、歡迎立憲、殺同胞、自大	
	三期	某先生贊	
		快人快語	述遷
附錄	一期	車生傳	
	四期	豫南天足會章程	
	七期	創辦中州華興機器麵粉有限公司公啓	
	八期	新蔡縣豫南學務研究會分會章程	
	九期	氣學微顯集	天行
		河內縣同志錄	
文苑	一期	和某君原韻弔某烈士及其女士、過馬關、到申江、金陵懷古	啓明（周作人）
		途中即事勸友、安慶道中即友人壯行原韻感傷時事	
		途中遇雪即事感傷二首	
		矯首	佛音
		最近雜感	鵑碧
	二期	春日登樓有感、感懷二首、勸國人勿笑韓人、自提寫眞二首	啓明
		讀華拿傳書感、得家書喜生子二首、詠蘇武、詠狐、即事詠櫻花	
	三期	讀河南雜誌感懷、河南雜誌祝辭四章	佛音
		信陵君詞二首、大梁懷古、經朱仙鎮、鄭州河決歌	臥龍
	四期	老將行、詠史二首、烏江渡懷古	芬儂
		（金縷曲）即事、詠徐烈士、詠秋女士	鵑碧
		（金縷曲）聞豫人受某黨運動今亦準備上書要求立憲抒慨	鵑碧
	五期	獵狐歌	劍青
		柳絮雜詠八首、東歸夜宿旅店聞鴨鳴有感、征途晚眺	芬儂
		旅店夜雨屋漏有感、海上感懷、勵志、病重感懷、懷古	芬儂
	六期	蝶夢園詩話	鴻飛（張鍾端）

欄目	期數	文章（圖畫）	作者
	七期	途中咯血、詠性五首示弟、丁未夏日感懷、丁未夏日假歸山居、丁未秋贈段君景炎歸國、補遺即事、天足會公頌駢詞	
		抒懷十二韻、送友人歸國	
	八期	遊宋故宮做	佛音
		述感	輕莎
		秋日雜感	誇子
		女界警詞	大謾
	九期	須歡、和慧珍女士參禪詩四首、七夕示意慧珍	芬儂
		戒纏足、聞友畢業聯隊入學日本憲練習所喜贈五絕	萼子
記載	一期	新蔡冤獄詳志	
	八期	汝陽城北高等小學堂延觀某君演說詞	
		小是非（支那日本之外交、中美同盟、日本對於支那之活動）	憐
		河南旅滬之鄉會、林撫惡紳民控官	
史談	五期	法國大革命之刺客駁洛德	劍民
小說	一期	（偵探小說）芝布利鬼宅談（未完）	蓼城吳肅譯
		巾幗魂傳奇	
	二期	（冒險小說）海上健兒（未完）	馥忱譯
		指南公傳奇	虞名
	三期	（偵探小說）芝布利鬼宅談（續第一期）	蓼城吳肅譯
	四期	（冒險小說）海上健兒（續第二期）	馥忱譯
	五期	（冒險小說）海上健兒（續第四期）	馥忱譯
	六期	（偵探小說）芝布利鬼宅談（續第三期）	蓼城吳肅譯
	七期	（偵探小說）芝布利鬼宅談（續第六期）	蓼城吳肅譯
	八期	（短篇小說）莊中	獨應譯
		寂寞	獨應譯
	九期	（諧體小說）龍腦（中州俗語）（未完）	疏老光

欄目	期數	文章（圖畫）	作者
時評	一期	日法日俄協約關於中國之存亡	醒夢
	二期	國民對內對外之唯一武器	重瞳
		寶豐汪令攫錢之大奇術	仇頑
	四期	高等學堂又起風潮矣	不醒
	八期	對於鄧獄之感喟	酸辛
	九期	河南學務觀	悲群
		小是非（河南之無黨、河南辦學者之奇妙）	
		（河南第二師範之自由、學部限制女學生）	
譯述	一期	人間之歷史	（令飛）魯迅
		印度古代之風俗及法典	認洄
	三期	歐米列國之現狀與民治（未完）	象先
	四期	歐米列國之現狀與民治（續）	象先
		清國亦將變化耶（未完）	佚名
	五期	伯倫知理自治論	謝冰譯
	七期	司泰因自治論	謝冰譯
		裴象飛詩論（未完）	令飛
	八期	東西思想之差異及其融合	鴻飛
論著	一期	平民的國家（未完）	鴻飛
		論民氣爲建立軍國國家之要素	虞石
		二十世紀之黃河（未完）	悲谷
		論豫省近世民生之疾苦	
	二期	世界競爭之趨勢及中國之前途（未完）	止觀
		論豫省古今地勢之變遷	
		春秋列國國際法與近世國際法異同論（未完）	起東（陶戎章）
		摩羅詩力說（未完）	令飛
		豫省語言變遷考（未完）	
		豫省近世學派考	
		二十世紀之黃河（續）	悲谷

欄目	期數	文章（圖畫）	作者
	三期	預備立憲者之矛盾	明民
		論二程學派與豫省學風之關係	
		春秋列國國際法與近世國際法異同論（續完）	
		摩羅詩力說（未完）	令飛
	四期	對於要求開設國會者之感喟（未完）	鴻飛
		興國精神之史曜（未完）	旒起（許壽裳）
		豫省民族遷徙考（未完）	
		豫省民族語言變遷考（續第二期）	
		紳士為平民之公敵	
		論文章之意義暨其使命因及中國近時論文之失（未完）	獨應（周作人）
	五期	中國變法之回顧（未完）	明民
		對於要求開設國會者之感喟（續）	鴻飛
		警告同胞勿受要求立憲者之論毒	不白
		論文章之意義暨其使命因及中國近時論文之失（續完）	獨應
		科學史教篇	令飛
		斯賓賽爾學案	
	六期	勸告亟行地方自治理由書	鴻飛
		政黨政治及於中國之影響（未完）	病己
		二十世紀之黃河（續第二期）	悲谷
		斯賓賽爾學案	
	七期	文化偏至論	迅行（魯迅）
		土耳其立憲說	鴻飛
		興國精神之史曜（續第四期）	旒起
		河南之實業界（未完）	酸漢
	八期	中國變法之回顧（續第五期）	明民
		破惡聲論（未完）	迅行
		對內對外有激烈的解決無和平的解決之鐵證	南俠
	九期	中國聯省之獨立與北美合眾之獨立難易比較論	南俠
		奴婢廢止議	亞震
		哀弦篇	獨應

　　根據以上表格，我們可以清晰地看到《河南》雜誌的欄目設置豐富多樣，各具特色。在《河南》雜誌的每一期中，論著佔據最大的篇幅，這也恰恰正是《河南》的鋒芒所在。論著中的文章很多洋洋灑灑幾萬字，毫不誇張地說，論著像一面高舉的旗幟，體現了《河南》雜誌的靈魂。譯述主要翻譯了西方資本主義國家的政治理論、科學思想、民主法治制度、風俗民情、歷史人文、地理知識和進化論等。小說部分有許多文章來自西方文學，它以扣人心弦的故事情節吸引大量的讀者，進而提高了《河南》的影響力。時評是傳播國際大事的平臺，一方面介紹了國際上發生的大事，例如《日法日俄協約關於中國之存亡》，另一方面又關注了國內革命的進展，例如《革命黨大隊盤踞十力山》、《革命軍廣西佔領》、《革命黨又將起事》、《革命黨首領孫文將到長江》等。同時還有許多關注河南重大事務的文章，例如《河南學務觀》、《高等學堂又起風潮矣》等。雜誌中還有許多講述河南歷史文化、地理人情的知識，既有《洛陽白馬寺》、《嵩山雪月》、《漢大儒許慎及宋大儒程顥之像》等插圖，又有《豫省民族遷徙考》、《豫省民族語言變遷考》、《豫省近世學派考》等文章，這些有助於激發河南人民熱愛家鄉熱愛祖國的濃烈感情，也讓外省的同胞通過《河南》瞭解中原大地的悠久歷史和文化底蘊。

　　《河南》雜誌的每一期開篇都有插圖，圖畫的作用在於借畫言志，表達革命思想。例如《太昊伏羲氏》是為了增強大漢民族的民族榮譽感和凝聚力量，《易水送別》、《田光自刎以報太子丹》、《樊於期以首付荊卿》、《法王路易入獄景象》、《古戰場》是鼓勵人民用武力推翻幾千年的君主專制統治。《水底之交通》、《空際之交通》這兩幅圖畫介紹了西方資本主義國家先進的交通設施，鼓勵中國人民向西方國家學習科學文化知識，來發展壯大自己的國家。

　　《河南》雜誌的欄目多樣，形式上不拘一格，既包括學術思想濃厚的著作，又包括面向大眾化的通俗作品。其中有許多內容是關於河南本土風俗民情的，包括河南的文化標誌、語言變遷、遷徙情況、近代以來的學派、學務情況、自然災害、社會問題等方面，由此警醒百姓對河南和自身前途的關注，進而關心國家的前途命運。從整體上來說，《河南》雜誌的欄目設置非常豐富，它們的共同目的是宣傳同盟會的革命綱領，呼籲人們抵抗外來勢力的入侵，振興中華。

三、《河南》雜誌的主要思想內容

《河南》雜誌中有許多憂國憂民、呼籲人民關心國家前途命運的內容，其所傳播的思想是反對君主立憲制，倡導開展資產階級革命運動，主張依靠民眾建立起革命隊伍，推翻封建君主專制統治。主張喚醒河南民眾和改造國民性，並堅決反對儒家文化的專制和完全西化。主張東西方文化的交匯融合和中國文化的諸子平等。

（一）《河南》雜誌的政治主張

《河南》雜誌主要以論著和時評來傳達其政治立場。首先，它否定統治中國幾千年之久的封建君主專制制度，倡導建立一個資產階級民主共和國。張鍾端（筆名鴻飛）在《平民的國家》中強調：「現在，中國的百姓都誤認為國家是皇帝自己的私有財產，因而認為保全國家只是皇帝自己的責任，而不管百姓的事，皇帝自己完全有能力保護國家的領土完整。還有的百姓誤以為，國家是官員的佔有物，官員擁有保全國家的權力，因而保全國家只是官員們的職責，和普通老百姓絲毫沒有關係。這些說法都是謬論，所以我用一句話概括，現在的國家並不是皇帝的國家，也不是政府的國家，而是全中國普通老百姓的國家。」張鍾端的這番話強有力地駁斥了《豫報》第二期中粗莽夫的國家是皇帝的私有物的觀點。《河南》第五期上，作者不白的《警告同胞勿受要求立憲者之毒論》中說：「政府並非普通的同胞組織而成的高等機關，我國政府從庚子甲午年開始，便蔑視外國先進的東西，後來在帝國主義列強的入侵下，變成崇洋媚外的心理。現在的中國政府已經變成了西方帝國主義國家的傀儡。」不白號召人民：「如果想讓中國實現獨立自主，除非推倒清政府背後的帝國主義列強。如果要推倒清政府背後的帝國主義列強，除非有無數的人民自願拋頭顱、灑熱血，獻身革命事業才能實現。把要求政府怎樣做，變為要求各地地方政府怎樣做，要提倡地方自治，各省之間相互聯絡，士兵和士兵相互聯絡，商人和商人相互聯絡，工人和工人相互聯絡，通過工人罷工，拒絕苛捐雜稅，萬眾一心，眾志成城，百姓們還有什麼畏懼清政府的殘暴統治的呢？」

其次，《河南》雜誌深刻地揭露了清政府欺騙人民的所作所為，提倡以武裝鬥爭開展革命。當時，清朝政府與立憲派相互勾結，欺騙玩弄國會，所謂的召開國會和實行君主立憲制只是一個天大的謊言。清政府的《外交報》認為，不能讓人民起來反對封建君主統治，那樣只會壞事，解決這個問題的最根本的辦

法是通過召開國會的形式建立起一個由資產階級和地方紳士共同組成的新的政府。對此，《河南》雜誌第四期中，無名氏發表了一篇題為《紳士為平民之公敵》的文章，無情地批判紳士的醜惡嘴臉：「紳士似乎不是從十九世紀末到如今二十世紀初的產物，說是驢又不像驢，說是馬又不像馬。卻與如今的政府相互勾結提攜，盛氣凌人地壓制全中國的老百姓。遠遠看去，紳士個個咄咄逼人、不可一世，就像那些玩傀儡把戲的人，牽動一根線便全身都開始動起來。又像狗在晚上遇到行走的人，一隻狗狂吠緊接著上百隻狗跟著狂吠。紳士是一種什麼人呢？紳士原來就是那種如今自稱為國民的代表，把自己當作神聖不可侵犯的人物！」無名氏認為，君主立憲制的改革在中國是不可行的，因為歐洲現在雖然表面上看起來十分注重民權，但是一旦考察它的實情，就會發現，總統禪讓自己的職位，大臣進入內閣，只要擁護跟隨自己的人，排斥驅逐和自己政見相左的人。一個參議院舉行選舉，獲得選票多的必定是貴族或者是大資本家。水流的源頭是渾濁的，那麼下游怎麼可能清澈，只有樹幹挺拔枝葉才有可能繁茂。即使中國現在的統治者是真心地想進行立憲和地方自治，恐怕也是像東施效顰、邯鄲學步，在實行立憲之前，就已經盡出漏洞，到那時又需要重新開始改革。更何況現今政府並非真心想實行立憲和地方自治，而是紳士們巧立名目，用新政的幌子來實現自己的利益。

　　張鍾端發表在第四期上的《對於要求開設國會者之感喟》一文，揭露了鼓吹國會者欺騙人民大眾的醜惡嘴臉。他認為：「一張請願書，原本就是無效的，也就是多數的政黨和大多數的輿論白白認為是和平的行為，所提出的要求也必然是無功的。因此要想實現全面的勝利，完全實現請願所希望的目標，唯有革命軍能夠實現。」張鍾端通過分析政府和平民的關係，宣揚革命的重要性。他認為當前政府和平民百姓之間形成了水火不相容的局面，政府所佔據的利益恰恰是平民百姓所蒙受的損害，政府所受到的損害恰恰是平民百姓所渴望爭得的利益。正因為如此，清朝政府不惜用殘酷暴虐的手段殘害百姓，如果平民百姓為自己的長遠之計考慮，則所做的行為恰恰與政府的長遠之計相悖。因此得出結論，中國的平民百姓現在就應該想想如何保全自己，絕對不能相信政府當局，武裝革命才是唯一手段。張鍾端深入而透徹地分析了清政府的黑暗本質，他指明清政府對平民百姓所採取邪惡無所不用其極的殘忍鎮壓手段，其本質是為了保全自己的封建專制統治地位，更何況那些為民請願的有識之士的言語行為是與清政府的目的相衝突的，平民百姓越是為了自

己的權利而與清政府反抗，清政府就必定以更加慘絕人寰的手段鎮壓平民百姓。平民百姓的能力是有限的，日漸消磨下去，清政府就逐漸擺脫了平民的抗擾，其目的就逐漸達到了。張鍾端的文章傳達了其先進而鮮明的革命思想。

最後，《河南》雜誌提出了依靠民眾建立革命軍的思想，不能僅僅通過暗殺來實現目的。在《對於要求開設國會者之感喟》一文中，張鍾端先是對暗殺行動表示肯定：「吳樾和徐錫麟的行為是大無畏、英勇的革命行為，應該得到肯定，他們不畏懼政府，暗殺一個性質惡劣的貪官污吏，就可以使一方土地獲得一段安寧，讓其他的貪官污吏聞風喪膽。」張鍾端並不完全支持僅僅依靠暗殺的方式實現革命，他認為：「中國的皇帝、貪官污吏，數不勝數，殺是殺不盡的，只有依靠革命軍的力量才能把這些封建勢力徹底剷除。」在《勸告亟行地方自治理由書》一文中，張鍾端更加旗幟鮮明地闡述自己的革命立場：「故欲大告成功，完全以達其要求之目的者，則捨革命軍而外更無他道以處此也。」張鍾端解釋自己說這些話的原因，並不是因為自己喜歡暴動，不為平民的流血慘狀感到悲傷，而是因為除了這樣，沒有其他方式能救國救民。與其坐以待斃，還不如百姓趁早進行革命讓清政府滅亡。張鍾端強調自己所說的革命軍，指的是開展革命的武裝力量。革命軍是封建專制統治下的必然產物，它是振興中華的中堅力量。

（二）《河南》雜誌的社會主張

《河南》雜誌的社會主張主要體現在喚醒河南民眾和改造國民性兩個方面。

《河南》雜誌深入分析了河南落後的社會歷史根源：「河南之所以落後，原因在於當局政府的惡劣。要想徹底改變河南落後的現狀，只能從開展政治革命的方式解決。」〔註21〕《論二程學派與豫省學風之關係》這篇文章指出：「河南省是古代二程兩位大學者的故鄉，因而河南人民對其學說思想比其他省的人民更加信奉，所受到的思想禁錮，也比其他省的人民更加深重，這都是因為河南是古代許多重要學說思想的發源之地，由於地理位置的閉塞，河南的封建思想風氣牢牢禁錮著廣大百姓。」《論豫省古今地勢之變遷》一文則分析了河南百姓軟弱怕事的歷史根源：「由於河南地理位置的原因，歷來為兵家必爭之地，咽洛出兵往往會首先平定河南地區，然後再到清河。河北打仗

〔註21〕張鍾端：《對於要求開設國會者之感喟》，《河南》第四期。

的時候，往往也是首先平定河南，然後再向關隴發兵。正因爲如此，河南的
百姓常年遭受戰爭的迫害。一旦爆發戰爭，百姓們便妻離子散，沒有安定的
居所，不斷逃難遷徙他處，因而河南百姓一聽說又要打仗，便擔驚受怕。但
是如今的情況和以前大不相同了，現在交通快速發展，帝國主義列強四處等
待機會侵略，不斷挑起事端。只有讓河南的百姓自立自強起來，產生保護自
己土地的思想，才能使河南免於滅頂之災。否則，河南四周的侵略者都虎視
眈眈的等待時機侵略河南，一旦爆發戰爭，恐怕比以往的戰爭更加屬害了。」
《河南》雜誌引導河南百姓反思自己在河南的位置如何，河南省在全中國的
位置如何，中國在整個世界的位置又如何，並用印度和越南在帝國主義的侵
略下滅亡和波蘭慘遭侵略瓜分的歷史教訓警醒河南百姓：「如果中國滅亡，那
麼河南也必將滅亡；列強想要瓜分中國，那麼河南也難逃毒手。如果清政府
如此下去，中國就將斷送在清政府的手裏，河南也必將一併被斷送。」警示
百姓不要隔岸觀火，總是禁錮自己於陳舊的封建思想之中，是主人還是奴隸
就掌握在自己的手裏。讓河南百姓在不知不覺中產生熱愛家鄉熱愛祖國的濃
厚思想感情。《河南》雜誌中類似的文章還有很多，表達了作者深深的憂慮，
目的在於增強河南人民的危機意識，喚醒麻木的百姓，鼓勵河南百姓勇敢地
站起來拯救家鄉、拯救祖國。

　　《河南》雜誌主張改造國民性。支持這一觀點的有魯迅、虞石、止觀、
張鍾端、周作人和許壽裳等人，他們有關改造國民性的思想體現在以下幾個
方面：

　　第一，改造國民性要以挽救民族危亡作爲出發點。魯迅先生在日本留學
期間深受「幻燈片事件」的震撼，放棄學醫，走上以筆爲槍救國救民的道路。
魯迅主張「立人」，只有用文字來喚醒那些表面看上去身體健全但思想精神卻
麻木不仁的圍觀者，才能挽救中國。魯迅的文章一針見血：「振興中國的根本
在於人民，歐洲國家的強大四處炫耀，最根本還是在於國民的強大。如果中
國的國民不能自立自強和有覺悟之心，那麼任何形式的改革和學說論述都無
法挽救中國。只有首先讓百姓自立自強地站起來，那麼任何事情都能辦成。
革命黨人最應該重視的是對百姓思想的改造，因爲只有中國內部百姓的生活
好了，那麼他們才能更加體會到人生的意義，只有個人的人格尊嚴得到實現
了，那麼他們的生活目標才會更明確。」〔註22〕同時，「立人」還要明確改造

〔註22〕魯迅：《文化偏至論》，《河南》第七期。

國民性的深刻內涵。《河南》雜誌所要求的國民性的內涵是要自立自強，思想不被束縛，個性得以張揚，善於反思，富有責任心和道德感，要保障自由、民主與平等。這些最主要的體現在魯迅的「立人」思想當中：「非物質主義的人，就像個人主義的人一樣，也會分時抗訴。我們提倡個性的張揚，個體精神的不受束縛，只有不受封建主義思想束縛的百姓才能被稱為『上民』。只有具備完整的人格，才能具備強大的毅力。中國的百姓都充滿毅力，那麼能人強人輩出，百姓勇猛努力奮發，中國才能實現盛世太平。」〔註23〕許壽裳的《興國精神之史曜》一文也指出：「振興中國不在於清朝政府，而在於中國的老百姓。不在於法令的約束，而在於人民自覺的擔負起保護國家的責任。」此外，《河南》雜誌還特別強調百姓要具有愛國心、責任心和道德心。

第二，改造國民性要以文字、教育為重要途徑。魯迅、許壽裳和周作人都認為要通過文字來警醒人民。魯迅說：「中國傳統文化的弊病在於『不攖人心』，要用摩羅派之詩這些新聲來增強人民的戰鬥、叛逆精神。摩羅詩人像裴多菲、雪萊、普希金、拜倫等都是值得讚頌的，他們重視獨立的精神並且熱愛自由，敢於反抗。」〔註24〕周作人先生在《論文章之意義暨其使命因及中國近時論文之失》這篇文章中也說：「改造國民性要寄託於文章，文字可以倡導革命，讓百姓的思想得到張揚，國民精神逐漸增強，中國未來越有希望。」同時，魯迅和許壽裳還主張用教育改造國民性，只是方式有異。許壽裳在談到教育的作用時說道：「要想鼓動國民的靈性，依靠什麼呢？就日本來說，並非是軍隊、並非是政府、並非是敕令，而是依靠詩歌、學校、教會、講壇罷了。國家的強大實際上依靠的是國民的自立自強，要通過教育來塑造自立的國民。」〔註25〕

（三）《河南》雜誌的文化主張

《河南》雜誌在文化方面堅決反對儒家文化的專制和完全西化，主張東西方文化的交匯融合和中國文化的諸子平等。

張鍾端的《東西思想之差異及其融合》一文，旗幟鮮明地反對中國封建傳統文化的專制，要讓佛教、道教等教派和儒家學派一樣，在中國大地上都有立足之地，讓不同的文化都發揮自己的優秀品質、作用。凡人在《無聖篇》

〔註23〕魯迅：《人間之歷史》，《河南》第一期。
〔註24〕魯迅：《文化偏至論》，《河南》第七期。
〔註25〕許壽裳：《興國精神之史曜》，《河南》第四期。

中指出：「中國的士大夫一族一直以來推崇孔子，從來不敢懷疑儒家文化，因而導致幾千年來，我國學術思想的停滯不前、學術落後，以至於不可救藥。因此，要讓以孔子爲代表的儒家學派和其他諸子百家地位平等，不能獨尊一方。此外，也不能完全西化。」〔註26〕對於當時中國在言語上不通西方的道理就不做，在事情上不合西方的學術就不行的情況，魯迅的《文化偏至論》一文，無情地批判了中國思想界崇洋媚外的做法。

通過研讀張鍾端、凡人和魯迅等人的文章，可以發現《河南》雜誌主要從以下三個方面批判了統治中國幾千年的封建傳統儒家文化的專制。

首先，呼籲驅除禁錮在中國百姓頭腦中根深蒂固的「孔聖人」思想。凡人稱士大夫階層敬仰的孔聖人爲「怪物」，他認爲：「自從秦朝漢朝以來，朝代更替，有一個不可思議的怪物，叫做聖人。我現在要痛斥天下，除去老舊的污物，把怪物驅除到中國之外。」〔註27〕周作人在《文章之意義暨其使命因及中國近時論文之失》一文中說：「孔夫子是儒家思想的宗師，承接了封建帝王的教導方法，閹害了百姓們原本好的思想，可以說是封建帝王的幫兇。儒家文化的後患，就像秦始皇焚書所放的一把火，摧殘了老百姓們的心靈。文章要想實現改革，讓百姓們從封建傳統文化當中解放，沒有其他的方法，只有依靠中國所有的百姓，最重要的是擯棄儒家思想。」凡人的《無聖篇》言詞更爲激烈：「要把孔夫子拉下聖壇，這種統治者依靠其來統治中國幾千年的儒學思想荒謬至極。『聖』的含義是賢明之士和創始人。中國的孔子和西方的釋迦牟尼、蘇格拉底一樣，只是因爲有一技之長，才被尊稱爲賢明的人。他不是聖人，他的思想只是在他所處的時代具有先進性，但是不能由此就用他的思想來指導後世人們的行爲。」凡人還提出「不學聖而後有聖」、「有聖之後無聖」和「無聖之前有聖」的思想，他認爲用孔子的思想來作爲指導萬世的規則是行不通、不可取的。

其次，聖道是聖人用來捍衛自己統治地位的工具。凡人的《無聖篇》指出：「如果不依靠聖道來鞏固自己的地位，那麼聖人就沒有立足之地。如果人們不尊崇聖人，將會湧現出成千上百個比孔聖人強百倍的人，那樣儒家學術將沒有人再推崇，因而聖人總是利用聖道引誘百姓甘心當奴隸來供奉、崇拜它。聖人表面上只講聖道而不夾雜功名利祿，不擴大範圍收攏人心。只講道

〔註26〕凡人：《無聖篇》，《河南》第三期。
〔註27〕凡人：《無聖篇》，《河南》第三期。

德而不用禮節作以裝飾，不用大聲的宣傳，就能夠使人心愚昧，迷惑於其中。」
凡人剝開了聖學虛僞的外衣，他說道：「聖道根本不具有永久的生命力，但是
百姓卻代代相傳，堅守不改變。聖學鉗制了中國百姓的思想幾千年，是因爲
帝王如果不依靠它就不能長久的統治，聖人不依賴它就不能得到長久的擁
護。破除專制統治要從驅除聖道這個惡魔開始。」

　　最後，發展學術需要批判儒家文化。《河南》雜誌揭露儒家思想禁錮了學
術的發展，讓賢明之士不敢表露自己的志向，讓人民一味盲目地崇拜孔聖人，
常此以往，形成奴隸的品性。魯迅的文章指出：「就像中國的詩篇，舜帝表達
自己的志向，後代的賢明之士著章立說，都是秉持人的品性，那麼多學說的
旨意，沒有什麼要隱藏的。我在這裡抒發自己的志向，用什麼來支持我的觀
點呢，就是並非人的志向。要讓百姓獲得自由，免於鞭策，這事就這樣了卻
了嗎？」〔註28〕魯迅強調只有驅除百姓心中對孔聖人的盲目敬仰和依賴所形
成的奴隸品性，才能實現人類的自強獨立和個性自由。

　　《河南》雜誌一方面竭力反對儒家文化的專制統治，另一方面也理性地
主張要博取眾長，吸收西方先進的文化思想。凡人在《開通學術議》中說道：
「從古至今，東西方文化一直處於相互競爭的形勢，只有學習適用西方先進
的科學道理，讓東西方文化融會貫通，才能除去傳統的弊端，明確新的法律，
創造一個嶄新的世界，才能在上天的優勝劣汰中立足。」《河南》雜誌認爲
應當把中國傳統儒家文化中的「禮」和西方思想文化中的「法」結合在一起，
使社會通過變革取得進步並且符合社會發展的規律。東西方文化各自有各自
的優劣，既不可以完全的肯定西方的思想文化，也不可以支持任何思想文化
的專制統治。因此，凡人的文章指出：「不能說儒家文化孔孟之道沒有任何
可取的地方，我們反對的只是那些盲目的把孔夫子尊爲聖人，阻礙百姓的生
活自由，禁錮中國學術發展的儒家思想部分。長期以來，中國社會獨尊儒術，
儒家思想像牢籠一般禁錮著百姓們的心靈，長久以來導致國民的奴隸品性，
由此學術發展緩慢。」〔註29〕從這些論述中可以看出，凡人肯定了孔子和其
他諸子百家都是中國古代的賢能之士，這一觀點其實是受了《民報》中章炳
麟思想的影響，章氏強調中國傳統的儒家文化也有許多精髓值得發掘和傳
承。

〔註28〕魯迅：《摩羅詩力說》，《河南》（第三期）。
〔註29〕凡人：《無聖篇》，《河南》，第三期。

四、《河南》雜誌對河南辛亥革命的推動作用

《河南》雜誌在當時產生了廣泛的社會影響，尤其對河南的辛亥革命產生了積極的推動作用。《河南》雜誌廣泛地宣傳同盟會的政治綱領，它以鮮明的資產階級革命立場和強勁的戰鬥力，成為宣傳革命思想的主要陣地。《河南》雜誌巨大的發行量，成為了清朝末年名噪一時的著名進步刊物。《河南》雜誌分析了時局的嚴峻形勢，努力牖啟民智，為河南辛亥革命起到了思想啟蒙、輿論動員和幹部培養的作用。

（一）《河南》雜誌的思想啟蒙作用

光緒三十三年，河南巡撫袁大化這樣描述河南：「河南地處中原地區，四周風氣閉塞，百姓淳樸敦厚，雖然各地開辦有一些學堂，但是學生們都安分守己，嚴格的遵守封建傳統教義，對於革命，河南百姓不但不為之所動，反而非常的厭惡。因此說，河南地區根本不存在假借革命的名義來造謠惑眾的分子。」〔註30〕由此可見，清朝末年河南的民眾思想保守落後。河南的官員大多都是封建人士，對外來的新思想都會帶有牴觸的情緒。〔註31〕河南的另一位巡撫曾說：「中國每多一名留學生，就多一個革命黨。因此堅決不能派遣中國學生到西洋留學。以後就是選派河南學生出國留學，也只能限制其所學的專業於農業、工業、水利和建築等實用性的科學，不能讓新的思想傳播到中國。」〔註32〕由此可見，河南官員十分擔心河南學生出國留學後將革命思想帶回家鄉，因而想盡辦法進行限制。

在如此的社會背景下，河南籍留日學生沒有退縮，他們在《河南》雜誌中明確地指出了中國所面臨的危機，希望以此增強百姓們的危機意識。《河南》中刊登了許多關於西方先進的科學文化的內容，希望把西方先進的科學文化傳入河南地區。朱宣在《發刊之旨趣》一文中講到，《河南》雜誌的編輯者在深入地瞭解了河南的風俗民情和社會背景之後，制定了有針對性的提高河南百姓思想意識的方針、政策。河南籍的留日學生把《河南》當作宣傳革命的陣地，向人民宣傳西方近代以來先進的政治思想。

《河南》雜誌希望中國人民能夠團結起來，不要麻木冷漠地觀望，不要

〔註30〕中國第一歷史檔案館、北京師範大學歷史系：《辛亥革命前11年間民變檔案史料（上冊）》，北京中華書局，1985年217頁。

〔註31〕《河南新志（上冊）》，中州古籍出版社，1988年，414頁。

〔註32〕《河南新志（下冊）》，中州古籍出版社，1988年，414頁。

以爲其他省份的滅亡和河南省沒有關係。《河南》雜誌針對當時的立憲運動，給予無情深刻的揭露，讓百姓們看清立憲派的醜惡嘴臉。在《河南》雜誌的影響下，河南一些守舊派人士也逐漸轉變思想，傾向革命。例如，進士出身的楊勉齋（源懋），轉變思想認識加入同盟會，認爲只有革命才能救亡圖存。他積極奔走，宣傳革命，發動民衆，號召有識之士向清政府遞交請願書，提出在兩年之內召開國會的要求。百姓們紛紛響應。許多青年學生也紛紛加入同盟會，積極到各地宣傳辛亥革命。由此可見，《河南》雜誌啓迪了民智，爲河南辛亥革命做好了思想準備。

馮自由在《革命逸史》一文中這樣評價《河南》雜誌：「《河南》雜誌對河南百姓起到了重要的思想啓蒙作用，開發了河南百姓的革命思想，這本雜誌的作用無窮的大。」〔註33〕國防部史政局編寫的《開國戰史》中說道：「河南地區的革命思想，由於《河南》的出現，激蕩了百姓的心靈，讓辛亥革命在河南從言論的時期發展進入眞正實行的階段。」〔註34〕

（二）《河南》雜誌的輿論動員作用

《河南》雜誌鼓勵革命者可以通過罷工、遊行示威、抵抗交稅、暗殺清政府官員、聯繫各省的革命黨和振興革命軍等方式進行革命。鄒魯曾這樣評價《河南》雜誌的作用：「《河南》雜誌所持有的觀點是非常激烈的，不論是關於種族革命的，還是關於政治革命的文章，都剖析的極爲徹底，在中國內地非常暢銷。《河南》雜誌的每期發刊，都會賣出上萬份。河南百姓的知識水平和革命思想的提高，大概和南方革命發達的省份相當了。《河南》在辛亥革命的過程中所起到的輿論宣傳作用具有重大的歷史影響力。」〔註35〕在《河南》的影響下，河南的許多仁人志士紛紛加入革命的隊伍，積極奔走，宣傳革命。當河南籍的留日學生爲了辛亥革命而返回故鄉之後，河南省百姓的革命熱情更加高漲，人們更加堅定了革命的信心。

《河南》對革命思想的宣傳有力地彌補了《民報》的缺憾，當時《民報》的輿論導向作用由於章太炎和孫中山的分歧而大大削弱。《民報》是同盟會的機關報刊，從1906年7月到1908年10月，章太炎擔任主編，他主張既宣傳

〔註33〕馮自由：《革命逸史（第三集）》，中華書局，1981年，273頁。
〔註34〕國防部史政局編纂：《開國戰史（上冊）》，臺北正中書局印行，民國六十五年（1976），362頁。
〔註35〕鄒魯：《中國國民黨史稿》，上海書店，1989年，983頁。

民族主義，又宣傳排滿主義和大漢族主義。這與孫中山的民族主義思想產生分歧，加上章太炎的文章晦澀難懂，更是大大影響了《民報》的輿論宣傳作用。此外，在 1907 年前後，中國國內的起義十分頻繁，清政府嚴格控制革命刊物的傳入，也造成了《民報》的影響力下降。此時，之前中國的留日學生創辦的各省報刊如《江蘇》已先後停刊。在當時，《河南》、《復報》、《雲南》、《四川》、《夏聲》的影響範圍最廣。作爲同盟會河南分會的機關刊物，《河南》具有堅定的革命思想。它不僅僅適用於河南，也適用於其他省份。《河南》雜誌的出版突破了以往局限的鄉土意識，它是以實現資產階級革命的勝利作爲宗旨的。《河南》的作者隊伍不只是河南人，還邀請了其他省份的許多優秀作家，例如浙江紹興的魯迅兄弟，浙江的陶成章、許壽裳，湖北的余誠，他們的文章在《河南》雜誌中佔有很大的比例，這無疑大大提升了《河南》的影響力。《河南》雜誌的思想時刻與同盟會保持高度的一致，余誠是湖北同盟會的領導人，陶成章曾經是《民報》的主編，許壽裳做過《浙江潮》的主編，他們把強烈的革命鬥志注入每一篇文章，讓《河南》也充滿了革命的激情。

「重瞳」在時評《國民對內對外之唯一武器》一文中說道：「猛衝冠怒起，是誰弄的江山如是……然要皆現政府之斷送於人者也……凡以立憲爲宗旨，要求爲手段者，皆伺官場之動機而爲之也。」〔註36〕當時，國內各界和各個省份只是用打電、上稟和舉代表三種方式來呼籲清政府能夠改良。「重瞳」認爲這些方式都是沒有用的，只會誤國誤民。就算是推舉下面正直的人擔任代表，清政府也不會聽取人民的意願，只會對外阿諛諂媚，賣國求榮，對內施加壓力，用威力殘害百姓。因此，中國人民只有通過革命推翻清政府的殘暴統治，才能開創一個嶄新的世界。

「南俠」在《對內對外有激烈的解決無和平的解決之鐵證》中通過法國大思想家盧梭的平等自由理論來宣揚革命對實現共和的重要意義，讓人們從更深層次理解革命的作用。「南俠」在文中說道：「吾祖國深受專制之毒深矣，異族之欺凌慣矣。乃吾民猶有喪心病狂之徒，放棄自由平等之責任，其對內也，恃一紙之請願書，其對外也，恃數次之條約文。何其不知自愛亦至如此耶！吾誠有悲乎！故特引別各國解決之鐵證於左，爲吾最親愛之同胞，痛哭流涕以道之。」〔註37〕在解決外患的問題上，「南俠」舉了一些例子，比如奧

〔註36〕 重瞳：《國民對內對外之唯一武器》，《河南》第二期。
〔註37〕 南俠：《對內對外有激烈的解決無和平的解決之鐵證》，《河南》（第八期）。

地利對匈牙利的侵略，西班牙對荷蘭的侵略，後者都是在用武裝力量反抗敵
對勢力，最終實現獨立。在美國國內混亂的局面中，華盛頓用武力統一國家。
「南俠」認爲，對於壓制，只有用反抗，才能實現自由與獨立，這是世界前
進的趨勢。中國在當前被帝國主義搶奪吞食的局面下，只有讓人民勇敢地站
起來，開展革命，才有實現自強和獨立的希望。「南俠」通過對盧梭的自由平
等理論的深刻剖析，鼓舞中國人民用革命獲取重生，號召中國人民團結起來
共同抵抗外國侵略。在解決內憂的問題上，「南俠」強調用暴力推翻舊政權，
像法國和英國那樣，舊的政權被顛覆、新的政權在革命中誕生。「南俠」認爲，
數百年來無數百姓向皇帝請命，仁人志士們爲了請命而遭到統治者的殺害，
這些都比不上徐錫麟的一聲槍響和吳樾扔出的兩顆炸彈。因此，他呼喚仁人
志士站出來領導革命：「在野豪傑，可有人乎，何爲遲遲吾行耶？」認爲是非
曲直自由人心衡量，成功失敗自有公理評判，開展激烈的革命是解決中國國
內問題和外國入侵的唯一途徑，也恰恰符合天演論中優勝劣汰的理論。

　　《河南》雜誌對革命思想的傳播，削弱了立憲派的陣營，增強了革命派
的力量。在《河南》所宣傳的革命思想的影響下，河南的有識之士紛紛支持
革命，例如一些卜卦的人，看到清政府軍隊來問時，說南下不宜，以此震盪
軍心，削弱士氣。一些火車司機故意撞向運送清政府軍隊的火車，致使清政
府的軍隊無法到達武漢。辛亥革命的緊急關頭，河南省的百姓大力支持革命
隊伍，配合武昌辛亥革命的開展。

　　在清政府黑暗統治的末年，《河南》雜誌的輿論動員作用可謂首屈一指。
雜誌出版後不久，國內外極爲風靡。馮自由曾這樣評價《河南》：「中華民國
的成立，要歸功於辛亥革命黨人的文字宣傳和軍事實施兩項工作，其中文字
宣傳工作更爲重大。留學生所創辦的以各個省份的名義發行的報刊中，《河南》
是當之無愧爲第一的。」〔註 38〕張繹說道：「《河南》在國內外引起了巨大反
響。」〔註 39〕

（三）《河南》雜誌為河南辛亥革命培養了一批幹部

　　1911 年，武昌起義前後，許多河南籍留日學生放棄學業，回到祖國投身
到轟轟烈烈的辛亥革命中。與此同時，河南省的革命黨人也在努力爲辛亥革

〔註38〕馮自由：《革命逸史》（第三集），中華書局，1981 年，136 頁。
〔註39〕張繹：《〈河南〉雜誌簡介》，中國人民政治協商會議河南省委員會文史資料研
　　　　究委員會編：河南文史資料（第六輯），河南人民出版社，1981 年，218 頁。

命在河南的勝利、爲早日實現河南的獨立而積極奔走。《河南》雜誌的創辦人員都是同盟會河南分會的成員，回國之後，他們都成爲河南辛亥革命的骨幹。因此可以說，《河南》雜誌爲河南辛亥革命的開展培養了一大批優秀的幹部。

《河南》雜誌的總編輯劉積學，早年便投身於革命事業，曾經擔任過河南同盟會支部書記及支部長。《河南》雜誌在清政府的壓力下被迫停刊，劉積學憤而寫下《河南留學生討滿清政府檄》，痛斥清政府的惡劣行徑。在開封起義中，劉積學擔任河南革命軍南路的總指揮。開封起義失敗後，他又到北伐隊伍中參與籌備工作。

《河南》雜誌的總經理兼發行人張鍾端，河南許昌人，字毓厚，號鴻飛，他曾在日本東京大學攻讀法律專業。在孫中山先生先進革命思想的感召下，張鍾端加入了中國同盟會，之後又創立了河南分會，擔任河南分會的領導工作。《河南》雜誌的創刊發行，張鍾端功不可沒。雜誌中許多重頭文章都出自張鍾端之手。在《平民的國家》一文中，張鍾端贊成使用暗殺的方式，消滅清廷腐敗勢力。他認爲，殺死一個貪官污吏，就能使地方暫時獲得安寧，徐錫麟和吳樾這兩位烈士的革命行爲，足以讓清廷腐敗的勢力聞風喪膽。張鍾端希望人民通過武裝革命推翻清政府，建立一個「平民的國家」。他認爲：「今日之國家非君主的國家，政府的國家，乃爲平民的國家……」張鍾端強調的主權指的是國家的所有權，主權如何行使應當由一般的平民百姓來指導、決定。張鍾端在留學的過程中認識到，不打破清政府封建統治的舊秩序，就不可能建立起民主共和國的新秩序，主張通過武裝革命的手段徹底推翻封建腐舊勢力，就像用耕犁把清政府的老窩推翻，除了這種方式，沒有第二種可行之策。

1911 年，在同盟會總部的派遣下，張鍾端回國參加武昌起義。當時張鍾端的日本妻子已有孕在身，但是，爲了崇高的革命理想，張鍾端毅然拋下新婚不久的妻子回到祖國、投身轟轟烈烈的辛亥革命。後來，張鍾端的兒子在武昌首義當天誕生，張忠端英勇就義時兒子僅兩個多月。

武昌起義之後，很多省份積極響應起義，相繼宣布獨立，然而河南卻遲遲沒有行動，張鍾端受命回到河南開展工作。他積極與軍界等各方聯繫，並下到農村田間地頭，動員百姓參與開封武裝起義。河南革命黨人試圖游說新軍協統應龍翔，但是應龍翔最終叛變。革命黨人改變了革命的策略，

更改為讓各個縣的革命同志召集當地的綠林黨人、同盟會的革命黨人從當地發動革命，逐步向省城開封進攻。與此同時，有省城開封內的革命黨人同時發動革命以相互響應。在這樣的革命思想指導下，河南的革命隊伍分為五路，大家一致推舉張鍾端為河南革命軍的總司令，王庚先擔任河南革命軍的副司令兼參謀長。此外，推舉王天縱、楊源懋、劉純仁和楊漢光擔任西路的統帥，推舉李銳五、孫豪、海廷璧、焦文齋、魏士駿、段厚甫、趙伯階、劉積學等人擔任南路的統帥，推舉謝鵬翰、劉榮堂等擔任東路的統帥，選取韓立綸、暴式彬等擔任北路的統帥。推舉劉純仁、楊源懋、楊漢光等擔任西路的統帥。五路大軍商議由東、南、西、北四路大軍在省城開封外起義，到開封會師，中路在開封城內發動起義，內外接應，最後一舉取得勝利。〔註40〕由於張光順、江玉山和柴得貴三人的告密，導致第三次開封起義以失敗告終。面對清政府嚴刑拷打的審訊，張鍾端等十一位革命者面無懼色，大義凜然。12 月 24 日 6 時許，張鍾端等十一位革命者英勇就義，臨刑前他們凜然高歌、視死如歸。開封起義雖然失敗了，但是它強大的影響力喚醒了當時麻木冷漠、不關心時局的河南百姓。不容置疑，張鍾端對國情的認識是值得肯定的，他的發動群眾的思想和武裝推翻清政府的思想都是正確的。張鍾端既是《河南》雜誌的創辦者，也是在《河南》雜誌先進的革命思想的踐行者。

　　《河南》雜誌的其他編輯人員有早年便加入同盟會的河南開封人程克，擔任編輯發行事務的潘祖培、曾昭文、余誠、王傳琳等。他們是《河南》雜誌的核心力量，他們的思想也決定了《河南》雜誌的思想宣傳方向。曾昭文積極投身到革命事業之中，組織了同盟會河南分會，並擔任會長。在辛亥革命中，他積極地配合革命軍總司令黃興，發揮了重要的作用。陳伯昂在《河南》雜誌中負責插圖繪製工作，曾以筆名「太憨」發表了《二十世紀之黃河》等文章。武昌起義後，受孫中山之命回國參加革命運動。在孫中山的指派下，攜帶了大量的爆破工具，計劃分南北兩隊實施炸毀京漢鐵路黃河鐵橋的行動，以此阻止清朝軍隊的南下，響應河南辛亥革命。《河南》雜誌的編輯人員都成為了辛亥革命在河南開展的領軍人物，他們的業績將彪炳史冊！

〔註40〕馮自由：《革命逸史》（第三集），中華書局，1981 年版，275 頁。

結　語

　　《河南》雜誌從創刊到被迫停刊，一共出版了 9 期，但是它所倡導的反對封建文化專制統治、只有革命才能挽救中國危亡的思想對後世產生了深遠的影響。《河南》雜誌中有許多憂國憂民、呼籲人民關心國家前途命運的內容，其所傳播的思想是推翻清王朝的封建統治，建立民主共和國。是反對君主立憲制。

　　《河南》警醒了河南的廣大百姓，對河南人民起到了思想啓蒙的作用。《河南》所宣傳的革命思想在河南大地上掀起層層波瀾，從輿論上動員了一批有志之士踏上探索救亡圖存的道路。《河南》雜誌的編輯人員是同盟會河南分會的核心力量，爲了籌集辦刊的後續資金，河南籍同盟會成員張鍾端等人積極奔走，向社會廣泛地宣傳革命思想，發動社會力量募集資金，同時還在《河南》的版面上刊登廣告，努力爭取社會最廣泛的支持。同盟會的李綱齋爲傳播革命思想，回到開封組織發行《河南》雜誌，在進步人士劉青霞的資助下，創建大河書社，作爲《河南》雜誌的總發行處，並在在河南各個縣和京津等地都設立有分銷處，同時也在緬甸、日本等國發行。《河南》雜誌發行不久，便已經風靡海內外，每一期幾千份都供不應求，有時候還需要再版。這都爲《河南》雜誌和革命思想在國內宣傳起到了極其重要的作用。大河書社不但出版革命刊物，還是中國同盟會在河南省的重要聯絡機關。其經營盈餘則作爲辛亥革命的活動經費。可以說，圍繞著《河南》雜誌的編輯、國內外的發行工作，聚集起一大批思想進步的革命人士，《河南》雜誌既是革命思想傳播的平臺，更是培養革命者的搖籃和團結凝聚河南籍革命者的紐帶。

　　《河南》雜誌向人民分析了中國面臨的危機，啓迪民智，呼籲人民起來抵抗帝國主義的侵略，推翻清政府的黑暗的統治，實現中華民族的獨立和解放。《河南》雜誌的文章觀點鮮明激進，文辭犀利，無情地揭露了清政府的黑暗統治，批判了帝國主義侵華勢力的不恥行爲。正如「南俠」在《對內對外有激烈的解決無和平的解決之鐵證》一文中所說：「吾祖國深受專制之毒深矣，異族之欺凌慣矣。乃吾民猶有喪心病狂之徒，放棄自由平等之責任，其對內也，恃一紙之請願書，其對外也，恃數次之條約文。何其不知自愛亦至如此耶！吾誠有悲乎！故特引別各國解決之鐵證於左，爲吾最親愛之同胞，痛哭流涕以道之。」文章以犀利的文風徹底否定了康有爲、梁啓超的改良主義道路，告誡民眾放棄對清王朝的不切實際的幻想。《河南》雜誌強烈地反對

保皇派的君主立憲主張，努力向人們宣傳同盟會的三民主義革命思想，爲河南辛亥革命打下了堅實而廣泛的思想基礎。

參考文獻

1. 《河南》第 1～9 號，1907、1908 年。

2. 《豫報》第 1～5 號，1906、1907、1908 年。

3. 嚴中平，中國近代經濟史統計資料選輯〔M〕，北京科學出版社，1955 年版。

4. 中國人民政治協商會議河南省委員會文史資料委員會編：河南文史資料（第 3 輯），鄭州：河南人民出版社，1980 年版。

5. 中國人民政治協商會議河南省委員會文史資料委員會編：河南文史資料（第 6 輯），鄭州：河南人民出版社，1981 年版。

6. 中國人民政治協商會議河南省委員會文史資料委員會編：回憶辛亥革命〔M〕，北京文史資料出版社，1981 年版。

7. 邱權政、杜春和選編：辛亥革命史料選輯（下冊）〔M〕，長沙：湖南人民出版社，1981 年版。

8. 中國人民政治協商會議全國委員會文史資料委員會編：辛亥革命回憶錄（第五集）〔M〕，北京文史資料出版社，1981 年版。

9. 河南省地方史志編纂委員會主編：辛亥革命史事長編（上）〔M〕，鄭州：河南人民出版社，1986 年版。

10. 河南省地方史志編纂委員會主編：辛亥革命史事長編（下）〔M〕，鄭州：河南人民出版社，1986 年版。

11. 袁英光、童浩：李星沅日記（上冊）〔M〕，北京：中華書局，1987 年版。

12. 中國人民政治協商會議河南省委員會文史資料委員會編：河南文史資料（第 37 輯），鄭州：河南人民出版社，1991 年版。

13. 中國人民政治協商會議河南省委員會文史資料委員會編：河南文史資料（第 39 輯），鄭州：河南人民出版社，1991。

14. 中國人民政治協商會議河南省委員會文史資料委員會編：河南文史資料（第 51 輯），鄭州：河南人民出版社，1994 年版。

15. 上海史學會主編：辛亥革命（七）〔M〕，上海人民出版社、上海書店出版社，2000 年版。

16. 中國人民政治協商會議河南省委員會文史資料委員會編：河南文史資料（第 79 輯），鄭州：河南人民出版社，2001 年版。

17. 中國人民政治協商會議河南省委員會文史資料委員會編：辛亥革命親

歷，北京：中國文史出版社，2001 年版。

18. 趙爾巽等主編：清史稿（卷 450）〔M〕，北京中華書局，2003 年版。

19. 中國水利水電科學研究院水利史研究室編校：再續行水金鑒（卷 108），北京人民出版社，2004 年版。

20. 佚名，清末各省官、自費留日學生姓名表〔M〕，近代中國史料叢刊續編（4 號），臺北：文海出版社。

21. 趙君豪，中國近代之報業〔M〕，近代中國史料叢刊續編（959 號），臺北出版社。

22. 戈公振，中國報學史〔M〕，北京：生活、讀書、新知三聯書店，1955 年版。

23. 鄒魯，中國國民黨史稿（第 4 冊）〔M〕，北京：中華書局，1960 年版。

24. 魯迅，集外集〔M〕，北京：人民文學出版社，1973 年版。

25. 魯迅，吶喊〔M〕，北京：人民文學出版社，1979 年版。

26. 魯迅，墳〔M〕，北京：人民文學出版社，1980 年版。

27. 黃侯興，魯迅的青年時代〔M〕，北京：人民美術出版社，1980 年版。

28. 方漢奇，中國近代報刊史（上、下冊）〔M〕，山西人民出版社，1981 年版。

29. 上海圖書館編，中國近代期刊篇目匯錄（第二卷），上海人民出版社，1981 年版。

30. 馮自由，革命逸史（第三集）〔M〕，北京：中華書局，1981 年版。

31. 王天獎，辛亥革命在河南〔M〕，鄭州：河南人民出版社，1981 年版。

32. 章開沅，林增平主編，辛亥革命史（上、中、下）〔M〕，北京：人民出版社，1981 年版。

33. 中國社會科學院近代史研究所文化史研究室丁守和主編：辛亥革命時期期刊介紹（第二集）〔M〕，北京人民出版社，1982 年版。

34. 實藤惠秀著，譚汝謙，林啓彥譯，中國人留學日本史〔M〕，北京三聯出版社，1983 年版。

35. 陳孟堅，《民報》與辛亥革命（下）〔M〕，臺北正中書局印行，1986 年版。

36. 章開沅，林增平主編，辛亥革命史稿〔M〕，北京：中國人民大學出版社，1988 年版。

37. 金沖及，胡繩武，辛亥革命史稿（一、二、三卷）〔M〕，上海人民出版社，1991 年版。

38. 方漢奇，中國新聞事業通史（第一卷）〔M〕，北京：中國人民大學出版社，1991 年版。

39. 中國人民政治協商會議全國委員會文史資料委員會編：辛亥革命在各地

〔M〕，北京：中國文史出版社，1991 年版。

40. 李喜所，近代留學生與中外文化，天津人民出版社〔M〕，1992 年版。

41. 田正平，留學生與中國教育近代化〔M〕，廣州：廣東教育出版社，1996年版。

42. 沈殿成，中國人留學日本百年史（上）〔M〕，瀋陽：遼寧教育出版社，1997 年版。

43. 董守義，跨出國門清末留學潮〔M〕，瀋陽：遼寧人民出版社，1997 年版。

44. 鈕岱峰，魯迅傳〔M〕，北京：中國文聯出版公司，1999 年版。

45. 王錫彤，抑齋自述〔M〕，開封：河南大學出版社，2001 年版。

46. 章開沅，嚴昌洪主編，辛亥革命與中國政治發展〔M〕，武漢：華中師範大學出版社，2005 年版。

47. 劉增傑，漫話魯迅與《河南》雜誌〔M〕，開封：河南大學學報（社會科學版），1979（5）。

48. 張絳，試論辛亥革命前的《河南》雜誌，史學月刊〔J〕，1981（5）。

49. 黃寶信，張鍾端民主革命思想述略，中州學刊〔J〕，1984（2）。

50. 徐允明，魯迅《河南》時期思想論綱，江淮論壇〔J〕，1986（5）。

51. 天俊，關於《河南》雜誌主編說，魯迅研究月刊〔J〕，1987（10）。

52. 天俊，資助《河南》雜誌的劉青霞女士，魯迅研究月刊〔J〕，1988（5）。

53. 王曉華，從改良到革命——《豫報》與《河南》雜誌比較論，民國檔案〔J〕，1991（3）。

54. 王天獎，辛亥革命與河南，中州學刊〔J〕，1991（5）。

55. 宋文林，《摩羅詩力說》英譯，魯迅研究月刊〔J〕，1993（3）。

56. 李細珠，辛亥時期留日學生的鄉土情結與愛國主義，求索〔J〕，1994（10）。

57. 翟小平，簡論張鍾端，新鄉師範高等專科學校學報〔J〕，1996（1）。

58. 方建春，論晚清河南水患，固始師專學報（社會科學版）〔J〕，1997（4）。

59. 蘇全有，張秀娟，晚清河南災荒的影響論略，漯河職業技術學院學報（綜合版）〔J〕，2002（9）。

60. 汪維真，《豫報》創刊始末及其與《河南》之關係，史學月刊〔J〕，2002（11）。

此文爲碩士畢業論文，

作者爲河南大學新聞與傳播學院 2013 屆碩士研究生，

高麗佳、韓文最後修改定稿

生爲共和，死爲共和
——河南辛亥革命領袖張鍾端與《河南》革命思想述略

曹辰波

摘要：河南辛亥革命領袖張鍾端，日本留學期間主持同盟會河南分會機關刊物《河南》雜誌。圍繞「牖啓民智，闡揚公理」的辦刊宗旨，他撰寫多篇政論，對腐朽的清政府給予無情的揭露，號召國人用革命手段，推翻封建專制政府。他主持下的《河南》旗幟鮮明地宣傳革命思想，爲河南辛亥革命做了輿論和組織準備。武昌首義後，張鍾端受命領導河南辛亥革命起義，因計劃洩密被捕遇害，以生命踐行了《河南》精神。

關鍵詞：張鍾端；《河南》；救亡圖存；民主共和

19 世紀中葉到 20 世紀初，中國逐步淪爲半殖民地半封建社會，民族危機日益嚴重。河南因地處中原，加上連年自然災害、官僚的貪婪掠奪以及清政府對地方的嚴密控制，導致經濟一片蕭條，民眾生活苦不堪言。所以，河南的有識之士紛紛奔赴日本，學習先進文化知識，探求救國救民道路。其中，以張鍾端爲首的部分留日學生受資產階級革命思想的影響，在東京成立同盟會河南支部，創辦報刊，積極配合同盟會機關報《民報》，宣傳三民主義，宣傳救亡圖存，爲反清排滿、民主共和大聲疾呼。

張鍾端，字毓厚，別號鴻飛，河南許州（今許昌）人。「爲人慷慨不羈，好大言。乙巳年遊學日本入宏文學院習普通科後入中央大學校，專工法

政」，〔註1〕在東京留學期間，張鍾端加入了同盟會，並同河南留日學生創辦《河南》雜誌，出任總經理。該刊被稱爲首屆一指的留學生刊物，「足與《民報》相伯仲」，〔註2〕每期銷數可達數千份，有時還需要再版加印。作爲總經理的張鍾端，不僅爲雜誌的出版發行做了大量工作，而且身體力行，親自撰寫文章，在我們看到的 9 期《河南》雜誌上，張鍾端撰寫的文章就有 6 篇之多。它們分別是《平民的國家》、《對於要求開設國會者之感喟》、《勸告亟行地方自治理由書》、《蝶夢園詩話》、《土耳其立憲說》、《東西思想之差異及其融合》等，這些文章都是《河南》的旗幟，集中體現了《河南》的革命精神。但令人遺憾的是，一直以來，學界對張鍾端的研究多是集中研究作爲辛亥革命領袖的張鍾端，而作爲《河南》總經理的張鍾端、張鍾端及其在《河南》發表的文章，卻鮮有人研究。本文試圖從張鍾端的革命思想入手，進一步探討其思想對《河南》的影響以及《河南》在張鍾端短暫的生命中的位置。

一、創辦《河南》，牖啓民智

　　1905 年 8 月 20 日，孫中山在日本東京成立同盟會，機關刊物《民報》同時創刊。《民報》以「三民主義」爲理論武裝，成爲同盟會宣傳資產階級革命思想的輿論陣地。在《民報》帶動下，同盟會各省分會也紛紛創辦報刊，如《四川》、《雲南》、《洞庭波》等。這些雜誌立足本省，放眼全國，不遺餘力地宣傳革命思想，在輿論上給《民報》以極大支持。

　　同盟會河南分會礙於原有刊物《豫報》〔註3〕思想滯後，決定創辦新的刊物。由於新報「爲河南留東同人所組織，對於河南有密切之關係，故直名曰《河南》」。〔註4〕並推選張鍾端任總經理，劉積學爲總編輯。1907 年，「河南孀婦劉青霞女士來遊日本，河南同鄉開會歡迎後，張鍾端等以《河南》全體名義向劉女士求款一萬五千兩辦此雜誌」。〔註5〕劉青霞的資助，對當時缺乏

〔註1〕《中州烈士張鍾端》，《民國彙報》，1913 年（第 1 卷），第 1 期。
〔註2〕馮自由：《革命逸史》（第三集），中華書局，1981 年版。
〔註3〕《豫報》，河南留日同鄉會會刊，1906 年 12 月在東京創刊。該報早期內容以揭露列強瓜分中國的圖謀，痛陳清政府政治腐朽、對外賣國求和爲主。後期因編輯及作者成分複雜，雜誌言論開始趨於模糊和多元化，同盟會會員脫離該報。1908 年 4 月，該報在出版了第六期後停刊。
〔註4〕《簡章》，《河南》，1907 年，第 1 期。
〔註5〕《旬日各界要聞》，《通學報》，1908 年（第 5 卷），第 13 期。

辦報資金的留學生來講，是莫大的幫助。爲宣傳《河南》鮮明的革命立場，吸引有志之士向《河南》投稿，張鍾端在《豫報》上連續刊登廣告：

> 登嵩峰而四顧：京漢鐵路攫於俄，直貫乎吾豫腹心；懷慶礦產攫於英，早據夫吾豫吭背。各國垂涎而冀分杯羹者，復聯袂而來……同人憂焉，爲組斯報，月出一冊，排脫依賴性質，激發愛國天良，作酣夢之警鐘，爲文明之導線，對本省勵自治自立之責，對各省盡相友相助之義，將次出版，盍速來購。〔註6〕

此文雖爲廣告，但字裏行間昭示著該刊爲激發愛國天良、警醒國民而辦，體現出張鍾端等人救亡圖存的迫切願望。《河南》堅定的革命立場，吸引了魯迅、周作人、許壽裳等一大批有志之士紛紛向《河南》投稿，支持《河南》。1907 年 12 月，《河南》正式創刊。

關於《河南》的辦刊宗旨，創刊號「簡章」中明確指出：「本報以牖啓民智，闡揚公理爲宗旨。」並在當期《發刊之旨趣》中做了進一步的闡釋：當時的中國正處在「將即於奴，寂寂江山，日變其色……各國互相協商，其視中國久非全牛。第三次瓜分之勢焰，又日夜咄咄逼人，如潮汐之乘風四漲，有進而無休」的民族危亡時刻。中國沿海已被列強侵佔，河南暫且避開列強侵略的虎口，但覆巢之下安得完卵。「中國之亡也，必並河南而亡之。列強之瓜分也，必並河南而瓜分之。」而「今日我國最大問題有過於中國存亡者耶？或存或亡。內察諸自國，外窺諸列強，其問題不已解決，而且夕趨於亡之」。牧民之道，務在安之。時值國難當頭，腐朽的清政府卻對外勾結列強，對內殘酷壓榨人民，長此下去「政府斷送中國必並河南而斷送之」。然「我四萬萬同胞腦量不減於人，強力不弱於人，文化不後於人，乃由人而降爲奴，是稍有人血人性者所不甘」。因此，我廣大同胞「不能不赴湯蹈火、摩頂斷脰以謀於將死未死之時」。《發刊之旨趣》飽含著憂國憂民的熱血情懷，殷殷忠告華夏同胞：中華危矣，河南危矣！我泱泱大中華，斷不可葬送在沒落腐朽的政府手中！慷慨激昂的言辭無疑是對清政府的宣戰書！

二、倡導「平民的國家」，激發平民愛國天良

《河南》作爲一種綜合性刊物，開設有圖畫、論著、譯述、時評、史談、記載、訪函、文苑、小說、雜俎、傳記、時事小言等欄目。《河南》刊登了大

〔註6〕《河南雜誌廣告》，《豫報》第 4 期、第 5 期。

量有關河南風土民情的內容，體現了鮮明的地方特色。但是，《河南》的主要目的是宣傳三民主義、反清排滿、救亡圖存，因此，「論著」欄目是其最用力的地方。尤其是張鍾端撰寫的針砭時弊、飽含革命思想的政論最引人矚目。其中，創刊號上的《平民的國家》一文，張鍾端提出了平民「競爭論」、「國家論」。其目的在於喚醒沉睡的平民，激發平民的愛國天良。這些觀點是張鍾端多篇論著論證的核心，〔註7〕也是他革命思想的精髓。

《平民的國家》高屋建瓴，視野開闊，放眼全球：「今日之競爭，謂爲國際的競爭，可謂爲平民的競爭。」而這是中國平民所意識不到的。中國歷史悠久、疆土遼闊、物產豐富，致使中國平民「自視其國爲世界」，而無國際觀念，更意識不到國際間的競爭。隨著工業革命的興起，歐洲許多資本主義國家紛紛崛起。但這些國家國土面積狹小、人口眾多，資源匱乏，嚴重阻礙其資本主義市場的進一步發展。再加上歐洲社會受馬爾薩斯《人口論》〔註8〕和達爾文「物競天擇，適者生存」等思想的影響，崛起的歐洲資本主義國家爲了保障其平民生存的權力，紛紛走向對外殖民擴張的道路，以攫取海外殖民地廉價的資源和勞動力，從而擴大商品市場。緬甸、安南〔註9〕等國相繼淪陷後，中國自然成爲列強下一個瓜分的對象。張鍾端列舉安南亡國，其平民遷徙權、言論、書報皆被禁，除納稅權外無有它權；印度、緬甸亡國，「享利則未有餘」；「猶太種族之漂泊，非洲土人之淪沒、美洲紅人之凋殘幾盡」。張鍾端告誡「夢夢焉，僻處於地球之東北角而自大自尊」的中國平民：列強侵略的爪牙已伸向中國，儘管中國尚未完全淪爲殖民地，但前車之鑒、後車之覆，我平民斷不可夜郎自大，毫無危機感。

張鍾端認爲，歐洲列強和安南、印度、緬甸、猶太人等被侵略國的平民同爲世界之平民，但因其國家的強弱，平民的權利卻截然不同。歸根結底，

〔註7〕張鍾端在《平民的國家》「著者附議」中講道：「民族」、「組織」及「政治」等重要問題尚未論及。似於平民二字不甚愜怡，國民、人民均可易之，於此疑問對於此篇亦本無完全之解答。惟因後此之所論，皆當以此篇爲起點。

〔註8〕馬爾薩斯（1766年2月13日～1834年12月23日）英國人口學家和政治經濟學家。馬爾薩斯人口論是馬爾薩斯於1798年所創立的關於人口增加與食物增加速度相對比的一種人口理論，其主要論點和結論爲：認爲生活資料按算術級數增加，而人口是按幾何級數增長的，因此生活資料的增加趕不上人口的增長是自然的、永恆的規律。只有通過飢餓、繁重的勞動、限制結婚以及戰爭等手段來消滅社會「下層」，才能削弱這個規律的作用。

〔註9〕安南，越南古稱。

在於是否擁有「國家」這張「護身符」。「有國家之權力，即可為世界之平民，無國家之權力，即喪失其為世界平民之具。平民人格固與國家人格一而二，二而一者也。」張鍾端進而指出：「國家非君主的國家，政府的國家，乃為平民的國家。」廣大平民，不分民族、地位尊卑，都應該享有應有的權利，但更應該負起愛國救亡的責任。但是囿於幾千年的封建思想統治，中國平民往往誤以為君主是神的化身，神聖不可侵犯，更視官吏為自己的衣食父母。他們認為國家是君主私有佔有物，它的存亡全在於君主，救亡圖存是官吏的責任。張鍾端認為這種奴性思想和「平民之國家」是背道而馳的，在國家和個人安危面前，保衛國家即是在保護自己，國家之所以置平民個人之前是因為唇亡而齒寒。平民只有依賴於國家的存在，權利才得以享有。張鍾端疾呼：

> 人生終不能自外於一國而別於國亡以後。求生存之法則，扶危而使之安，救亡而使之存，亦不過為我自身圖保存立，增進幸福。何得容其謙遜，亦何容其顧慮！而乃足進趑趄，口言囁嚅終日皇皇徘徊於不足輕重之蛙名蠅利，以視神舟陸沉，銷鎔種族於盡淨，固不為人、顧寧不為己顧乎！

> 孟子曰：「舜何人也？予何人也？有為者亦若是。」又曰：「待文王而後興者，凡民也，若夫豪傑之士，雖無文王猶興。」後此若范文正謂：「先天下之憂而憂，後天下之樂而樂。」顧亭林謂：「天下興亡，匹夫之賤，與有責焉。」

愛國救亡對於平民而言，不僅僅是為了維護自身的權利，更是一種民族大義。平民應當將「國家」二字，時印於平民之胸頭；國家之體質，常壓於肩上。張鍾端諄諄告誡：保我國家地位之存在，保我人民權利之享有，捨愛國之心外，別無他道！莫要等國家滅亡，再去談平民的權利和幸福！莫要為了蠅頭小利和一己利祿，則趨腥若蟻，麻木不仁！今日之中國岌岌可危，救亡圖存、保家衛國，不待它時，即在今日！

三、駁斥改良論調，鼓吹暴力革命

國難當頭，清政府卻奉行「量中華之物力，結與國之歡心」的賣國政策。這樣的政府人民當然不滿意，人民就有權干涉政府，「掃其庭而犁其穴」，推翻舊政府、建立新政府。張鍾端在《對於要求開設國會者之感喟》（《河南》第4、5期連載）一文中大聲疾呼：

故時至今日，政府與平民既成絕對不相容之勢……蓋政府之心既以一保其專橫之目的爲前提，對我平民即無反抗時猶施極端之壓制，況其要求者乃絕對與彼爲反抗之行爲，而彼之爲一身權利之存亡，又勢必出死力以與我平民抗。我平民能力不足抗彼之一日，即猶是不能脫彼範圍之一日……故欲大告成功，完全以達其要求之目的者，則捨革命軍而外更無他道以處此也。蓋吾爲此言，吾非好爲暴動而不惜流血之慘狀也，吾實見夫非此不足以達此目的。

張鍾端一針見血地指出政府與平民的矛盾已不可調和，救國強國的根本途徑是喚醒民眾、激起革命鬥志，推翻清政府的腐朽統治。但是他也意識到平民反抗，必定會遭到清政府的鎮壓。面對鎮壓，張鍾端認爲必須成立革命軍，以革命的武裝反抗反動政府的武裝。

而以康有爲、梁啓超爲代表的資產階級改良派，驚懼於思想界權威地位的動搖和喪失，企圖駁倒同盟會提出的革命綱領，阻遏民主革命思想的傳播。康有爲提出了變君主專制爲君主立憲的要求。他指出：「東西國之強，皆以立憲法開國會之故。國會者，君與國民共議一國之政法也。」〔註10〕改良派中的楊度〔註11〕也主張「變吾專制國家爲立憲國家，變吾放任政府爲責任政府……今日中國之事實，但能爲君主立憲，而不能爲民主立憲」。〔註12〕此時，在資產階級改良派的推動下，清政府也開始實施立憲。張鍾端洞若觀火，在《對於要求開設國會者之感喟》一文中對開國會、立憲的言論給予了深刻揭露和猛烈回擊。

張鍾端指出立憲派所謂的國會乃「無人格之國會，不惟增平民之痛苦，增政府之惡劣，其害之影響，且將使國家之速其亡」。中國封建專制的君權思想根深蒂固，清政府向來是「挾其特權，操其武力，以肆行漫天拘束之勢」，一旦要「解其權，掃其威，使與我平民相等」，君主與滿族貴族、在朝的漢人權勢者也斷不能答應。因此說，不廢君權而開國會，只會加深政府的封建專制統治。對於楊度推崇君主立憲，反對民主立憲的言論，張鍾端犀利地諷刺

〔註10〕 夏新華、胡旭晟、劉鶚、甘正氣、萬利榮、劉姍姍：《近代中國憲政歷程：史料薈萃》，中國政法大學出版社，2004年版。

〔註11〕 楊度（1874年～1931年）原名承瓚，字皙子，後改名度，別號虎公、虎禪，又號虎禪師、虎頭陀、釋虎，湖南湘潭姜畬石塘村人。是中國近代史上一個奇特的政治家，先後投身截然對立的政治派別。

〔註12〕 劉咭波：《楊度集》，湖南人民出版社，1986年版。

道：「憲梟楊度，晉京求開國會，未晉京時與黨人訣別曰：『此次北上，誓以死殉，國會不開，決不生還。』……結果楊度被賞四品頂戴進京，欣然就任憲政編查館提調。」張鍾端批評楊度鼓吹開設國會的用意不過是「藉要求國會之名與政府相接納」，而並未認清開國會的實質內涵。而清政府所謂的「預備立憲」無非是迫於國內外形勢而採取實行的權宜之計，以立憲之名來蒙蔽國民。實際上，滿族親貴只是企圖通過立憲來鞏固自己的特權，並削弱地方督撫的權勢，借立憲加強專制統治。同時，張鍾端還以土耳其資產階級革命的事例加以佐證。他在《河南》第 7 期《土耳其立憲說》中指出：縱觀東西方專制的君主，向來是打著「民權」的幌子實行壓制政策，原因在於威權失則生命危，最終致使子孫的王位不保。倘若平民的力量「苟不足以勝政府之一日，亦即憲政不能實施之一日，蓋政府爲保其自身之利益計，故不惜出死力以抗之」。既然如此，平民就應該拿起武器與政府抗爭，而不應該對政府的「預備立憲」抱有幻想。

張鍾端在對開國會、立憲言論批判的同時，以鮮明立場論述了自己的革命主張，即實行民權立憲，依靠「平民的革命」，斬木爲兵、揭竿而起，伐無道、除暴政。唯有人民自身起來鬥爭，以暴力推翻政府，實行地方自治，才能實現救亡圖存。他在《河南》第 6 期《勸告亟行地方自治理由書》中直言：

> 國家之競爭非不在新軍財政也，内治之改革非不在立憲國會也，地方之振興非不在教育實業也。然欲達此諸種之根本的進行，則實非地方自治莫爲功也……不有良法，何圖將來，不先自興，奚問國是。

在這篇文章中，張鍾端通過對西方國家政治史和國內現實的分析，認爲中國應倣仿英美實行地方自治，地方自治能培養平民的民主意識，實現與政府對話的可能。至於自治的眞正含義，他闡述道：「今日之言地方自治，即不可仍用保甲之制，必須確定其組織完全獨立，以自由行使其意思爲人民謀至大之幸福，不責成於個人，須大眾以公任，不與地方官爲反對，亦不受地方官之脅迫。」

除此之外，張鍾端在《河南》第 6 期《東西思想之差異及其融合》中，對比日本與西方思想文化的差異，在思想文化層面上揭示了近代以來西方各國逐步強大、東方各國逐步變弱的深層原因。通過闡述法制與人情、道德與經濟的關係，他提出了開通學術、引進外來科學文化來達到富國強國的主張。

四、用生命踐行《河南》精神

　　1911 年夏，張鍾端告別已懷孕 8 個月的日本妻子，受同盟會總部派遣，毅然回國參加辛亥革命起義。1911 年 10 月 10 日，張鍾端參加了武昌起義，「被武昌起義軍政府任命爲參謀長」。〔註13〕武昌起義成功後，全國各省紛紛響應。截至當年 11 月底，在全國 25 個省區中，共有 15 個省宣布獨立，成立軍政府。河南地處中州腹地，南接武漢，北接京津。如果河南宣布獨立，不僅可以截斷湖北和豫陝邊境清軍的後路，使之陷於腹背受敵、補給無從的絕境，還能對獨立各省的北伐打開通道。但在清廷重臣袁世凱的嚴密控制下，河南的起義活動卻遲遲未有大的動靜。

　　鑒於此，張鍾端主動請纓回河南發動革命。他到達開封後，立刻設立秘密機關，組織法政學堂學生和河南革命志士爲骨幹，聯絡「仁義會」等組織成立革命軍。爲實施起義計劃，張鍾端等召集新軍、五區巡警和開封附近各縣的革命黨人和民間武裝代表，在開封公立法政學堂聚會。在會上，張鍾端鼓勵大家堅定革命信念、勇於任事：

　　　　今茲革命成敗，即漢人存亡關鍵，諸君當以決心從事，努力進行，毋貽漢族羞！且人生自古誰無死？惟取義成仁，方能不朽。彼飽食暖衣，醉心利祿，逸居待斃者，與禽獸笑擇哉！〔註14〕

　　張鍾端的誓言，鼓舞了革命黨人的勇氣和信心。與會同志紛紛推舉張鍾端爲革命軍總司令，並決定於 1911 年 12 月 22 日夜在開封舉行起義。不料立憲派盟友秘密將起義計劃向河南知府齊耀琳告發。齊耀琳和巡防營統領柴德貴商議後，決定利用革命黨人對柴德貴的信任，密派巡防營總稽查張光順等假意投誠，參與起義，並焚香發誓，歃血爲盟，從而探悉革命黨人的行動方案。革命黨人在密謀起義時，齊耀琳和柴德貴已悄悄地張開了大網。22 日夜，各路起義人員都已做好準備。張鍾端和部分起義骨幹在省優級師範大學堂西一齋作起義前的最後部署，但此時齋房周圍早已暗藏殺機。當晚 11 時，埋伏在學堂附近的巡防營士兵在柴德貴的率領下，衝進齋房，將張鍾端等人逮捕。

　　由於當時南北已經實現停戰議和，清政府不便公然殘害革命黨人。因此，他們指派酷吏連夜逼供。「行刑者先後用軍棍、皮鞭、火香、夾棍非刑

〔註13〕　李玉潔：《河南辛亥革命起義述論》，《華北水利水電學院學報（社科版）》，2011
　　　　年 10 月，第 5 期。
〔註14〕　《中州烈士張鍾端》，《民國彙報》，1913 年第 1 卷，第 1 期。

拷逼⋯⋯並用鐵錘叩脛敲肘，（張鍾端）骨肉破碎，血淋直下。」面對敵人的威逼酷刑，張鍾端鐵骨錚錚、毫無懼色。他寧死不屈，宣稱「滿奴漢奸外，皆是同黨」，〔註15〕並怒斥行刑者：

> 抗爭以天不祚豫事之不成數也，漢族健兒豈屑向滿奴乞命哉！自由幸福靡不由積血購來！吾人不流血，誰復肯流血者！但爾輩亦屬漢種，居然效忠滿奴自殘同類，反躬自問良心應知愧怍。指日民軍北上，掃虜穴廷，凡屬漢奸難逃斧鉞幸抉。吾目懸諸國門旦暮望之耳！〔註16〕

爲避免因擱置太久引起輿論公議，河南巡撫齊耀琳決定以打擊「匪黨」名義，立即處死張鍾端等人。在赴刑場之前，張鍾端在獄中與同時被捕的周維屏握手痛言：「吾等亡日係生離死別之時，顧君生一時負一時之責任。刻骨銘心勿忘今日，倘異日脫離難關再接再厲，吾當九泉相助，共成大業，爲吾等復仇，不忘爲同胞復仇也。」〔註17〕刑場上，張鍾端視死如歸，大義凜然地高呼：「革命萬歲！共和萬歲！」殘暴的劊子手將其縛在椿上，用槍近距離瞄準頭部，連放 10 餘發，直至頭顱破裂，不可辨認，再擊其下部。行刑過程，慘絕人寰，目不忍視，耳不忍聞！更令人髮指的是不許收屍。屍首被暴城外多日，後由沈竹白〔註18〕等殮葬於開封南關。幾十年間，幾經遷葬，張鍾端同其餘 10 名烈士最終安息在開封禹王臺「河南辛亥革命十一烈士墓」，〔註19〕供後人憑弔瞻仰。

在張鍾端短暫而光輝的生命歷程中，《河南》雜誌無疑佔有很重要的位置。通過創辦《河南》，張鍾端的領導才幹得以鍛鍊提升，爲其後來執河南辛亥革命之牛耳奠定了基礎；借助《河南》這個平臺，張鍾端推翻帝制、救亡

〔註15〕 王守謙：《血沃中原——辛亥革命在河南》，河南人民出版社，2011 年版。

〔註16〕 《中州烈士張鍾端》，《民國彙報》，1913 年第 1 卷，第 1 期。

〔註17〕 《中州烈士張鍾端》，《民國彙報》，1913 年第 1 卷，第 1 期。

〔註18〕 沈竹白，原名嘉炎、號明甫，祖籍浙江紹興，後遷河南許昌。1878 年生，1905年東渡日本，在東京加入中國同盟會，並結識了張鍾端等人，積極參與革命黨與保皇黨在政治思想領域的論戰，1908 年回國定居開封。1914 年響應孫中山先生發動的「二次革命」，1 月 28 日被豫督張鎮芳逮捕、殺害。

〔註19〕 11 名烈士分別爲張鍾端、王天傑、張照發、劉鳳樓、徐振泉、丹朋宴、李幹公、崔德聚、李心敬、張春妮、張樹寶。1933 年秋，烈士遺骸移葬於開封南關。1981 年，又遷葬於禹王臺公園的北部，墓建在面積爲 225 平方米的臺座上，墓前樹碑，碑鐫「辛亥革命十一烈士之墓」10 個大字，並刻有 11 烈士姓名、籍貫、身份、年齡等。

圖存、革命共和思想得以發抒、傳揚。從公費留學日本到成爲同盟會早期成員，從創辦《河南》雜誌到刊物遭禁被拘，從投身武昌起義到發動河南起義⋯⋯張鍾端生命的軌跡，是一條爲實現共和的成仁之路。張鍾端最後用生命踐行了《河南》精神，用鮮血染紅了共和的旗幟。張鍾端與他創辦的《河南》雜誌，爲共和而生、爲共和而死。《河南》爲辛亥革命的鼓吹之功將永垂史冊！張鍾端與《河南》的革命精神永垂不朽！

此文原載於《商丘職業技術學院學報》2018 年第 4 期，
有改動，作者爲鄭州財稅金融職業學院講師

由《河南》雜誌看
張鍾端的報刊編輯理念

曹辰波

摘要：河南辛亥革命領袖張鍾端，日本留學期間創辦的《河南》雜誌，欄目豐富、排版整飭。他團結省內外作家，在「牖啓民智，闡揚公理」的編輯理念下，以救亡圖存爲號召，親自撰寫並編發了大量針砭時弊的政論，痛陳列強侵華造成的瓜分危機，激發國民的民族憂患意識，尖銳揭露清政府腐朽黑暗的統治，號召國民暴力革命推翻封建專制政府，成爲當時宣傳資產階級革命思想的重要陣地。

關鍵詞：張鍾端；《河南》；編輯理念；救亡圖存

張鍾端（1879～1911），字毓厚，又名鴻飛，河南許昌縣長村人氏。1905年，他考取清廷公費留日名額，由河南大學堂派往日本學習日語，後轉入東京中央大學攻讀法律。留學期間，張鍾端受孫中山民主革命思想的影響，毅然決然地加入中國同盟會，成爲了革命的一份子。1907年12月，張鍾端積極聯絡其他革命黨人，創辦了河南的第一份資產階級民主刊物——《河南》雜誌，並主任總經理。該雜誌積極宣傳資產階級革命思想，在海內外產生過巨大的反響，每期銷數可達數千份，有時還需要再版加印，被稱爲首屈一指的留學生刊物，「足與《民報》相伯仲」。〔註1〕由於言論過於激烈，《河南》雜誌在1908年12月發行到第9期後，駐日清使特請日本政府代爲查禁勒令其

〔註1〕馮自由，革命逸史（第三集）〔M〕，北京：中華書局，1981：197。

停刊。儘管《河南》雜誌存在的時間不長，但卻在中國近代報刊史上留下了輝煌的一筆，總經理張鍾端的報刊編輯理念值得深入探討學習。

一、「牖啓民智，闡揚公理」的辦刊宗旨

20世紀初的中國，民族危機日益嚴重，清政府加緊了對地方的嚴密控制。連年的自然災害和地方官僚的巧取豪奪，導致河南經濟一片蕭條，廣大民眾苦不可言。但是，許多河南的仁人志士並沒有放棄對新思想的探索，不少人選擇遠渡東洋探求救國救民的道路。誕生於1906年12月的《豫報》是河南籍留日學生在東京創辦第一份刊物。但到後期，此刊中的同盟會成員礙於編輯人員背景複雜，雜誌思想滯後，決定另立新刊傳播革命思想。鑒於新報「為河南留東同人所組織，對於河南有密切之關係，故直名曰《河南》」，〔註2〕張鍾端出任總經理兼發行人。

為了更好地宣揚《河南》雜誌堅定的革命立場，《豫報》曾連續刊登張鍾端撰寫的廣告，申明《河南》雜誌的創辦目的在於「排脫依賴性質，激發愛國天良，作酣夢之警鐘，為文明之導線，對本省勵自治自立之責，對各省盡相友相助之義」。〔註3〕1907年12月，《河南》雜誌正式創刊。張鍾端在創刊號「簡章」的第二條中指出：《河南》雜誌以「牖啓民智、闡揚公理」為宗旨。《發刊之旨趣》回顧歷史、論及現實、展望未來，由紛繁複雜的國際時局說到國內省內的危機四伏，詳細闡述了《河南》雜誌的性質、任務和辦刊宗旨：喚醒平民的民族自尊心，激發廣大同胞救亡圖存的愛國熱情，進而宣講反清排滿、勇於革命的道理。

圍繞這一辦刊宗旨，《河南》雜誌欄目設置豐富、形式活潑，內容既有思想性和學術性，又極具通俗性和大眾性：論著欄目筆鋒犀利、旗幟鮮明，譯述欄目譯介西學、發人深省，這兩個欄目裏許多文章恣意揮灑至上萬言，在宣傳革命思想的同時還注重對文化思想的批判；史談欄目借古喻今，以期喚醒同胞的民族意識；時評和時事小言則針砭時弊、觀點獨到，對國內及河南當時發生的重要事件給予深度剖析，助人廓清迷霧；文苑和小說欄目刊登的文學作品，以鮮明的文學形象感染國民；圖畫欄目則是輔之插畫、以畫言志，

〔註2〕 簡章〔J〕，河南，1907（1）。
〔註3〕 韓愛平，《河南》雜誌與魯迅——兼論《河南》雜誌的時代意義及其影響〔J〕，河南大學學報（社會科學版），2013（6）：155～161。

發揮圖畫的直觀作用。張鍾端編排的這些欄目主次分明、相互配合地宣傳民族危機，鼓吹抵抗列強，謀求民族獨立，抨擊改良論調，倡導暴力革命推翻清廷的腐朽統治，全面而有力地貫徹了「牖啟民智，闡揚公理」的辦刊宗旨。

二、立足河南、面向全國的編輯視野

　　《河南》雜誌創辦之時，為配合《民報》進行輿論宣傳，許多留日學生同鄉會以省名命名創辦了大量帶有革命思想的刊物：興中會時期有《浙江潮》、《直說》、《湖北學生界》等，同盟會時期有《四川》、《雲南》、《洞庭波》等。這些報刊分別立足本省，吸納自省革命志士宣傳革命思想，探索可行的振興之路。與這些報刊不同，《河南》雖然是河南籍留學生創辦的刊物，張鍾端卻立足河南、面向全國，邀請了一大批外省籍作者為《河南》撰稿。

　　究其原因，「1906 年的留日學生達萬二三千人」，〔註 4〕而河南籍留學生卻不足百人，而思想一致且能寫文章者屈指可數，《河南》雜誌迫不得已必須向外省籍作者約稿以擴充稿源。最重要的原因是，《河南》雜誌自籌劃之日起，就主張不拘泥於向本省作者約稿，並提倡加強各同鄉會雜誌之間的交流與聯合。針對其他省份的革命刊物在內容編排上只重視本省的做法，張鍾端指出：

　　　　報章者，言論上之事也，（各省之報刊）障礙抑尤甚……因省

　　　組報致詳一省，不如致詳全國……今日中國之振興，首在蕩起一般

　　　國民之感情。所謂蕩起盛情者，非使之愛省愛國而已；使之愛國，

　　　胡仍以省名報，使各省之人皆知愛國，會於一途而已。〔註 5〕

　　張鍾端這一面向全國的編輯視野，我們在創刊號「簡章」的徵稿啟事上就可以窺斑知豹：「其本省及他省諸君子，有與本報宗旨相同者，均可自由投稿；同志惠稿，一經本報登錄，即以本期報奉酬；若能按期投稿即以撰述員相待，每期另有特別酬金。」〔註 6〕旗幟鮮明的革命立場、跨省交流的積極倡導、求賢若渴的強烈訴求，《河南》雜誌吸引了一大批外省籍作家的加盟。

　　提到《河南》雜誌的外省籍作家，不能不談及魯迅。1907 年，魯迅著手準備創辦《新生》雜誌，但由於資金問題，臨近出版卻不幸流產。在張鍾端

〔註 4〕　丁致聘，中國近七十年來教育記事〔M〕，南京：國立編譯館，1932：19。
〔註 5〕　張鍾端，河南雜誌緣起〔N〕，大公報，1908-1-5。
〔註 6〕　魏紅專，「酣夢之警鐘 文明之導線」——清末《河南》雜誌概覽〔J〕，中共鄭
　　　　州市委黨校學報，2007（5）：158～159。

等人熱情誠懇的邀約下,《河南》雜誌鮮明的革命立場促使魯迅決定向《河南》投稿。因爲魯迅完全贊同《河南》的辦刊宗旨和編輯思想,張鍾端說的話也正是魯迅想說的話。這期間,魯迅在《河南》雜誌發表了 6 篇文章:以「令飛」爲筆名發表了《人間之歷史》、《摩羅詩力說》、《科學史教篇》、《裴彖飛詩論》、《破惡聲論》;以「迅行」爲筆名發表了《文化偏至論》。這些文章思想深刻、內容廣泛,內容涉及自然科學、社會科學,是研究魯迅早期思想的重要論著。可以說,「《河南》雜誌的確爲青年魯迅提供了一個文化批判的陣地、施展才華的舞臺,魯迅的文章也確實使《河南》雜誌熠熠生輝、大放異彩,成爲留學生雜誌的佼佼者。」〔註 7〕

據統計,出版 9 期的《河南》雜誌共刊文 200 餘篇,許多稿件並未署名,即便是署了名字,也多以筆名代之。目前能夠查證到作者原名和籍貫的共有 9 人,其中魯迅、陶成章、周作人、周仲良、許壽裳、蘇曼殊均非河南籍。這些外省籍作者不僅豐富了雜誌的作者群,更是令《河南》雜誌內容豐富、思想犀利、獨樹一幟。

三、堅持以政論立刊的編輯思路

作爲留學生創辦的資產階級革命刊物,《河南》雜誌的主要目的是宣傳三民主義、反清排滿、救亡圖存,因此,論著欄目裏針砭時弊、飽含革命思想的政論是其最用力的地方。據統計,論著欄目共刊文 41 篇,每期所選登政論的數量都在 3 篇以上,平均佔據了當期雜誌將近一半的版面。例如第 2 期的《河南》雜誌正文共計 166 頁,此欄目裏的 7 篇文章就有 116 頁。這足以看出該欄目之於《河南》雜誌的重要地位,也突出表現了張鍾端堅持以政論立刊的編輯思路。張鍾端主持下的論著欄目編排有以下特點:

首先,立足河南、展現河南、喚醒河南。《河南》雜誌編排的政論多以河南歷史、文化、地理沿革等爲切入點,展開論證。《論豫省古今地勢之變遷》論述了自古至今河南地理位置的重要性和地勢的變遷。但是,「得中原者得天下」,河南自古以來就是兵家必爭之地,作者論述河南地勢的變遷目的在於提醒省內同胞要有危機意識。此外,《論豫省古今地勢之變遷》、《論豫省語言變遷》、《豫省近世學派考》、《論二程學派與豫省學風之關係》、《豫省民族遷徙

〔註 7〕 韓愛平,《河南》雜誌與魯迅——兼論《河南》雜誌的時代意義及其影響〔J〕,河南大學學報(社會科學版),2013(6):155～161。

考》等論著立足河南，從不同角度展開論證，意在喚醒讀者的民族意識，激發省民愛省愛國的情懷。

其次，助陣《民報》、駁斥改良論調。爲支持《民報》與保皇派的論戰，《河南》雜誌對「開國會」、「君主立憲」等言論給予猛烈批駁和回擊。張鍾端在其親自撰寫的《對於要求開設國會者之感喟》中認爲立憲派鼓吹的言論不過是禍國殃民之學，立憲派「朝上一紙請願書，暮達一封問安表，非特不能達其改革之目的，且使惡劣政府愈不知畏懼，以爲平民之勢力不過如是，而專橫貪鄙、極端壓制更將屬行而無忌」。而對於清政府所謂的「預備立憲」，名爲「醒生」的作者在《要求國會肯與政府對於國會之現象》中認定不過是蒙蔽國民的一種手段，其實質是清滿貴族借立憲之名削弱地方督撫的權勢，進而鞏固自有的特權。這樣的文章還有很多，比如《預備立憲者之矛盾》、《警告同胞勿受要求立憲者之論毒》等。

再而，感情充沛，感召力極強。《河南》雜誌通過對救亡圖存的疾聲呼籲和對改良論調的揭露批判，鮮明地表達出資產階級民主革命的立場。在《平民的國家》一文中，張鍾端通過論及平民的「競爭論」、「國家論」，非常鮮明地表達了平民「革命論」這一資產階級民主革命思想，即集最大多數人的意志力量，暴力推翻清政府的反動統治，建立「平民的國家」。其言辭筆調更是慷慨激昂、振聾發聵：

> 歐風美雨捲地飛來，生死關頭，只爭一間……拼吾熱血，試吾靈腕，揮吾短刀，馳吾匹馬，以發洩其胸中不平氣。與群魔轉戰乎中原，馳驅乎萬里，以期勿負此身爲國家一偉大平民，豈非吾輩所應有之事耶！豈非吾輩所應爲之事耶！

緊緊圍繞宣傳革命、救亡圖存，張鍾端親自撰寫或組織刊發了《勸告亟行地方自治理由書》、《論民氣爲建立軍國國家之要素》、《對內對外有激烈的解決無和平的解決之鐵證》、《中國聯省之獨立與北美合眾之獨立難易比較論》等多篇針砭時弊的政論。這些政論充滿著極強的號召力和戰鬥力，無疑是一份份救亡圖存的愛國召喚書！

四、思想性與藝術性相互融合的編輯追求

張鍾端主持下的《河南》雜誌排版整飭精美。該雜誌每期大約有 160 頁，雜誌封面「河南」二字力透紙背。單雙頁頁眉分別標注雜誌名、期數，頁邊

空有大量留白，每篇稿件前，均以隸書標明所屬欄目名稱，配小畫點綴，正文通版宋體豎排，文末留白獨佔一頁，以清淡素雅插圖填補。如此精美的排版，使得雜誌內容豐富又不顯臃腫。《河南》雜誌素雅別致的排版風格在同時期的報刊中是為數不多的，一方面得力於籌劃工作井然有序，另一方面得益於充足的資金支持。為了使雜誌更具藝術性，更好地向讀者宣傳革命思想，《河南》雜誌每期均附有 2 到 4 頁的插畫，可謂是藝術性與思想性的完美結合。

《太昊伏羲氏》、《岳鄂王》、《墨子》、《漢大儒許慎像》、《宋大儒程頤像》等中國歷史和神話人物肖像，《洛陽白馬寺》、《潼關》、《天津橋聽鵑圖》、《嵩山雪月》等風景名勝，意在喚起讀者的民族認同感，激起讀者民族主義情感和愛國、愛省的熱情。尤其是蘇曼殊的《天津橋聽鵑圖》，運用大寫意的畫法，筆觸蒼勁、氣勢雄偉，頗具藝術價值。在畫跋裏，蘇曼殊詠歎道：「『最可惜一片江山總付與啼鴂。』每頌古人詞，無非紅愁綠慘，一字一淚。」姜夔的愛國之心、亡國之痛令蘇曼殊感同身受，字裏行間流露著蘇曼殊對祖國大好河山的讚美和救國救亡的強烈願望。

《豫讓最後致志》、《聶政及其姊聶嫈之壯劇》、《田光自刎以報太子丹》、《樊於期以首付荊卿》、《博浪沙之一椎》、《易水送別圖》等畫作則是介紹了中國歷史上英雄刺客取義成仁的事蹟。但是，張鍾端編排這些畫作並不代表他贊成這種英雄主義的暗殺行為，而是藉此激發同胞們的革命鬥爭精神，號召全體人民團結一致，推翻清王朝的腐朽統治。值得一提的是張鍾端有意編排的《拿破崙青年肖像》、《法王路易入獄景象》兩幅畫作：身披戰袍的拿破崙騎在馬上意氣風發，與之形成鮮明對比的路易十六卻愁眉不展地坐在椅上，彷彿預見到自己的悲慘下場，也向讀者預示著腐朽的封建統治終將走向滅亡。

救亡圖存、以畫言志，張鍾端在插圖版塊集結了蘇曼殊、鵑碧、碧血、鐵血、百哀和未署名的眾多畫師，共計刊發圖畫 25 幅。這些畫作不僅增強了雜誌的趣味性和可讀性，還與政論文章相互配合，很好地宣傳了反帝愛國、救亡圖存的革命精神，充分體現了張鍾端在《河南》辦刊活動中堅持思想性與藝術性相互融合的編輯追求。

作者為鄭州財稅金融職業學院講師

爲振興教育而吶喊
——由《河南》雜誌看 20 世紀初的河南教育

高麗佳

摘要：《河南》雜誌是清末河南籍留日學生於 1907 年 12 月 20 日在日本東京創辦的一份政論性期刊。它重視對河南教育的報導和披露，抨擊了教育界的專制腐敗現象，揭露了一大批辦學務者的卑劣行爲和醜惡嘴臉。文章當中所透露出來的教育思想對當代教育體制的改革，也有一定的參考和借鑒意義。

關鍵詞：《河南》；河南教育；教育腐敗

《河南》雜誌終刊時總共發行了 9 期。從文章內容來看，《河南》的作者關注的問題主要有：官場的腐敗墮落、教育的專制落後、自然災害的頻發，如黃河氾濫等等。尤其是對河南教育界腐敗落後現象的揭露和鞭撻，反映了編者和作者對河南教育的重視，以及迫切希望整頓學風、加快教育改革、振興河南教育的美好願望。

檢閱《河南》雜誌有關河南教育的文章，總共有十篇，分別爲：第二期《汝州某某學堂教習之劣跡》，第四期《高等學堂又起風潮矣》，第八期《汝陽城北高等小學堂延觀某君演說詞》、《新蔡縣豫南學務研究會章程》、《浚縣學務之怪象》〔註 1〕，第九期《河南學務觀》、《河南辦學者之奇妙》、《河南第

〔註 1〕 《浚縣學務之怪象》〔J〕，《河南》第八期。原文爲《濬縣學務之怪象》，「濬」是「浚」的繁體字，此處讀音爲 xun，四聲，表示地名。廈門大學的譚學剛在其碩士學位論文《河南雜誌作者群思想研究》一文中，將「浚縣」誤認爲「容縣」明顯是錯誤的。因爲容縣隸屬廣西玉林市，而浚縣隸屬河南鶴壁市。

二師範之自由》、《學部限制女學生》、《濟令破壞學務之劣跡》〔註2〕等。文章體裁不一，分別有：來函3篇，時事評論5篇，記載1篇，附錄1篇。

　　這些文章涉及到的地區有汝州縣（隸屬平頂山市）、汝陽縣（隸屬洛陽市）、新蔡縣（隸屬駐馬店市）、浚縣（隸屬鶴壁市）、濟源縣（現濟源市）等縣，可見當時的教育腐敗現象多麼嚴重，其地域之廣令人瞠目。

　　文章涉及到的人物，主要有以下幾類：不通學務的教習，對教育腐敗現象不聞不問的學官、學紳，還有無所作為、蹂躪學務的政府。教習不懂學務、師心妄用、殘害學生，他們是造成學校事務混亂不堪的直接原因。學官、學紳睜一隻眼閉一隻眼、多一事不如少一事，他們是造成學界腐敗的無形推手。政府作為決策者和指揮者，佔據要職卻不履行應有的責任和義務，他們是造成教育落後的罪魁禍首。

　　《河南》的作者們或陳述教習之劣跡，或列舉學務之怪象，或發表個人之見解，目的都在於揭露河南教育界的腐敗現象，引起人們對教育的關注，以求變革和進步。

一、抨擊教育專制、揭露學界腐敗

　　清朝末年，中國被列強凌辱，國勢危岌，河南更是災害頻發、民不聊生。當時的河南，吏治腐敗，官場一片烏煙瘴氣，官員大多為中飽私囊而任職，從不為社會民生著想，教育界也是一樣。辦學務者在其位不謀其政，學堂事務混亂不堪。一些所謂的辦學務者表面上衣衫整潔、一副教習樣，實則虛偽至極，其言談舉止令人不齒。他們拉幫結派、相互傾軋，從不為學校事務操心費神，更遑論對學生和國家負責。《河南》的作者們針對這一學界腐敗現象進行了無情地揭露和抨擊。

（一）揭露學界官員的不作為和政府部門的偽面孔

　　《汝州某某學堂教習之劣跡》中記載張士沖、蔡鎮藩二人，「張蔡皆光山人，在鄉遇事朋比為奸，相互依為羽翼，霸佔婦女，自勢為孝廉。」〔註3〕此二人相互勾結、任人唯親，置學堂和學生於不顧，狂斂錢財、仗勢凌人，「夫學堂教員如此不足怪，蓋其禽獸行為已。」〔註4〕然而當地學紳、學官皆不聞

〔註2〕此處「濟令」為「濟源縣令」之意。文章記錄了當時的濟源縣令舒某仇視新政、阻撓學務的一系列卑劣舉動。
〔註3〕《汝州某某學堂教習之劣跡》〔J〕，《河南》第二期。
〔註4〕《汝州某某學堂教習之劣跡》〔J〕，《河南》第二期。

不問，置之不理，任其胡作非爲，因此作者疾呼：「是則誰之咎歟！」〔註 5〕

「是則誰之咎歟！」作者運用反問語氣，追問造成學堂腐敗的根本原因。張士沖、蔡鎭藩等人只是一群自私自利、貪圖利益的小角色，他們的卑劣、狂妄、無恥，在作者看來不過「禽獸行爲已」，不足以當做正常人的行爲來看待。可是作爲教育部門的學紳、學官，竟然無視這種行爲，並任其發展，就難逃其咎了。但是，如果把全部責任都推在學紳、學官身上，並沒有找到問題的癥結。作者在文章最後一針見血地指出，學務腐敗的根源在於「政府之蹂躪學務而不學紳之是罪矣」。〔註 6〕鏗鏘有力、擲地有聲，將矛頭直指政府，痛斥其惡劣行徑和虛僞嘴臉。

這篇訪函短短 514 個字，深刻揭露了混跡於學界教習以及贓官的醜陋行徑，尖銳抨擊了政府部門的不作爲。文章語言精練，氣勢恢弘，作者毫不畏懼權勢，正氣凜然，讀後使人爲之一振。

（二）揭露辦學者的貪得無厭和無恥行徑

《河南》雜誌揭露了一大批利慾薰心、自私自利、不務正業、學識淺薄的辦學務者。他們非但沒有把教育學生放在學校任務的第一位，反而任意製造事端、破壞學校正常教學秩序，嚴重違背了學校的辦學理念和教師的職業道德。

《浚縣學務之怪象》記載：「浚縣有驚天動地之怪現象，爲五洲萬國所未聞。」〔註 7〕姜昌五、劉鏡清「素無賴品極劣，近百計鑽營値身學務」。〔註 8〕此二人爲圖一己之利，用盡一切棘辣之手段，終致遺害學務，「遺禍於世道人心」。〔註 9〕《河南辦學者之奇妙》中唐某、程某二人「辦學未辦數月經費蕩然，債鬼逼人」。〔註 10〕究其原因，「非爲河南體育耗巨矣，亦非爲己體育耗巨矣……曰：有婦人焉」。〔註 11〕《高等學堂又起風潮矣》中記錄了不通學務、無理拒絕學生要求的思想僵化、遲鈍者。

這些人表面上是學校的管理者和執行者，實則爲教育界的敗類。學堂本

〔註 5〕　《汝州某某學堂教習之劣跡》〔J〕，《河南》第二期。
〔註 6〕　《汝州某某學堂教習之劣跡》〔J〕，《河南》第二期。
〔註 7〕　《浚縣學務之怪象》〔J〕，《河南》第八期。
〔註 8〕　《浚縣學務之怪象》〔J〕，《河南》第八期。
〔註 9〕　《浚縣學務之怪象》〔J〕，《河南》第八期。
〔註 10〕　《河南辦學者之奇妙》〔J〕，《河南》第九期。
〔註 11〕　《河南辦學者之奇妙》〔J〕，《河南》第九期。

應是學生學習的清淨之地，卻因這些人的存在變得渾濁不堪。《河南》的揭露無疑是醍醐灌頂。

（三）揭露教職員工的淺薄無知、思想愚昧

《高等學堂又起風潮矣》寫道：「辦學務不難，不通學務而辦學務者則難，也因其難而師心妄用，其遺害學務者將不可底止。」〔註12〕

文章記錄了當時發生在河南高等學堂的學生罷課事件。事件起因是學生要求開設理化學科，但卻被無理拒絕，學生無奈，只好集體罷課。事件發生的前一年，河南學生與當地辦學紳士和學務也有過衝突。當時是因為教習的問題而與監督產生矛盾，事件終結是學生被開除。如今又是因為學生要求開設理化學科被學界官員拒絕，從而導致四十多名學生不得不集體罷課。作者「不醒」認為：「河南官吏可殺，紳士可殺，而最親最愛之青年同胞可悲而又可憐也。國危矣，勢迫矣，即文明進千丈，瓜分奴隸慘禍能脫與否難肯定解決。」〔註13〕

教師，本應是「人類靈魂的工程師」，應是學生前進道路上的指路明燈。他們不僅要有淵博的學識、寬廣的胸襟，還要有對學校培養教育和社會發展需求的前瞻性和遠見性。只有這樣的人，才能勝任教師一職，才能為國家培養優秀人才。可是，文章當中所記錄的河南高等學堂的「辦學務者」，非但「不通學務」，還「師心妄用」，以致摧殘學生、「遺害學務」。

作者認為，在學校裏，「無論高中小學管理人員之教育程度必在學生以上，而學務始克進步。」〔註14〕只有高水平的教師隊伍和管理人員才能培養出高水平、高素質的學生，也只有這樣，學校教育才能得到進一步的發展和提高。然而，當時河南教育者大都「猶盲者、跛者、瘵疲者、癰腫者」，且「鮮出先生長者」，這是造成河南教育止步不前的一個重要原因。

（四）揭露學校的性別歧視現象

當今社會，女性已經得到了極大的解放，並且撐起了社會的半邊天。可是在《河南》時期，女性要想擁有和男人同樣的權利，卻是個遙不可及的夢。

《學部限制女學生》一文中，作者對女性的從屬地位表示了極大的同情

〔註12〕 不醒：《高等學堂又起風潮矣》〔J〕，《河南》第四期。
〔註13〕 不醒：《高等學堂又起風潮矣》〔J〕，《河南》第四期。
〔註14〕 不醒：《高等學堂又起風潮矣》〔J〕，《河南》第四期。

和不滿：「同是人也，別之曰女；同是學生也，別之曰女生。」〔註15〕封建社會男尊女卑的思想，使得大多數女性失去了展現自我風貌、實現自我價值的機會，她們被規定「不准男女相會，不准自由結婚，不准登壇演說，不准干預國家」。〔註16〕這樣的規定帶有明顯的性別歧視，極大地傷害了女性作爲人的自尊和權利。

《河南》刊登這樣一篇短評，說明其作者和編輯在當時已深刻認識到這一問題的嚴重性，並開始爲女性爭得權利和地位。女性同樣有接受教育的權利，女性同樣能夠通過學習新知識，爲國家爲社會貢獻自己的聰明才智。

二、爲河南教育探索出路

（一）尋求河南教育之獨立、自由

當今談及河南教育，很多人都表示無奈。尤其是河南本省的學生，迫切希望教育體制的改革和高考制度的革新。不合理也罷，不公平也罷，茶餘飯後發洩完內心的不滿，最後還是要面對堆積如山的課本，只爲在「千軍萬馬過獨木橋」的高考中爲自己贏得一個席位。

河南的教育究竟爲什麼難以進步發展呢？其實早在一百年前，《河南》雜誌就對此進行了探討。對於教育這一課題，「河南未敢輕視也，不意河南學務遑遑數稜矣，其進步毫無尺寸且愈離愈遠，初辦尚有精神，後來俱成暮氣。」〔註17〕作者悲群認爲，造成這一問題皆因「河南學務無獨立權」。教育和行政劃分不明確，分工不清晰。教育缺乏獨立自主的權利，受行政干預過多。

要推動河南教育的進步和發展，「必知中國處如何地位，河南處如何地位，政府待遇河南者如何手段，河南對待政府者亦當如何手段。不事囂張、不事激勵，已改革進化於無形矣，何以言獨立精神也。」〔註18〕河南要認清自己的形勢和在國家中的地位，處理好教育和行政的關係，在改革和創新中尋求教育之獨立和自由。

（二）引導學生端正學習態度，樹立遠大志向

周恩來總理曾立下豪言「爲中華之崛起而讀書」。在他之前，晚清的某君

〔註15〕《學部限制女學生》〔J〕，《河南》第九期。
〔註16〕《學部限制女學生》〔J〕，《河南》第九期。
〔註17〕悲群：《河南學務觀》〔J〕，《河南》第九期。
〔註18〕悲群：《河南學務觀》〔J〕，《河南》第九期。

就上學讀書之志向也發表過慷慨激昂的演講。這就是《汝陽城北高等小學堂延觀某君演說詞》：

> 今日上學是爲將來什麼事？人有說，上學是爲做官。又有說，上學是爲當教習。又有說，上學是爲當學董。這都是兄弟近來聞得的，實則卑劣令人欲嘔。要知今日設學堂，是因中國衰敝、人才不足濟時的緣故。所以當學生的也須要知道今日上學就是爲國家，無論小學堂學生、中學堂學生、大學堂學生，同是個學生，同要知道爲國家。也不是說不上學堂就不當爲國家盡力，因爲不上學堂，現在世界交通形勢大變，所有新學、新法必有不能通曉的地方。雖欲爲國家盡力，恐也無從下手。上學堂的就是要令他通曉爲國家出力的方法。所以諸君若說我是小學校的學生不必注意國家那就錯了。
> 〔註19〕

此番演講可謂發人深省。演講者深刻地意識到上學讀書之目的性和必要性。上學不爲「做官」，不爲「當教習」，不爲「當學董」，皆因「中國衰敝、人才不足」。唯有通過讀書獲得知識，才能瞭解世界形勢，才能曉得「新學新法」，進而運用所學救中國於「衰敝」。

當然，時代不同，具體要求和期望就不同。當時的中國處在被列強瓜分、民族衰敗的境遇，國家急需一批懂知識、懂新法的有志之士力挽狂瀾、爲國效力。讀書的目的只有一個，那就是「爲國家」，救亡圖存，一切「做官」、「當教習」、「當學董」的想法都是「卑劣令人欲嘔」的。滄海桑田，歷史發展到今天，國家太平、人民生活富裕，如今讀書的目的已不再被強行貼上標籤，學生可以有自己的夢想和願望，可以朝著自己的目標奮鬥。但是，對於學校教育來說，根本原則和方向沒有變，仍然是竭力爲國家爲社會培養有用人才。學校是育人場所，要引導學生樹立正確的價值觀、人生觀和世界觀，爲他們踏入社會做好知識和思想上的雙重準備。

（三）鼓勵成立專門研究教育的機構

《河南》雜誌密切關注河南教育界的一切事物。對有利於河南教育發展和進步的新思路和新舉措，《河南》都給予大力肯定和支持，並用大量篇幅進行詳細介紹，以此鼓勵教育界人士爲河南教育尋求出路。

〔註19〕《汝陽城北高等小學堂延觀某君演說詞》〔J〕，《河南》第八期。

「新蔡縣豫南學務研究會」應當是研究教育的專門機構，其章程規定：「以聯絡情誼、交換智識、認定義務爲前提，以標正教育、倡興實業、助理地方自治爲宗旨。」〔註20〕該會成立伊始，《河南》就全文發表了《新蔡縣豫南學務研究會章程》。章程的定名、宗旨、機關、入會資格、職員、責任、權利、經費、會期、選舉、會規、應辦事件、附則等 13 章、36 條無一遺漏，最後還附有自治公約和附錄名單，條目清晰，內容詳盡。由此可見，《河南》的編者對該研究會的成立給予了充分的肯定並寄予厚望。

《河南》雜誌對河南教育腐敗現象的揭露可謂一針見血、痛快淋漓。一方面痛批教習、學官、政府的醜惡行徑和不恥行爲，另一方面積極地爲河南教育探索發展出路，尋求河南教育的獨立與進步。《河南》的作者和編者心繫國家和民族的未來，深知「少年」之於「國」的意義，時刻關注著河南教育界的一切動向並及時撰寫文章。他們清醒地認識到，只有大力發展教育，才能使國民擺脫愚昧，繼而實現政府的自立和民族的自強。《河南》的文章所揭露出來的因教育腐敗而造成的惡果，對當代教育事業來說無疑是個前車之鑒。它所提供的關於發展教育的思路和理念，也有待我們做進一步的思考和探究。

作者爲河南師範大學新聯學院講師

〔註20〕《新蔡縣豫南學務研究會章程》〔J〕，《河南》第八期。

以畫言志，救亡圖存
——辛亥革命時期《河南》雜誌圖畫的傳播特色

韓愛平　韓文

摘要：辛亥革命時期，河南留日學生創辦的《河南》雜誌，是一份十分注重政論的資產階級革命報刊。它以「牗啓民智，闡揚公理」爲宗旨，每期都刊登幾幅圖畫，與政論文章相互配合，宣傳資產階級革命思想，宣傳反帝救亡。這些圖畫雅俗共賞，增強了雜誌的趣味性和可讀性。回望一百多年前那些珍貴的圖畫，先進知識分子憂國憂民、心繫民族命運的愛國情懷躍然眼前。

關鍵詞：《河南》；圖畫；思想啓蒙；民主；共和

20 世紀初，隨著《辛丑條約》的簽訂，中國完全淪爲半殖民地半封建社會，民族危機加劇。腐敗無能的清政府淪爲帝國主義控制中國的工具，中國社會矛盾日益尖銳。一批批知識分子紛紛赴日留學，尋求救國之路。爲喚醒民眾，他們編輯書籍、報刊，向國內輸入先進的知識和文化，宣傳反帝反封建、武裝鬥爭的革命思想。1907 年 12 月，《河南》雜誌創刊於日本東京，至1908 年 12 月被迫停刊，共出版 9 期。

　　作爲同盟會河南分會的機關報，《河南》雜誌政治立場鮮明，它高舉反帝救亡旗幟，抨擊封建君主專制制度，宣傳資產階級革命思想。《河南》雜誌欄目眾多，分爲圖畫、論著、譯述、時評、小說等。圖畫欄目位於雜誌卷首，每期刊登圖畫兩到五幅不等。這些圖畫中，有《太昊伏羲氏》（第一期）、《墨

子》（第二期）等宣揚優秀傳統文化、喚醒民眾愛國情感的人物肖像；有《易水送別》（第二期）、《張良刺秦》（第一期）等宣傳義士壯舉、號召暴力革命的歷史故事畫；還有《水底之交通》（第六期）一類介紹西方先進科技、傳播文明的科普照片。編者始終堅持「牖啓民智，闡揚公理」〔註1〕的宗旨，以畫言志，圖文並茂，宣傳資產階級革命思想，宣傳反帝救亡。

一、介紹傳統文化和風景名勝，激發人們的愛國情懷

在《發刊之旨趣》中，作者指出：「中國者，一體也。其胸部、頭部、足部殆無一不於痛癢未覺時已屬於專主。一旦以無厚入有間，剖而分之，直謋然委地耳。奏刀者已批其竅而導其隙，而身受者猶若未睹。」〔註2〕外患愈演愈烈，而民眾或「不知國家爲何物」，〔註3〕或「自幸其居中國腹部，他省雖亡，河南不至於同歸於盡也」，〔註4〕或「漠然無所動」。〔註5〕《河南》雜誌以挽救民族危亡爲己任，希望通過報刊宣傳喚起大眾的國民意識和國家意識。

爲了增強中華民族的凝聚力和中國人民的自信心，《河南》雜誌首期刊登了被譽爲「中華民族的人文始祖」的《太昊伏羲氏》像。爲了傳播傳統文化、增強民族自豪感，刊登《墨子》、《漢大儒許愼像》（第八期）、《岳鄂王》（第一期）等文化名人、民族英雄的肖像。這是「牖啓民智」的突出表現。

除了介紹文化名人，《河南》雜誌也通過圖畫介紹風景名勝，以祖國名山大川的秀美激發人民的愛國意識。在這些風景畫中，蘇曼殊的寫意畫最具代表性。

《河南》雜誌第五期的《嵩山雪月》描繪了一幅月夜圖：明月當空，夜間的嵩山萬籟俱靜。在《洛陽白馬寺》（第二期）中，蘇曼殊選擇從半山腰的角度描繪白馬寺寺院。蒼勁的山壁和挺拔的古松掩映中，寺院錯落有致，狹窄的山間小道爲畫面增添了曲徑通幽的雅致。蘇曼殊營造出寧靜悠遠的氛圍，一方面選擇河南的經典景觀爲創作主題，能夠喚起河南人民瞭解、熱愛家鄉的意識。另一方面，月夜、蒼山、寺院的從容與寧靜，正是革命義士所憧憬和爲之奮鬥的美好未來，更能引起河南人民的共鳴。同時，這也表達了

〔註1〕編者，簡章〔J〕，河南，1907，第1期第1頁。
〔註2〕朱宣，發刊之旨趣〔J〕，河南，1907，第1期第3頁。
〔註3〕朱宣，發刊之旨趣〔J〕，河南，1907，第1期第4頁。
〔註4〕朱宣，發刊之旨趣〔J〕，河南，1907，第1期第4頁。
〔註5〕朱宣，發刊之旨趣〔J〕，河南，1907，第1期第3頁。

編者們雖然身在異鄉卻心繫祖國的憂國憂民情懷。

　　第三期的《潼關》圖，威嚴的城門矗立在秋風中，四周空曠寂寥，一位劍客策馬在潼關道上。潼關在這裡可以引申為國門，暗指我國內憂外患的社會現實。作者將自己化身為畫中騎馬的劍客，渴望為國家、為人民奮勇作戰。在畫跋中，蘇曼殊寫道：「潼關界河南陝西兩省，形勢雄偉，自古多題詠。有『馬後桃花馬前雪，教人那得不回頭』句，然稍顯柔弱。嗣同仁者詩云：『終古高雲簇此城，秋風吹散馬啼聲。河流大野猶嫌束，山入潼關不解平。』余常誦之。今奉慈母逐居村舍，殘冬短晷，朔風林號，言此筆作潼關圖，不值方家一粲耳。」〔註6〕

　　蘇曼殊讚美祖國大好河山，稱引譚嗣同詩句，抒發了自己的愛國主義情懷，鼓勵著仁人志士為救亡圖存奮勇向前。

二、宣揚古代刺客的捨生取義，鼓勵以革命手段推翻封建專制政府

　　當時，資產階級革命派公開宣稱「惡劣之政府一日弗除，則強固之國家終難實現」。〔註7〕作為資產階級革命派的機關刊物，《河南》雜誌倡導通過武裝鬥爭反抗清政府的腐朽統治，建立屬於人民的新型國家。

　　反清，並非盲目地排滿。資產階級革命派指出清政府的封建專制統治是使中國陷入民族危機的主要原因，要推翻淪為殖民者統治工具的政府，是國情所迫。他們自稱「固非主張種族主義者」，〔註8〕排斥滿清帝制，「非因種族有異也，乃因平民而有異，孰禍我平民，即孰當吾排斥之」。〔註9〕可見，革命派所要建立的是一個屬於人民的共和政府，因此革命的對象是封建專制體制內的反動官僚，而非滿族平民。

　　《河南》雜誌刊登了大量關於刺客、暗殺的圖畫。《樊於期以首付荊軻》（第四期）歌頌了樊於期為救國捨生取義的壯舉。第一期的《豫讓最後致志》描述了豫讓為其主智伯報仇刺殺趙襄子不成、趙襄子被他忠心報主的行為所感動、脫下外衣讓其象徵性地刺殺的情景。清末資產階級革命黨人的政治暗殺，作為反封建鬥爭的一種特殊方式，是辛亥革命時期不可忽視的歷史存在。暗殺者的身份不是暴民，而是追求民主、人權的戰士，是甘願為民主共和獻

〔註6〕蘇曼殊，潼關〔J〕，河南，1908，第3期。
〔註7〕周仲良，預備立憲者之矛盾〔J〕，河南，1908，第3期第1頁。
〔註8〕張鍾端，對於要求開設國會者之感喟〔J〕，河南，1908，第4期第20頁。
〔註9〕張鍾端，對於要求開設國會者之感喟〔J〕，河南，1908，第4期第20頁。

身的勇士。這些革命黨人，在剷除極權專制、建立民主共和理念的指導下，憑藉自己的力量，打擊專制獨裁勢力。《河南》雜誌刊登刺客相關圖畫，是對「暗殺」這一社會思潮的響應，同時藉以鼓勵人民奮起反抗封建專制統治。

　　《河南》刊登大量的刺客圖畫，似乎是在號召人民通過刺殺手段推翻封建君主專制，然而事實並非如此。革命派看到暴力是推翻滿清政府的唯一手段，細究其革命方式，不難發現他們並不贊成個人英雄主義的暗殺行為。要推翻清朝統治，僅憑個人暗殺一些反動官吏效果微乎其微。他們認為統治中國二百多年的清政府「為一身權利之存亡，又勢必出死力與我平民抗，我平民能力不足抗彼之一日」〔註10〕「故欲大告成功，完全以達其要求之目的者，則捨革命軍而外更無他道」，〔註11〕只有全體人民團結一致，組成一支強有力的革命軍，才有可能取得成功。

　　因此，《河南》雜誌推崇法國大革命的經驗，並刊登了相關圖畫。第六期的《拿破崙青年肖像》中，拿破崙騎在馬上，身披戰袍，意氣風發。戰馬迎風高高抬起前蹄，粗壯的後蹄有力地蹬地，像在做衝鋒準備。《法王路易入獄景象》（第九期）中，路易十六愁眉不展地坐在椅上，彷彿預見到自己的悲慘下場。編者選擇這兩幅圖畫，意在宣傳法國資產階級革命思想，鼓動人民組成「革命軍」，推翻封建王朝，建立民主共和國。

三、介紹西方科學技術，主張經濟獨立帶動國家獨立

　　19世紀末和20世紀初，隨著科學技術的進步和工業生產的高漲，世界由「蒸汽時代」進入「電氣時代」。隨著發電機、電動機相繼發明，電氣工業迅速發展起來，電力在生產和生活中得到廣泛的應用。內燃機的出現及廣泛應用，為汽車和飛機工業的發展提供了可能。

　　我國資本主義經濟從洋務運動時期開始萌芽，到甲午戰爭之後，進入了第一個發展高潮期。《馬關條約》簽訂之後，清政府為支付賠款，擴大稅源，放寬對民間設廠的限制，民族工商業得到初步發展。

　　《河南》的編者們認識到發展民族工商業是國家強盛的手段之一。河南處於中國的腹地，如果河南的利益不保，那就意味著失去國計民生的支撐。隨著通商口岸的開放，外國侵略勢力掌握著我國的經濟命脈，通過控制礦產、鐵路、

〔註10〕張鍾端，對於要求開設國會者之感喟〔J〕，河南，1908，第4期第27頁。
〔註11〕張鍾端，對於要求開設國會者之感喟〔J〕，河南，1908，第4期第27頁。

運河搶佔勢力範圍。在民族危機愈發嚴峻的形勢下，資產階級革命派撰文激發人們的自主意識，獨立創辦實業，「以絕外人之窺伺，以保中國利權」。〔註12〕

　　自辦實業就需要引進西方的先進技術，《河南》雜誌通過刊登《水底之交通》）、《空際之交通》（第七期）等科普圖畫，介紹二次工業革命的先進成果：潛水艇和飛機，意在使人民看到西方科技的發展和中國的封閉落後，以刺激民間興起實業救國運動。為挽救開設通商口岸後「進口增而出口少，且每況愈下」、〔註13〕「中國之財日以散，中國之民日以貧」〔註14〕的狀況，《河南》雜誌宣傳集資、募股，興辦實業。比如在交通運輸方面，他們闡述了運河對溝通物資交流、商旅往來的便利，可以省時省力地運輸救災物資、部隊糧餉、各種器械等，倡議人們集資開衛河航運，「以中國之財辦中國之事，開華人生計，奪洋人之利權」。〔註15〕在工商業方面，他們倡導開辦博覽會。通過省內、國內和「萬國」之間的博覽會，互通有無，學習先進技術，以此擴大貿易額，提高工業生產力。

四、揭露封建刑法的殘酷，號召人民擺脫奴性

　　晚清時期，高度的君主集權導致政治昏暗、官吏腐敗。為了鞏固統治，清政府借助嚴刑峻法來加強控制。於是，刑訊氾濫、冤獄叢生。處於高壓統治下的底層人民，長期受到「綱常禮教」封建思想的束縛，缺乏個人意識與反抗精神，奴性思想嚴重。資產階級革命派認識到，國家的富強需要人民摒棄奴性，塑造健康、獨立的人格。《河南》雜誌通過清政府的刑訊圖，形象展示所謂的犯人長期以來所遭受的非人待遇，以此喚醒民眾的覺悟，促使他們為爭取自身的權力而奮起抗爭。

　　《河南》第五期刊登的《中國刑訊之肖像》組圖，深刻地揭露了封建制度下刑訊的殘暴。第一張照片中，三名女囚犯一字排開，被同一個長枷鎖住，一條腳鐐將三雙「三寸金蓮」捆在一起。該照片映像出封建專制刑罰的嚴酷和對人性的踐踏。

　　第二張照片記錄了公堂審判犯人的景象，三名罪犯跪在公堂正中，兩側

〔註12〕悲谷，創辦小輪船通告書，〔J〕，河南，1908，第 6 期第 111 頁。
〔註13〕酸漢，河南之實業界〔J〕，河南，1908，第 7 期第 43 頁。
〔註14〕酸漢，河南之實業界〔J〕，河南，1908，第 7 期第 43 頁。
〔註15〕悲谷，創辦小輪船通告書，〔J〕，河南，1908， 第 6 期第 109 頁。

站著陪審官員。第三張照片中，跪在刑場上的犯人雙手被反綁在背後，劊子手正高舉砍刀向他揮去。人們站在刑場兩側圍觀，神態各異。圍觀者們或冷眼旁觀，或不屑，他們被封建制度下的奴性思想緊緊束縛著，麻木和無知是他們的突出特點。

「自由」、「平等」是資產階級追求社會變革的鮮明旗幟，編者們試圖用圖畫形象地揭露封建制度的殘暴，啓蒙民眾思想，從而推動人民主動探尋民族獨立和國家富強之路。資產階級革命派清楚地認識到國民精神對國家富強的重要性，他們認爲「興國不在政府而在國民，不在法令而在自覺，非然者雖有政府，而民與國未嘗有毫髮關係焉」，〔註16〕塑造國民精神是救國救民的根本。在思想啓蒙方面，魯迅主張將人民從奴性狀態中解放出來，喚起人民個人意識的覺醒，是改變中國歷史現狀的精神動力。他認爲「角逐列國是務，其首在立人，人立而後凡事舉；若其道術，乃必尊個性而張精神」。〔註17〕只有在人人平等的前提下，培養人的獨立精神，發揮人的個性，才能看到民族振興、國家富強的希望。

《河南》雜誌面世後，很快在國內外引起了巨大反響。發行初期，雜誌每期銷售量遞增，以至於第三期剛一出版即銷售一空，不得不再版發行。巨大的銷量，使資產階級思想得以廣泛宣傳。它宣傳愛國救亡，抨擊清政府專制統治；它鼓吹民主共和，鼓勵人性解放與獨立，爲社會進步和民智開化做出了不可磨滅的貢獻。

從編排上看，《河南》雜誌圖文並茂的形式增強了雜誌的趣味性和可讀性，編者將革命主張寓於圖畫中，或歌頌傳統文化，培養人民的家國意識；或描繪祖國大好河山，喚起人民的愛國主義精神；或宣傳暴力革命，鼓動人民團結一致挽救民族危亡。從 1907 年誕生到 1908 年被迫停刊，《河南》僅發行了 9 期，但它宣傳革命思想、喚起人民覺醒和推動社會進步的功績將被歷史永遠銘記。

此文原載《新聞研究導刊》2014 年第 5 期　作者爲鄭州商學院文學與新聞傳播學院教授、河南大學新聞與傳播學院 2015 屆碩士研究生

〔註16〕許壽裳，興國精神之史曜〔J〕，河南，1908，第 4 期第 51 頁。
〔註17〕魯迅，文化偏至論〔J〕，河南，1908，第 7 期第 18 頁。

《河南》雜誌與河南天足會

王　爽

　　摘要：《河南》雜誌由河南留學生於 1907 年 12 月創刊於日本東京。它以「牖啓民智，闡揚公理」爲宗旨，倡言革命，宣傳救亡圖存，向河南人民輸入先進思想，尤其對河南的戒纏足運動十分關注，不但爲天足會刊登啓事，還刊登天足會章程以及有關戒纏足運動的文章。這些文章揭露纏足之害，介紹天足會的活動情況，號召河南婦女加入天足會，促進了河南地區天足會及戒纏足運動的發展，同時推動了河南的婦女解放運動。

　　關鍵詞：《河南》；天足會；戒纏足運動

　　1907 年 12 月 20 日，《河南》雜誌在日本東京創刊發行。該雜誌爲中國同盟會河南分會的機關刊物，劉積學任總編輯，張鍾瑞爲總經理兼發行人，同盟會女會員劉青霞出資。該雜誌態度鮮明，革命宣傳力度大，被稱爲「首屈一指」的留學生刊物。馮自由曾評價《河南》「足與《民報》相伯仲」，可見《河南》影響之大。〔註 1〕《河南》上所刊載的文章對當時河南的文化、教育、政治等方面的問題直指要害，其中引人矚目的是該刊對封建陋習——婦女纏足的批評及對戒纏足的提倡，這對河南地區婦女放足以及之後的婦女解放運動起到了指導性作用。

〔註 1〕方漢奇，中國新聞事業通史第一卷〔M〕，北京：中國人民大學出版社，1992，845。

一、《河南》宣傳戒纏足，爲婦女解放吶喊

　　《河南》以「牖啓民智，闡揚公理」爲宗旨。在《發刊之旨趣》中，朱宣指出：「今何時乎，幢幢華裔將即於奴，寂寂江山日變其色。人億其身，身億其手。遑遑焉奔走於拯民救國之途，猶恐不能返其魂而延其命。乃復蹲居海外，歌哭天涯。擲有用之光陰，耗無限之心血，而從事於報章。」〔註2〕表達了報人期望通過辦報來拯救危亡祖國的願望。眼見國人要淪爲他人的奴隸，祖國要被他人瓜分，只有通過辦報這一途徑對國人進行思想啓蒙，讓處於麻木中的國人驚醒，這其中也包括廣大女性。因此，對旨在解放婦女身心的戒纏足運動，就給予了特別關注。他們認爲，只有國民逐漸從封建思想的桎梏中解脫出來，才有利於整個中華民族的進步和發展，對天足會的宣傳就是這進步中的一小步。

　　「吾由是進窺其一般之心理，乃知所以至此者，其總因蓋在於眼光窄隘，作計不遠，不以中國視中國，而以十八省視中國也。」〔註3〕由此可見，當時的中國社會抱殘守缺，國人愚昧，整個社會處於一種閉塞不通的狀態，以至於列強瓜分中國沿海，「沿海口岸之失，他省路礦之失，以及諸權利之失」，〔註4〕即便如此，「未有惹起全國注目者」。於是，《河南》從喚醒婦女戒纏足開始，爲河南的婦女解放做了最初的吶喊。對於河南當時的情況，在《發刊之旨趣》中有涉及，作者指出「今日吾河南風氣之閉塞」，而當時的國人則是「累於習俗，困於舊學，有爲奴之性，無自營之風」。種種跡象都表明諸如纏足的舊習困擾著國人，成爲阻礙中國邁向文明國家路途上的絆腳石，而河南風氣閉塞也成爲不纏足運動的一大阻礙。

　　纏足是對中國廣大婦女肉體上和精神上的殘害，如《河南》第二期《寶豐縣天足會之發達》一文提到的「斷筋折骨，慘無人理，致使人體孱弱，種族衰頹」。〔註5〕婦女們因受封建禮教的影響而被迫纏腳，足部嚴重變形，行走不便，更不要說像現代女性那樣參加體育活動，和男性一起參與到社會工作中。19世紀末、20世紀初，進步人士積極宣傳戒纏足、創立天足會，在思想上衝破巨大的障礙。其中，維新派人士於1897年春成立了上海不纏足會，

〔註2〕朱宣，發刊之旨趣〔N〕，河南，1907-12-20。
〔註3〕朱宣，發刊之旨趣〔N〕，河南，1907-12-20。
〔註4〕朱宣，發刊之旨趣〔N〕，河南，1907-12-20。
〔註5〕寶豐縣天足會之發達〔N〕，河南，1908-2。

其報紙《時務報》刊登了《戒纏足會敘》、《不纏足會商例》等文章。報刊對天足會及戒纏足運動的宣傳在南方和北方共同進行。《大公報》於 1902 年 6 月 17 日在天津創辦，強調「本館以開風氣，牖民智為主義」的辦報理念，在其創刊號上就刊登了《戒纏足說》，倡導婦女戒纏足，後續又刊登關於天足會的文章，有力地推動了北方乃至全國的戒纏足運動。河南的戒纏足運動也正是在這樣的大背景下展開的。而《河南》雜誌對天足會的大力宣傳，無疑對河南的戒纏足運動起到了巨大的促進作用。正如文章所說：「吾知必日見發達，從此影響所及，不特寶邑姊妹之福，我全國女子亦有幸焉。」〔註6〕

二、《河南》密切關注河南天足會及戒纏足運動

辛亥革命前，河南留日學生創辦了《豫報》、《河南》和《中國新女界雜誌》等革命刊物。《豫報》以資金不足為由停辦，《中國新女界雜誌》只刊發了四期，而《河南》以其犀利的文風和鮮明的態度成為留日學生報刊中的佼佼者，每期銷售量可達數千份。基於《河南》的影響力，豫南天足會在《河南》第二期、第四期上刊登啓事，宣傳天足會，提倡婦女放足。

《河南》雜誌在第二期的訪涵中刊登了《寶豐縣天足會之發達》。文章首先揭露纏足的種種弊端，即對婦女肉體及身心的摧殘，後介紹寶豐縣天足會的情況，追溯了纏足的由來。纏足惡風在中國盛行千年。女人的腳被裹得像蓮花一樣，表面光鮮，但會造成行走不便，對身體是極大的損害。假若不纏足，女孩的婚嫁就會受到影響。殊不知這種惡習竟源於「淫君戲弄宮女」，「其後遂為社會風俗之大患，相沿成習，恬不知恥」。1900 年為庚子年，八國聯軍侵略中國，歷史上稱「八國聯軍侵華戰爭」，即文章中提到的「庚子之役」。「燕津一帶，積屍橫野，河水皆赤，驗厥屍身，十有九女，至於淫掠之慘，言之尤為傷心。」〔註7〕眾多婦女由於纏足，致使行動不便，慘遭八國聯軍的毒手。如果她們能夠像男子一樣可跑可跳，也許能夠逃此一劫。纏足導致婦女行動不便，平日還沒有太大的危險，一旦到了戰爭時期，纏足便危及生命。

文章筆鋒犀利，痛斥纏足這一陋習「流毒無窮，斷筋折骨，慘無人理」。〔註8〕

〔註6〕寶豐縣天足會之發達〔N〕，河，1908-2。
〔註7〕寶豐縣天足會之發達〔N〕，河南，1908-2。
〔註8〕寶豐縣天足會之發達〔N〕，河南，1908-2。

並疾呼：「以四百餘兆之眾，竟不能有一健兒起而一振國微，嗚呼」！〔註9〕
可見纏足對婦女的傷害是深入骨髓的，但全國上下竟然沒有人敢對其進行反
抗，從一個側面反映出在受封建專制統治幾千年的這片土地上，深受其害的
百姓只能默不作聲地接受。由於河南省地處中原，交通、信息閉塞，「鮮有慮
及此者」。之所以寶豐縣的天足會發達，是因為李存智、姬龍官、劉變、何恩
榮等人「痛慨此種惡習，力矯此弊，於丁未（1907）秋創立一天足會，開會
演說，勸人放足，每與里人相遇，即痛陳女子纏足之苦」。〔註10〕取名為「天
足」，意為天生的腳，希望婦女拋棄纏足惡習，恢復天然、原始的足部。天足
會在寶豐縣的發展並不順利，百姓一時不能接受這種新思想，經過天足會的
創立者「百方開導，不避唇焦舌敝」，說服思想閉塞的百姓，才有了「入會者
已有數十餘家」的成果，並且告訴百姓「事無難為，有志竟成。只要大家能
堅忍做，去打破積習，則這種惡劣障魔自不難一日蕩掃矣」。〔註11〕

《寶豐縣天足會之發達》指出了設立天足會的必要，婦女在肉體和精神
上受到摧殘、纏足對女性的不尊重、實際生活中由於纏足帶來的危險，批判
纏足傷害女性、阻礙正常生活，大力提倡放足，破除這種封建惡習，對河南
地區天足會和戒纏足運動的發展起到了推動作用。

正是由於纏足帶來的諸多不便和對婦女身心的摧殘，百姓漸漸意識到纏
足之苦，在維新派的推動下，天足會成立，尤以北方特盛。這也與當時維新
派創辦的報刊力倡「放足」有關係。而河南境內天足會的發展，以及戒纏足
運動在河南的開展，都與《河南》對天足會和戒纏足運動的宣傳有著關係。
不難看出，留日學生創辦的報刊對當時社會風氣的影響。

《河南》第四期刊登了《豫南天足會章程》，條款共計十八條。所涉及的
內容，從天足會的設立宗旨、天足會各項工作的分配、天足會的義務，到入
會會員的義務和責任、會員所禁止的事項等等，條分縷析，甚至對天足會會
員其子女的行為也有所要求，譬如：「入會者所生男子概不得娶纏足之女女
子，已纏足須概行解放；」、「會員須以本會章程約束本身子女至兄弟叔侄之
女，無論異居同居、放足與否，悉聽其便，勿得強迫，如能設法使之樂從更
妙。」〔註12〕這時的天足會已經有了具體的章程作指導，對其會員子女提出

〔註9〕寶豐縣天足會之發達〔N〕，河南，1908-2。
〔註10〕寶豐縣天足會之發達〔N〕，河南，1908-2。
〔註11〕寶豐縣天足會之發達〔N〕，河南，1908-2。
〔註12〕豫南天足會章程〔N〕，河南，1908-05-05。

要求，說明天足會對禁止纏足有了更爲長遠的計劃。雖然，天足會對其會員要求較多，但多以言傳身教爲主，並不強求百姓，「悉聽其便，勿得強迫」，百姓便不會對天足會和不纏足運動產生抵制和逆反心理。天足會按季度出版不纏足雜文、詩歌或演說，對文章作者的身份不要求，即便是一般會員的來稿也接收。最後一條則提到「以上章程如有未盡事宜，仍由同人隨時修改一起完善」。〔註13〕這也體現了當時人們對民主的渴望。

《河南》第六期上刊載《豫南天足會改名》，主要介紹豫南天足會在信陽開第四期例會時所做的決定。從最開始的《寶豐縣天足會之發達》到《豫南天足會改名》，河南境內的天足會由河南中部（寶豐縣隸屬於平頂山，屬於河南中部）發展延伸至河南最南部的信陽，反映了河南天足會的日益壯大，這也要歸功於《河南》雜誌爲此做出的努力。

天足會在《河南》上刊發章程、啓事、介紹及告示性文章，憑藉著《河南》雜誌的影響力，推動天足會和戒纏足運動在河南的發展，讓廣大婦女擺脫纏足的束縛，獲得身心的徹底解放。《河南》雜誌則通過刊登天足會的消息，促進天足運動的繼續發展，尤其對河南地區婦女的放足起到了積極作用。通過媒體的宣傳使深受纏足之害的婦女盡早回歸自然，過上正常生活，這也是報刊最基本的職責——爲百姓說話。《河南》雜誌和河南境內的天足會是相輔相成的，正是由於兩者的共同努力，才推動了戒纏足運動在河南的發展。《河南》雜誌不遺餘力地報導和宣傳戒纏足運動、支持天足會發展，體現了《河南》雜誌及其創辦人的民主革命精神及致力於推動中原地區進步與發展的不懈努力。

《河南》雖只出版九期，卻是留日學生所辦報刊中的佼佼者。它對天足會和戒纏足運動的重視讓處於信息閉塞的河南看到了希望的曙光，爲之後河南境內天足會的發展奠定了基礎。民國十年（公元 1921 年），河南臨潁縣天足會刊登出公啓，講到「直至民國，才於男子倡說剪髮，於女子倡說放足，根除中國切身的積弊，爲數代未有之善舉」。〔註14〕可見，在《河南》倡導不纏足之後的數十年，河南省一直在堅持天足會的發展，影響逐漸深入。特別是，《臨潁縣天足會公啓》詳細提到放足方法和放足利益，進一步引導婦女戒

〔註13〕豫南天足會章程〔N〕，河南，1908-05-05。
〔註14〕宋紹濂，楊海泉，臨潁縣天足會公啓〔J〕，河南文史資料，2007（1）：158。

纏足。《河南》作爲宣傳平臺，對河南地區天足會和戒纏足運動進行宣傳，是河南婦女解放的思想先導。《河南》雜誌用媒體的筆桿來記錄運動的進程，用媒體的權威來宣傳先進的思想，用媒體的聲音向百姓發出吶喊，擲地有聲，發人深省。

原文載《今傳媒》2014 年第七期，
作者爲河南大學新聞與傳播學院 2015 屆碩士研究生

中州女傑劉青霞的報刊活動

王　爽

摘要：20 世紀初年，被孫中山讚譽爲「巾幗英雄」的劉青霞，與「鑒湖女俠」秋瑾齊名，時人謂之「南秋北劉，女性雙星」。劉青霞出身宦門、後嫁入豪門，但心懷天下，扶危濟困。她曾東渡日本，接受革命思想，加入同盟會，以鉅資資助同盟會河南分會創辦革命報刊，宣傳革命思想。回國後，投資大河書社，經銷革命書報，全力支持辛亥革命，後人稱讚她是「中州女傑」。

關鍵詞：劉青霞；同盟會；《河南》雜誌；大河書社；辛亥革命

劉青霞，原名馬青霞，河南安陽縣蔣村人，出身官宦人家，自幼隨兄長讀書認字。嫁入開封尉氏劉氏豪門，改名劉青霞、劉馬氏或者劉馬青霞。父親馬丕瑤是一位兩袖清風的官員，人稱「馬青天」。馬丕瑤憂國憂民、恪盡職守，爲官一任造福一方，劉青霞耳聞目睹，深受影響。良好的家教、父兄思想的浸潤影響了劉青霞一生。劉青霞，自幼讀書明理，及長，在父兄的影響下，熱心向善、憂國憂民。這些爲劉青霞之後開通思想、追求自由、投身革命奠定了基礎。嫁入劉氏豪門之後，打理家業，修建義學義莊、修橋鋪路、賑災濟民。清末，劉青霞支持新學堂，爲新學教育做出了貢獻。1907 年，劉青霞東渡日本，結識了留日革命青年和同盟會會員，並加入同盟會，走上革命道路，成爲推翻清朝封建統治的革命戰士。中國同盟會需要進行革命宣傳、製造輿論，創辦報刊、支持辦報是同盟會以及同盟會會員的共同責任。劉青霞作爲同盟會的一員，作爲接受了革命思想的新女性，熱心資助同盟會創辦的報刊，並積極參與報刊活動，爲革命事業貢獻巨大。

一、東渡日本，加入同盟會，接受新思想

　　成長在清正的封建官僚家庭，劉青霞自幼品行端正、善惡分明，同時又崇尚自由，不爲封建禮教所束縛，是個思想進步的女性。劉青霞因自幼學習儒家思想，崇尚「老吾老以及人之老，幼吾幼以及人之幼」，樂善好施是日後劉青霞爲革命報刊活動做出貢獻的基礎。在丈夫劉耀德去世之後，劉青霞建義學、義莊，修橋鋪路、賑災濟貧。這個時期，劉青霞是懷著對大清江山的忠誠、兼濟天下的情懷、泛愛眾生而樂善好施。她是大清王朝的忠臣孝女。劉青霞的義舉得到了清廷光緒、宣統兩代皇帝的褒獎，被封爲「一品誥命夫人」，又被贈予「樂善好施」的匾額。〔註 1〕

　　東渡日本，是劉青霞從儒學的信仰者成爲革命者的轉折點，思想上發生了質的轉變。1907 年，劉青霞隨兄長馬吉樟前往日本考察，開闊眼界，增長見識，結識留日進步青年，接觸革命黨人，接受革命思想，毅然加入同盟會，成爲一名眞正的革命者，更是一名反對封建專制的民主戰士。在與革命青年和同盟會會員接觸的過程中，受到了他們愛國熱情的感染，劉青霞對於革命的認識更進一步，推翻清政府的封建專制統治才是眞正的出路。這一切對於出生在封建官僚家庭的劉青霞來說，不是件易事。且在受封建思想鉗制的時代，女性參與革命，接受新思想，被認爲是不守婦德、大逆不道的行爲，更何況是作爲「一品誥命夫人」的劉青霞，但劉青霞注定要做清王朝的掘墓人。她與革命黨人密切接觸，參加同盟會領導的秘密活動，爲辛亥革命河南起義出資捐款，在尉氏創辦華英女子學校，之後河南開封女子師範學校、北京京師女子師範學校、北京豫學堂的創辦或擴建都有捐資。

二、慷慨解囊，助力留日學生報刊

　　劉青霞加入同盟會時，同盟會剛剛成立兩年。此時在日本的中國留學生絕大部分都聚集在同盟會的旗幟下，他們紛紛以本省名義創辦報刊，宣傳革命思想。河南留日學生最早創辦的刊物爲《豫報》，開始還很有革命性，但後來逐漸走向保皇立憲性質，代表立憲派的觀點。張鍾端等人深感《豫報》言論不足，擬另辦刊物，以更好地宣傳革命思想，以劉積學、張鍾端爲首的同盟會河南分會於 1907 年組織創辦了新的刊物——《河南》，以取代《豫報》。

〔註 1〕李玉潔，辛亥女革命家劉馬青霞評傳〔M〕，北京：科學出版社，2012：62。

《河南》雜誌創刊之時，曾苦於經費無源，作爲同盟會會員的劉青霞，聞訊
此事，及時伸出援手，《河南》得以順利創刊，劉青霞也由此開始了報刊活動。

　　《河南》雜誌，1907 年 12 月 20 日創刊於日本東京，劉積學任總編輯，
張鍾端爲發行人。《河南》所刊登的文章與代表的觀點不同於之前的《豫報》，
其革命性極強，針對當時的國家存亡、軍隊、政治、教育、風俗習慣發表見
解，宣傳三民主義，宣傳救亡圖存，成爲革命派宣傳革命最有力的報刊之一。
魯迅、張鍾端、陳伯昂、周作人、許壽裳等都在《河南》上刊發文章，文筆
凌厲，旗幟鮮明，《河南》由此成爲同盟會河南分會的喉舌及輿論陣地。對於
揭露清朝叛國賣國、推翻清朝封建統治、宣傳革命思想、推動同盟會發展，《河
南》發揮了至關重要的作用。劉青霞對於革命有著清醒的認識，因此沒有支
持《豫報》，而是全力資助《河南》。這除了劉青霞本人的正確判斷以外，資
助《河南》創刊還有著客觀原因。「張鍾端等以河南全體名義向劉女士求款一
萬五千兩辦此雜誌，劉女士以爲彼等，果由河南全體所舉，遂信任之。」〔註 2〕
這裡的劉女士就是指劉青霞。《河南》雜誌的發行人張鍾端代表河南全體留日
學生向劉青霞求款，劉青霞答應捐款創辦《河南》。《河南》是同盟會總部決
議創辦的，資助《河南》雜誌是同盟會對劉青霞的要求，也是她身爲會員的
責任。劉青霞對《河南》雜誌的捐資，在《河南》第一期的《簡章》中這樣
寫到：「本社所有經費，均尉氏劉青霞女士所出，暫以兩萬元先行試辦，俟成
效卓著時再增鉅資，以謀擴充。」〔註 3〕而在《簡章》中講到本刊的十大特色，
其中特色三：「炊而無米，則巧婦束手。戰而乏餉，則名將灰心。本報經劉女
士出資鉅萬，既有實力以盾，其後庶幾乎改良進步，駸駸焉有一日千里之勢。」
〔註 4〕「在日本東京設有中國同盟會河南支部，創辦《河南》雜誌（月刊），
由尉氏縣師古堂劉青霞女士捐資兩萬元，並特聘周樹人（魯迅）撰重要論文，
內容豐富，一大厚冊約二百頁，出版至第十期，爲宣傳鼓動革命運動之主要
刊物之一。」〔註 5〕《河南》雜誌的創辦經費全部由劉青霞承擔，沒有劉青霞
的全力支持，就沒有《河南》的問世。

　　河南革命者在日本創辦的另一份革命報刊《中國新女界雜誌》的發展也

〔註 2〕　紀河南雜誌社事〔N〕，滬報，1908-5-22。
〔註 3〕　簡章〔N〕，河南，1906：第一期。
〔註 4〕　簡章〔N〕，河南，1906：第一期。
〔註 5〕　陳伯昂，辛亥革命運動若干史實，河南文史資料（第六輯）〔Z〕，鄭州：河南
　　　　　人民出版社，1981：1～2。

得力於劉青霞的無私幫助。《中國新女界雜誌》，1907 年 2 月 5 日創刊於日本東京，河南留日學生同盟會員燕斌女士主編，共出過六期。《中國新女界雜誌》第四期刊登了《本社特別廣告》，講到：「茲得河南尉氏縣劉女士之贊成，增助資本，以擴社務。現以增聘幹事，一切大加改良。」〔註 6〕劉青霞對《中國新女界雜誌》的資助同樣源於同盟會的決定，不僅保證了正常、按時發行，更重要的是，劉青霞的到來使得雜誌開始了改版。其第三期的《本社特別廣告》云：「現定於自第四期起，更求進步，特將體例大加改良，務期言論並重，以副眾意，特此預布。」〔註 7〕《中國新女界雜誌》的前三期和後三期的風格出現巨大轉變就在於劉青霞的到來，以「更求進步，大加改良」。《中國新女界雜誌》是以宣傳婦女解放、男女平等為宗旨的，前三期大多關注女性問題，如女權、女性教育、纏足等，但鬥爭性不強，沒有把爭取女權與推翻清政府相結合。從第四期開始，即劉青霞資助之後，其內容有了改觀，戰鬥性增強，對清政府的腐朽統治進行批判，發表了《勸女界節費購鐵路股票小啓》、《男女並尊論》等批判性極強的文章，與之前形成鮮明對比。劉青霞對《中國新女界雜誌》的改革和幫助，無疑是開闢了又一革命輿論陣地。

三、國內辦報，傳播革命思想，支持辛亥革命

劉青霞在日本活動半年後，於 1908 年回國。對《河南》和《中國新女界雜誌》的捐款和幫助，主要是她在日本的報刊活動，歸國後的劉青霞對報刊活動的熱情並未消減，除了繼續資助報刊，參與報刊活動，還承擔了更多的革命任務。

1908 年，同盟會會員李錦公回國後擬在開封創辦大河書社。為了支持同盟會的工作，劉青霞在開封市西大街路北買下一棟兩層小樓，作為大河書社的辦公地點。大河書社的宗旨是：「同人慨我豫省教育之不興，風氣之固蔽，冀大輸新智，溥飴同胞，爰投鉅資，組成斯社。聘定教育名家，編纂東西要籍，其有海內已出名書，亦選蹶精華，代為銷售。」大河書社發售、宣傳革命出版物，《河南》雜誌在內地的總發行處就設在大河書社，《中國新女界雜誌》等也通過大河書社向內地發行，源源不斷地向國內傳播民主革命思想。劉青霞投資大河書社，不僅因為大河書社是傳播革命思想的中介，更重要的

〔註 6〕本社特別廣告〔N〕，中國新女界雜誌，1907-5-5：第四期。
〔註 7〕本社特別廣告〔N〕，中國新女界雜誌，1907-4-5：第三期。

原因在於它是聯絡革命的秘密機關。「大河書社又是 1911 年開封舉義的根據地……武昌一聲炮響，各省紛紛響應，張鍾端等也商議於大河書社，決定 1911 年 12 月 22 日夜舉事。」〔註 8〕「大河書社雖僅有短短三年的歷史，但它卻是辛亥革命時期河南留日學生追求真理、宣傳真理的見證。」〔註 9〕

劉青霞資助報刊、支持書社，同時，也樂意為進步報刊撰寫詩文。1912 年 6 月 30 日，《自由報》在河南開封創刊。1912 年 7 月 1 日、7 月 5 日，《自由報》刊登了劉青霞為《自由報》寫的祝詞。其中，1 日的祝詞這樣寫道：「自由好，中夏少萌芽。嶽色河聲飛筆底，洛陽紙貴泄春華，開遍自由花。自由好，妖霧慘夷門。手撥摩天旗影蕩，腰懸橫河劍光騰，奪轉自由魂。自由好，過渡帳迷津。揭破九幽超變相，羅膽萬佛見天真，崇拜自由神。自由好，五嶽獨稱嵩。燕趙健兒身手銳，犬羊部落羽毛空，撞破自由鐘。」此時，劉青霞的報刊活動不局限於河南，身為北京女子參政同盟會會長的劉青霞，更注重對女權的追求，思想更加開放。她參與創辦的《女子白話旬報》（即《女子白話報》），1912 年 10 月 21 日創刊於北京，共出版 11 期，1913 年 5 月 30 日停刊。這是女子參政同盟會北京本部的機關報，真實記錄了民國初年女界要求參政的艱難歷程以及鬥爭情況，更用通俗易懂的白話語言向女界宣傳婦女參政理論，呼籲廣大女性為自身解放而鬥爭。

劉青霞出身封建官宦之家，自幼接受封建禮儀仁愛教育，卻對革命與自由有著不懈的追求。加入同盟會，結識革命者，捐助《河南》雜誌等革命刊物，既是劉青霞思想上的蛻變與昇華，也是她開始參與報刊活動的起點。在劉青霞的支持下，《河南》、《中國新女界雜誌》、《女子白話旬報》得以發聲，致力傳播民主革命思想，成為資產階級民主革命的嘹亮軍號。從國外到國內，從資助革命報刊到投資書社，從改良雜誌到撰寫詩文，中州女傑劉青霞的報刊活動起始於革命，並始終為革命傾盡全力。劉青霞和她的報刊活動以民主思想為旗幟，力圖喚醒民眾，並為辛亥革命助一臂之力。

此文為中國新聞史學會 2014 年年會論文
作者為河南大學新聞與傳播學院 2015 屆碩士研究生

〔註 8〕 魏玉林，中州鉤沉〔M〕，上海：上海書店出版社，2005：60。
〔註 9〕 魏玉林，中州鉤沉〔M〕，上海：上海書店出版社，2005：60。

《河南》雜誌「文苑」的傳播特色

高毅偉

摘要：《河南》是 20 世紀初河南籍留日學生創辦的刊物。在當時的歷史環境下，留日學生深感肩負挽救民族危亡的重任，創辦刊物作為革命思想的傳播媒介。它以「牗啓民智，闡揚公理」為宗旨，設立「論著」、「譯叢」、「小說」等多個欄目。其中「文苑」欄目以詩歌體裁為主，發揚詩歌特有的言簡意深、朗朗上口、情感豐富的特點，達到宣傳革命思想、喚醒國民危機意識的目的。

關鍵詞：《河南》；詩歌；傳播特色

清末留日學生的報刊宣傳活動是我國報刊發展歷史畫冊上精彩的一頁。其中地區性學生會組織創辦的刊物更是頗具特色，新聞史研究中較多被提及的是兩湖和江浙學生會創辦的《遊學譯編》、《湖北學生界》、《浙江潮》等刊物。其實當時優秀的地區性報刊遠不止這些，《河南》就是其中之一。

《河南》是清末留日的河南學生為主體創辦的，主要以河南地區為宣傳方向的地區性刊物。其中的「論著」和「時評」欄目因刊載了魯迅等名家之作而較多被論及，「文苑」欄目作為副刊則鮮獲關注。其實以詩歌為主要體裁的「文苑」，用凝練的文字傳達了強烈的革命情感，在形式、內容和思想上也有鮮明的時代特徵，具有一定的歷史研究價值。本文試從理念精神、內容特點、宣傳影響等方面，分析《河南》「文苑」欄目中詩歌體裁的傳播特色。

一、《河南》中的「文苑」

　　《河南》於 1907 年 12 月 20 日創辦於東京，現存最後一期爲 1908 年 12 月 20 日的第九期。雖然命途多舛、轉瞬即逝，但其中的一字一句都飽含了先進報人和革命者的用心與熱情。它內容豐富多樣，編排井然有序，有論著、時評、譯叢、小說、文苑、新聞、來函、雜俎等共 15 個欄目。9 期中最少的一期 126 頁，最多的一期 166 頁，「文苑」部分占 2 至 14 頁不等。「文苑」欄目主要刊登詩歌，詩歌多短小，是所佔篇幅最少的欄目，但詩歌數量並不少，「文苑」部分共刊登 60 篇作品，除第六期爲一篇詩歌評論文章，其他期都是詩歌作品，每期詩歌數量 5 至 10 首不等。

　　「文苑」中的詩歌文體不限，有辭賦、絕句、律詩、詞等。關於「文苑」中詩歌的選擇，具有藝術美固然重要，但編者更看重的是詩歌的內容所起到的宣傳作用。這點以其第六期「文苑」部分刊登的《蝶夢園詩話》一文爲代表。這篇文章是由雜誌總經理張鍾端撰寫的詩歌評論，作者列舉各有特點的 42 首詩並「於每章之下，皆綴評言」，〔註 1〕以此發表自己的觀點，達到宣傳的目的。文章六千多字，所舉詩文主題多樣，有以歷史典故爲引激起民族意識的，也有以當時發生的革命事件爲中心謳歌革命英雄的，更有一些借香奩體的詩諷刺封建制度的。這種借詩歌達到革命宣傳目的的特點也體現在了整個 9 期的「文苑」欄目中。

　　《河南》作者的籍貫並沒有局限於河南省，因爲雜誌雖然是河南的地方性組織刊物，但同時也是同盟會河南分會的機關刊物。在當時留日河南學生數量相對較少的情況下，從擴大稿件徵選範圍和增強雜誌影響的角度考慮，《河南》的作者群打破了地域限制，從而才有了刊登於其上的魯迅、周作人、蘇曼殊等各省優秀留學生的作品。

　　「文苑」作爲《河南》的一部分，作者的總體情況也是如此，但由於當時刊登作品多用筆名，且作者們的筆名經常更換。有學者稱創作多篇詩歌、筆名啓明的作者是周作人，但也有研究者認爲啓明所寫的詩歌中結婚生子的內容與周作人的實際情況在時間上有較大差別，所以啓明不應是周作人。現在僅可知《蝶夢園詩話》的作者是筆名爲鴻飛的《河南》總經理張鍾端，其他筆名如劍青、芬儂、佛音、鵑碧等作者究竟是誰，已難追尋。因此，本文是在摒除作者身份的影響外，對具體作品的分析。

〔註 1〕鴻飛《蝶夢園詩話》，《河南》第六期，1907 年，第 77 頁。

二、「文苑」的理念精神

　　19 世紀末 20 世紀初，中國發生歷史巨變，國內國外矛盾異常尖銳，在此歷史情境下創辦的《河南》雜誌，有著明確的精神指向，在第一期的「簡章」中便已明確指出：「本報以牖啓民智，闡揚公理爲宗旨。」創立此刊的原因也在第一期的《發刊之旨趣》中開篇即表明：「今何時乎？幢幢華裔將即於奴，寂寂江山日變其色……吾於此報初脫版時爲一言之明白宣示曰：『吾黨之《河南》雜誌，爲吾河南同胞確定進行之方針也。』」〔註 2〕所刊作品致力於喚醒「自幸其居中國腹部，他省雖亡，河南不至同歸於盡」〔註 3〕的落後、麻木且抱有僥倖心理的河南民眾，提出對國家和國民的改造方案。

（一）對封建制度和思想文化的批判

　　中國漫長的封建社會讓封建思想文化根深蒂固，封建政府閉關鎖國，大多數民眾在封建等級制度的壓迫下已經麻木。成長於此種環境的中國學生踏出國門，看到更廣闊的世界，震驚之餘最希望的是讓國內的民眾、特別是河南民眾也可看清當時統領中國的制度和思想文化的落後，從而更清楚地瞭解自己的處境。「文苑」的 60 篇作品中有 32 篇不同程度地描寫了當時中國制度腐朽、民不聊生等衰亡的景象，詩歌或明或暗地將導致這一境況的根源指向封建制度的專制統治，以及封建思想文化對民眾心靈的腐蝕和禁錮。

（二）批判對比中宣揚西方科學知識和民主理念

　　留學生們體會到的不止是國家的落後，更是先進思想和制度讓西方國家更爲強大，民眾更加幸福、安定。「文苑」作者在宏觀的國家局勢之外，希望通過詩歌「牖啓民智」，幫助民眾擺脫封建制度下愚昧落後思想的束縛，讓人們可以去爭取自己生而所有的平等和自由。「文苑」的 60 首詩歌中有 13 首讚揚了西方的民主制度和西方先進人物對於民主自由的爭取。

　　除了以上兩個與整個雜誌相統一的理念精神，「文苑」部分的詩歌較突出的另一理念是報國之志的激發。通過詩文鼓舞人民鬥志，激勵人們不論爲己爲國都奮勇而戰，只有這樣才能實現生命價值。「文苑」中有 22 首詩歌從各個角度傳達了作者希望以身報國或呼喚有識之士勇敢報國的理念。這也是對上面兩個核心理念精神的昇華，即要不惜一切推翻舊制度和舊文化。

〔註 2〕　朱宣《發刊之旨趣》，《河南》第一期，1907 年，第 2 頁。
〔註 3〕　朱宣《發刊之旨趣》，《河南》第一期，1907 年，第 4 頁。

三、「文苑」的内容特點

　　詩歌雖言簡但意深。子曰:「詩,可以興,可以觀,可以群,可以怨。」詩歌的社會作用從古至今自不必多言,其具有情感澎湃、瞬間爆發、直擊心靈的特點,通過合適的表達可以更好地發揮其衝擊力和感染力,從而增強革命宣傳的作用。「文苑」的詩歌內容表現鮮明,較有代表性的有以下幾個方面。

(一)破碎河山激發國民保家衛國意識

　　雖然希冀由詩歌喚起人們的覺醒和抗爭的勇氣,也相信最終可以尋得開關新道路的同路人。但面對當時國際、國內的實際局勢,詩歌作者們也難免對於祖國的擔憂,所以對於國家大局處於危亡時刻的現狀常以對山河破碎的景象的描寫來表現。

　　以第一期《途中遇雪即事感傷二首》的「相逢莫問中原事,破碎河山收拾難」為開端,幾乎每一期中都可以讀到表達類似情感的詩句。如三期《經朱仙鎮》的「中原父老傷塗炭,南渡江山破寂寥」。五期《征途晚眺》的「河山盡在夕陽中」,「江山潦倒亂流中」;《海上感懷》裏「洞開門戶無人感,大好湖山水上萍」。七期《送友人歸國》中的「時局倉黃日變更」、「滿眼劫灰悲故國」等。

　　這些既是對危在旦夕的國家和麻木的國民難掩的悲憤情感,也是希望讀者痛定思痛後可以明白國家和國民並非自古如此,我們有過輝煌的過去,即使暫時沈寂,也可以靠得願意去行動的人尋出一條擺脫此種困境的道路來。

(二)中外先進人物典範引領自強方向

　　面對破碎的河山,詩歌作者們仍有信心可以找到出路,但他們也感迷茫,究竟怎樣的人物才能帶領國家走出泥濘,走出一番新景象來,所以他們在歷史中尋找先進人物作為榜樣,以期能起到指引作用。

　　最被推崇的是帶領美國取得獨立的開國總統華盛頓和傳播了法國資產階級革命果實的拿破崙,在詩歌中以先進人物的形象反覆出現,如「讀罷華拿兩雄傳,田園荒島亦淒涼」[註4]「華拿佳兒寧有種,不信神洲竟無人」[註5]「壯士期隨華拿後,旗翻萬里展長風」。[註6]西方革命的成功經驗和國家的強盛讓有志青年們看到了改變自己國家的希望,同時他們「不信神洲竟無

〔註4〕啟明《讀華拿傳書感》,《河南》第二期,1908年,第150頁。
〔註5〕啟明《讀華拿傳書感》,《河南》第二期,1908年,第150頁。
〔註6〕芬儂《勵志》,《河南》第五期,1908年,第106頁。

人」，相信自己的國家同樣有足以擔當重任、可改變時局的人物出現。在詩文中就有「單于無計降蘇武，空使饑餐學與氈」〔註7〕「朱建皇明劉建漢，東南天子氣何多」〔註8〕「秦皇漢武果英雄，旄頭星耀大漠空」〔註9〕。

從十九年持節不屈的蘇武，到歷朝開國帝王，中國不乏意志堅定，有勇有謀的人物，詩文以這些人物為榜樣，激勵讀者相信每個人都可能成為改變國家和民族命運的時代英雄。

（三）直接吶喊喚起國民覺醒

在外的留學生正處於「書生意氣，揮斥方遒」的風華正茂的年齡，在打開眼界看到自己過去的愚昧落後和整個國家暮氣沉沉的景象後，首先是相信自己可以改變這樣的局面，所以「文苑」中的詩歌最常見的是對於振奮精神重整河山，開創新局面的呼號。

較有代表性的是以感情澎湃的言詞直接吶喊，如「千萬同胞齊伏劍，風雷搏擊玄黃戰」〔註10〕「匈奴未滅家安在，男兒寧可樂憂患」〔註11〕「擬拼灑，萬萬頭顱千千血淚」，〔註12〕最終，寄希望於所有當醒和已醒的人們，「古來英雄多少年，我亦國民一份子」、「寄語社會青年人，同拭雙手挽乾坤，絞盡腦汁費盡血，莫等盈頭白如雪」。〔註13〕

（四）女性主題傳達民主自由理念

「文苑」中有許多詩歌以傳達民主自由理念為主題。它們時而高呼自由，時而推舉西方民主英雄。但這其中最具代表性的是以女性主題達到批判舊文化和宣傳新觀念的雙重目的。七、八、九連續三期的「文苑」欄目都刊登了與女性自我意識喚醒有關的詩歌。

首先，「脂粉隊，豈無健者；巾幗中，盡屬完人」。七期的《天足會公頌駢詞》由河南南部天足會的成立，信陽首先施行放開纏足活動的事件引發，諷刺纏足不顧人類正常生理規律的扭曲，以及其對女性身體和心理的荼毒，並列舉花木蘭等先進女性，倡導女性應當追求的外在美和內在的人生價值。

〔註7〕啓明《詠蘇武》，《河南》第二期，1908年，第150頁。
〔註8〕啓明《春日登樓有感》，《河南》第二期，1908年，第149頁。
〔註9〕啓明《春日登樓有感》，《河南》第二期，1908年，第149頁。
〔註10〕佛音《河南雜誌祝辭四章》，《河南》第三期，1908年，第102頁。
〔註11〕芬儂《老將行》，《河南》第四期，1908年，第131頁。
〔註12〕鵑碧《詠秋女士》，《河南》第四期，1908年，第133頁。
〔註13〕芬儂《須歡》，《河南》第九期，1908年，第99頁。

　　接著，「自由花死成自由神」、「女紅起矣女傑挽頹風」。八期的《女界警詞》以「自由」、「女權」、「女學」為題的三首詩，直截明瞭地對女性發出呼喊，讓她們逃離傳統思想的桎梏，把握自己的權利，去學習，去充實自己，開創屬於自己的未來。

　　最後，「女界有自由，富強基已肇。再將女學，與文質一起考。文明潮愈高，人格乃愈好。優勝而劣敗，此理未可藐」，第九期的《戒纏足》以纏足為引，將七期、八期的主題做一指引，這之中已從警醒走向了信心，相信只要人們願意努力，中國女性和中國社會終會走出歷史的陰霾，追尋得自由和富強。

　　《河南》在辛亥革命前的輿論宣傳作用得到過許多學者的肯定，馮自由就認為「其鴻文偉論足與民報相伯仲」，鄒魯也表示《河南》使「河南知識界革命思想愈益開發，殆等於南方著省矣」。《河南》的編輯發行人員不僅做輿論上的宣傳，自己投身革命，總經理張鍾端就因起義就義於開封。這些都可見《河南》核心革命思想的強烈和堅定。「文苑」作為《河南》的一部分，難以考查它本身所帶來的直接影響，但其作為組成部分的精神力量已經融入到整個《河南》中去。

　　《毛詩序》說：「詩者，志之所之也，在心為志，發言為詩，情動於中而形於言。」在「文苑」的詩歌中，可以以小見大，總覽《河南》作者群的家國情、革命志，以及總體輿論宣傳思想。在信息速覽的當下，這些在簡潔的文字中包含豐富信息和強烈情感的詩歌猶有諸多可借鑒之處。

參考文獻

1. 方漢奇，中國新聞事業通史（第一卷）〔M〕，北京：北京：中國人民大學出版社，1992：712～724。

2. 王曉華，張鍾端與《蝶夢園詩話》〔J〕，河南大學學報，1990（01）：64～68，108。

3. 譚雪剛，《河南》雜誌作者群思想研究〔D〕，廈門：廈門大學，2009。

4. 李衛華，中州風雲——《河南》的輿論宣傳及其影響〔D〕，廈門：廈門大學，2006。

5. 馮自由，《革命逸史》第三集〔M〕，北京：中華書局，1981：272。

6. 鄒魯，《中國國民黨史稿》〔M〕，上海：上海書店，1989：983。

作者為河南大學新聞與傳播學院 2016 屆碩士研究生

附錄：《河南》雜誌已有研究成果（存目）

期刊論文：

1. 王宗虞：《辛亥革命時期河南人民的革命鬥爭》，《開封師院學報》，1962-03-02。

2. 王天獎：《略論辛亥革命時期河南的革命運動》，《學術研究輯刊》，1979-06-15。

3. 劉增傑：《漫話魯迅與〈河南〉雜誌》，《河南師大學報（社會科學版）》，1979-10-28。

4. 張絳：《試論辛亥革命前的〈河南〉雜誌》，《史學月刊》，1981年05期。

5. 黃保信：《張鍾端民主革命思想述略》，《中州學刊》，1984-04-30。

6. 徐允明：《魯迅〈河南〉時期思想論綱》，《江淮論壇》，1986-10-28。

7. 天俊：《關於〈河南〉雜誌主編說》，《魯迅研究動態》，1987-10-28。

8. 天俊：《資助〈河南〉雜誌的劉青霞女士》，《魯迅研究動態》，1988-05-30。

9. 王曉華：《張鍾端與〈蝶夢園詩話〉》，《河南大學學報（哲學社會科學版）》，1990-03-02。

10. 王天獎：《辛亥革命與河南》，《中州學刊》，1991-10-28。

11. 張宗漢、馮峰：《劉積學》，《中州統戰》，1994-04-10。

12. 翟小平、蘇全有、李景旺：《簡論張鍾端》，《新鄉師專學報（社會科學版）》，1996-02-15。

13. 汪維真：《〈豫報〉創辦始末及其與〈河南〉之關係》，《史學月刊》，2002-11-25。

14. 魏紅翠：《〈河南〉雜誌與近代名人》，《新聞愛好者》，2007-05-10。

15. 魏紅專：《「酣夢之警鐘，文明之導線」──清末〈河南〉雜誌概覽》，《中共鄭州市委黨校學報》，2007-10-20。

16. 黃順力、李衛華：《清末留日學生後期革命報刊的思想宣傳及影響──以〈河南〉月刊爲例》，《廈門大學學報（哲學社會科學版）》，2008-11-28。

17. 張如法：《從文藝的視角論析〈河南〉的價值》，《平頂山學院學報》，2010-02-25。

18. 孫擁軍：《魯迅和〈河南〉雜誌的淵源》，《河北經貿大學學報（綜合版）》，2010-06-30。

19. 李玉潔：《辛亥革命時期的〈豫報〉與〈河南〉》，《史學月刊》，2011-04-25。

20. 李生濱、周慧男：《論〈河南〉與魯迅早期文藝思想》，《寧夏大學學報（人文社會科學版）》，2012-01-3。

21. 徐穎：《〈河南〉對晚清革命思想的宣傳和影響》，《新聞愛好者》，2012-06-10。

22. 徐穎：《晚清〈河南〉雜誌的出版與發行》，《蘭臺世界》，2013-05-06。

學位論文：

1. 李衛華：《中州風雲──〈河南〉的輿論宣傳及其影響》，廈門大學，2006年。

2. 王德召：《〈河南〉雜誌‧河南留日學生‧河南辛亥革命》，華中師範大學，2007年。

3. 譚雪剛：《〈河南〉雜誌作家群思想研究》，廈門大學，2009年。

4. 吉瑞：《魯迅與〈河南〉》，遼寧師範大學，2010年。

5. 趙明：《〈豫報〉、〈河南〉研究》，寧夏大學，2010年。

會議論文集：

1. 黃軼：《有關〈河南〉幾個問題的辯證》，《中國現代文學研究叢刊》30年精編：《文學史研究‧史料研究卷（文學史研究卷）》，2009-10-01。

後　記

　　再次審定書稿，校閱《河南》雜誌原文，仍然感慨萬端、不能自己……

　　十幾年前，我選擇了中國新聞傳播史的教學工作。爲了備課，首先購得方漢奇先生主編的、當時的通用教材《中國新聞事業簡史》，並想方設法購得方先生主編的《中國新聞事業通史》。在《中國新聞事業簡史》裏，第一次看到了《河南》：「《河南》創刊於 1907 年 12 月，同盟會河南分會主辦，言辭激烈，出之第 10 期，被日本警察廳查禁。魯迅曾以令飛、迅行的筆名，在《河南》轉發《人間之歷史》、《摩羅詩力說》等 6 篇論說和譯文。」作爲河南人、河南大學講授中國新聞傳播史的老師，似乎聽到一種召喚：《河南》的主編是誰？魯迅爲什麼在上邊發表了那麼多篇文章？它的言辭到底有多激烈以至於被查禁？帶著這些問題，我看「通史」、查資料，看得我感動莫名：《河南》的總經理竟是河南辛亥革命總司令張鍾端、而出資人則是辛亥女傑劉青霞……《河南》在當時就獲得高度讚譽：孫中山的機要秘書、後來以寫《革命逸史》聞名的馮自由認爲：「留學界以自省名義發行雜誌而大放異彩者，是報實爲首屈一指。出版未久，即已風行海內外。」、「鴻文偉論，足與《民報》相伯仲。」

　　於是，我便著意搜集有關《河南》的方方面面的資料，而河南大學圖書館就藏有影印的 1～9《河南》，儘管有些不是太清楚，但我如獲至寶，這就是研究的基礎呀。研讀原文，受到巨大震撼！20 世紀河南留學生救亡圖存的吶喊、摩頂斷胝誓死以赴的決心，更讓我熱血沸騰、涕淚交流。於是暗下決心：一定要讓更多的人瞭解《河南》，讓《河南》在中國新聞傳播史上佔有它應有的位置。首先是在課堂上講《河南》，講辦刊宗旨，講河南留學生爲救亡圖存

發出的振聾發聵的吶喊，講張鍾端、劉青霞，講魯迅與《河南》……再就是和學生一起寫研究文章，還請我的學生做碩士畢業論文。再後來就是想擴大研究成果、做成一本書。當我把任務分解給我的學生辰波、韓文、王爽後，他們利用一個暑假把從圖書館拍照、複印的《河南》上重點論著的原文一個字一個字打出來，繁體轉換成簡體、加上標點，並寫出評析文章、作者小傳，他們都做得很到位，爲這本書的出版奠定了良好的基礎，感謝他們的辛勤付出。同時還要感謝《大河報》首席記者、中原工學院姚偉先生，他同意把他發表在《大河報》上的大作——《〈河南〉讓河南走向時代前列》收入該書。另外，還要感謝原來以及現在的年輕同事、還有學生，我們的一起努力，才有了書稿的成型。尤其要感謝家人一直以來對我的教學與研究工作的支持。年近九秩的公公婆婆到現在還是我最好的生活後勤，而他們的兒子更是我的堅強後盾，他們的全力支持是我一直堅持的最大動力。《河南》雜誌的其他研究成果，給我們的研究提供了很大幫助。就我們所搜求到的，作爲附錄（存目）。在此，向所有作者表示感謝。

2016 年，集十幾年研究成果，書稿基本成型，我就斗膽申報了國家社科後期資助，並得到了清華大學博士生導師李彬教授和河南大學新聞與傳播學院老院長李建偉教授的熱情支持並擔任推薦人，儘管沒有獲批，但兩位教授的熱情推薦給我以巨大的鼓舞與信心：那就是一定要把研究成果變成鉛字、讓《河南》走出塵封的歷史，讓更多人瞭解《河南》、瞭解張鍾端、瞭解劉青霞……2016 年 8 月，我退休後受聘於鄭州商學院，繼續講授中國新聞傳播史。因爲教學工作和學校的評估工作，書稿被擱置了一年多。2017 年，學校發文鼓勵老師申報河南省社會科學規劃項目。《河南》雜誌研究的材料齊全，前期成果很多，於是就進行網上申報，沒想到獲批了。獲批之後，我從網上購得北京魯迅博物館編、中央編譯社出版的全套《河南》1～9 期，擠時間進行原文的校對、書稿的完善工作，同時考慮出版問題。當看到中國新聞史學會秘書長鄧紹根教授發的「《中國新聞史》叢書徵稿」的消息後，又是抱著試一試的心態發了郵件。沒想到，第二天就收到出版社楊主任的回覆，幾天後又給我打電話，要審全部全稿。又過幾天，就接到了楊主任打來的通過審查的電話。感激、感動：工夫不負有心人、機會是給有準備的人的！感謝導師方先生（我是導師帶的最後一位訪問學者）主編這套叢書，感謝臺灣花木蘭文化

事業有限公司，尤其感謝導師，以耄耋高齡爲此書做序，這是怎樣的鼓勵與支持！

此書的出版，也算是給導師一個交代：這些年我謹記導師教誨，在新聞史研究上力求打「深井」。雖然離導師的要求還有相當距離，但我一直在努力，而且還要繼續努力下去！「路漫漫其修遠兮，吾將上下而求索！」向導師學習，永葆青春，一直向學，永不停步！

韓愛平

2019 年 4 月 16 日於鄭州商學院